# 천극의 서

天極之書

권인호 신무협 장편소설

ORIENTAL FANTASY STORY & ADVENTURE

2

dream books
드림북스

# 천극의 서 2

천하사절의 비급

초판 1쇄 인쇄 / 2010년 8월 13일
초판 1쇄 발행 / 2010년 8월 23일

지은이 / 권인호

발행인 / 오영배
편집장 / 김경인
편집 / 윤대호, 신동철
펴낸 곳 / (주)삼양출판사 · 드림북스

주소 / 서울특별시 강북구 송천동 322-10호
대표 전화 / 02-980-2112 팩스 / 02-983-0660
편집부 전화 / 02-980-2116 팩스 / 02-983-8201
블로그 / blog.naver.com/dreambookss

등록번호 / 제9-00046호
등록일자 / 1999년 3월 11일



값 8,000원



ISBN 978-89-542-3677-5 04810
ISBN 978-89-542-3675-1 (세트)

* 지은이와 협의하에 인지는 생략합니다.
* 잘못된 책은 구입한 곳에서 바꾸어 드립니다.

천극의 서
天極之書
권인호
장편소설
2
dream
books
드림북스

# 목차

# 제1장

## 시간은 유수와 같이 흐르고

# 천국의 새

천풍이 물었다.

"이제 어디로 가나요?"

현야가 대답했다.

"도둑놈이 갈 곳이야 달리 있겠느냐. 천지가 우리를 쫓을 테니 여기보다 깊고, 여기보다 인적 없는 곳으로 가서 숨어 사는 수밖에. 왜? 싫으냐?"

천풍이 고개를 저었다.

"아니에요. 저는 상관없어요."

현야가 말했다.

"허나 얼굴은 싫은 얼굴이구나."

천풍이 얼굴을 붉히며 고개를 떨어뜨렸다.

현야가 그런 천풍의 어깨를 토닥였다.

"너무 실망하지 말거라. 잠깐 소나기만 피하자는 것뿐이니까. 세상 모든 것이 시간이 지나면 잊히는 것처럼 우리를 쫓는 자들도 시간 속에서 우리를 잊어가겠지. 그때가 되면 너와 나, 세상 속에서 한 번 살아보자꾸나. 설마 10년이야 걸리겠느냐?"

그렇게 현야와 천풍은 황산사를 떠났다.

그러나 거센 비바람을 피하기에도, 영은사의 진노를 가라앉히기에도 10년은 그리 긴 시간이 아니었다.

시간은 그렇게 유수와 같이 흘렀다.

* * *

그해 봄은 조금 늦게 찾아왔다. 봄 햇살이 따뜻하긴 했지만 겨우내 얼어붙은 눈은 좀처럼 녹지 않았고, 산허리를 쓸어가는 바람도 여전히 매서웠다.

지금의 천목산(天目山)은 하늘의 눈이라는 이름처럼 높디높은데다 항상 짙은 안개가 깔려 있고, 그 앞에는 마치 함정처럼 깎아지른 절벽이 있어 아무리 노련한 약초꾼이라고 해도 상당한 부담일 수밖에 없었다.

하지만 위험부담이 큰 만큼 이 시기에 천목산 깊은 곳에서 새순을 틔우는 약초는 가치가 높았다. 올해로 20년 경력의 약초꾼 장삼도 그러한 이유로 위험을 무릅쓰고 천목산을 오르고 있었다.

사실 천목산은 원래 그의 일터가 아니었다. 그의 일터는 천목산 옆의 막간산(莫干山)이었다. 막간산은 천목산과는 달리 산이 높지 않고 산세도 평이해 위험부담도 적을 뿐더러, 토질도 좋아 꽤 좋은 약초들이 났다. 때문에 인근 약초꾼들이 가장 선호하는 산이었다.

장삼이 천목산으로 원정을 올 수밖에 없었던 이유가 거기에 있었다.

인근에는 천목산 말고는 달리 산이라고 할 만한 곳이 없었다. 봄이 늦어져 천목산행이 힘들어지자 인근의 약초꾼들이 죄다 막간산으로 몰렸고, 자연히 경쟁은 치열해졌다. 하루 종일 산을 돌아다녀도 입에 풀칠하기도 어려운 지경이었다. 처자식을 먹여 살리기 위해서는 다소 위험하더라도 천목산을 오르는 것 외엔 달리 뾰족한 수가 없었던 것이다.

그래도 장삼에겐 믿는 구석이 있었다.

과거 대여섯 차례 천목산에서 약초를 캤던 경험이 그것이었다.

물론 그때는 지금처럼 봄이 늦어지지도 않았고 눈이 덮여 있지도 않았지만, 그래도 명색이 20년 관록의 약초꾼이다. 다소의 위험이야 얼마든지 노련하게 대처해낼 자신이 있었다.

하지만 그 자신감이 오만임을 깨닫기까지는 불과 두 시진도 채 걸리지 않았다.

산허리를 쓸어가는 바람 속에 바람보다 차가운 서릿발이 섞여 날리는가 싶더니 그것은 곧장 눈발로 바뀌었다. 그리고 폭설이었다.

기가 막힐 노릇이었다. 약초꾼으로 20년을 살아왔다. 헤아릴 수도 없을 만큼 산을 오르내렸다. 바람의 냄새만으로도 그날의 일기 정도는 충분히 가늠할 수 있었다.

분명 오늘의 일기는 맑음이었다. 바람의 냄새도, 구름의 모양새도, 산짐승들의 울음소리도…… 한데, 폭설이라니?

문제는 그때부터였다. 천목산은 양의 창자처럼 빙글빙글 돌아 오르게끔 되어 있었다. 산세가 험하긴 하지만 딱히 갈림길이 있는 것이 아니라서 그 길을 따라가기만 하면 크게 길을 잃고 헤맬 일은 없었다.

눈이 덮이지 않은 천목산은 그랬다.

그러나 가뜩이나 눈이 온전히 남아 있는 산길에 폭설까지 내리기 시작하자, 길이 완전히 묻혀 버렸다. 더구나 천목산의 특징 중 하나가 깊이 들어갈수록 풍경이 평이해진다는 거였다. 어디를 가도 수령 500년의 전나무와 삼나무뿐이고, 그것들은 하나같이 하늘을 꿰뚫을 듯이 솟아 있었다. 가면 갈수록 어디가 어딘지 모르게 되었다.

결국 그렇게 길을 잃었다. 산속에서 길을 잃었다는 건 저승

문턱이 바로 코앞에까지 이르렀다는 뜻이다.

실로 난감한 노릇이었다. 사람들이 눈 덮인 천목산을 왜 그토록 무섭다 했는지 이제야 알 것 같았다. 새삼 스스로의 무모함을 후회했다.

하지만 후회는 아무리 빨라도 늦은 것이다. 어차피 이미 엎질러진 물이다. 주어진 상황에 최선을 다하는 수밖에 없다.

그는 오기를 부리지 않았다. 산을 상대로 오기를 부리는 것이 얼마나 멍청한 짓인지 누구보다도 더 잘 알고 있었다.

우선은 눈부터 피해야 했다.

이리저리 둘러보았지만 눈을 피할 만한 동굴은 보이지 않았다. 대신 바위와 바위가 포개어진 틈 사이로 제법 넓은 공간이 있어 아쉬운 대로 그곳으로 들어갔다.

아쉬운 대로 눈은 피했지만 옷이 젖어 으스스 한기가 올랐다.

체온이라도 떨어지면 정말 큰일이었다.

장삼은 행장을 풀어 먼저 젖은 옷부터 갈아입었다.

그래도 한 번 찾아든 한기는 좀처럼 떨쳐지지 않았다.

'마른 나무라도 구해서 불이라도 피워야 하나?'

하지만 이렇게 눈발이 날리는 중에 마른 나무를 어떻게 구한단 말인가?

괜히 갈아입은 옷만 다시 젖게 될 뿐이다.

결국 불 피우는 건 포기했다. 그나마 다행인 것은 만일의 사태를 대비해 모포를 챙겨왔다는 것이다.

'오늘 내가 한 일 중에서 유일하게 잘한 일이로군.'

자조어린 생각을 하며 모포로 몸을 칭칭 감았다.

퍼붓는 눈발 너머로 희끄무레한 그림자 하나가 시야에 들어온 것은 눈발이 더욱 거세져서 슬슬 겁이 나기 시작할 무렵이었다.

처음에는 맹수인 줄 알고 심장이 덜커덕 내려앉을 만큼 놀랐다. 그도 그럴 것이 이렇게 거센 눈발을 헤집으며 이런 깊은 산중을 돌아다닐 만한 것이 맹수 말고 달리 뭐가 있겠는가.

하지만 맹수가 아니었다. 거리가 점점 가까워지고 그만큼 희끄무레한 그림자가 점점 선명해지자, 그것이 사람의 형상인 것을 알았다.

의아함도 뒷전이고 두려움도 뒷전이었다. 정말이지 이보다 더 반가울 수가 없었다.

"이보시오!"

모포를 걷어치우고 곧장 달려 나갔다.

그렇게 희끄무레한 그림자에게 다가간 장삼은 두 번 놀랐다. 하나는 장삼이 까치발을 하고서도 머리 하나는 더 올라갈 만큼이나 상대의 키가 크다는 것 때문이었고, 또 하나는 그자가 20대 중반 정도로 밖에 보이지 않는다는 점 때문이었다.

혹시나 자신과 같은 약초꾼인가 했더니 그건 아닌 모양이었다.

약초꾼이라 하기에는 훤칠한 키만큼이나 당당한 체구를 가지고 있었고, 이목구비도 선명한 것이 상당히 귀티가 흘렀다.

"뉘신지……?"

사내가 장삼을 보며 의아히 물었다.

사내의 질문에 의아한 것은 오히려 장삼이었다.

'뉘신지?'

말투며 어감이며 마치 손님을 맞는 주인의 그것과 같았다.

설마 눈앞의 젊은이가 이런 깊은 산중에서 살고 있기라도 하단 말인가?

"약초를 캐러 오신 분 같은데, 혹시 길을 잃으셨습니까?"

사내가 장삼의 행색을 살피고는 그렇게 물었다.

"쩝. 어찌하다 보니 그리되고 말았소만…… 한데, 댁은 예까지 어쩐 일이시오?"

"그게 봄나물을 구해 볼까 해서……."

사내의 말에 장삼이 눈살을 찌푸렸다.

"지금 봄나물이라 했소?"

값나가는 약초를 구하러 선뜻 오기도 힘든 곳인데 봄나물이라니?

'고작 봄나물이나 캐러 이 험준한 산을 오르고 있었다고?'

장삼은 이 사내가 과연 제정신인가 싶었다. 무엇보다 보이는 건 온통 눈 천지다.

"천목산엔 아직 봄도 오지 않았는데 대체 봄나물을 어디서 구한단 말이오?"

"딱 한 곳, 이미 봄이 와 있는 곳이 있습니다. 매년 다른 곳보다 조금씩 빠르게 싹이 트고 꽃을 피우는 곳이죠."

"매년? 그럼 댁은 매년 이 시기에 천목산을 오르셨단 말이오?"

"그게 아니라 바로 이 아래 현천사(玄天寺)가 제가 기거하고 있는 암자입니다."

당연히 알고 있을 거라는 듯한 말투였다. 당연하게도 장삼은 현천사가 어딘지 알지 못했다. 어디선가 들어본 듯도 한 이름이긴 했지만, 어차피 현천이라는 이름 자체가 워낙에 흔한 것이어서 생소하지 않다 해도 그리 이상할 것도 없었다.

어쨌거나 역시 여기에서 살고 있는 모양이었다. 주인 행세를 한 것도 이해가 갔다.

"그나저나 길을 잃었다 하셨는데, 제가 좀 도와드릴까요? 지금 내려가시겠다면 길 안내 정도는 해드릴 수 있는데……."

"지금 말이오? 눈이 언제 그칠지도 모르는데? 괜히 서두르다 큰일을 당할 수도 있으니 그냥 눈이 그치길 기다렸다가 내려가는 게 좋지 않겠소?"

"그건 염려 놓으셔도 됩니다. 눈은 이제 곧 그칠 테니까요."

아니나 다를까, 말이 끝나기가 무섭게 눈발이 약해지기 시작했다.

"그럼 가시겠습니까?"

사내가 성큼 앞장서 갔다.

장삼이 고소를 머금었다. 그래도 명색이 20년 경력의 약초꾼인데 자신보다 20년은 덜 산 듯한 젊은이에게 길 안내를 받아야 한다는 것이 창피했고, 자신을 제대로 물 먹인 천목산의 날씨가 사내의 손에서 간단히 놀아나고 있다는 것도 조금 자존심이 상했다.

하지만 지금은 그런 것들을 따질 처지가 아니었다.

그는 혹시라도 놓칠세라 다급히 걸음을 놀렸다.

그렇게 사내를 따르던 장삼은 까치발을 하고도 머리 하나는 더 올라가 있는 사내의 키가 사실은 그만큼 크지 않다는 것을 깨달았다. 적어도 까치발 하나 정도는 빼야 했다. 그도 그럴 것이 눈길을 걷는 동안 그는 발목까지 푹푹 빠지는데, 사내가 걸어간 자리에는 한 치 정도의 자국밖에는 남지 않았다. 그것이 뭘 뜻하는지 정도는 그도 알고 있었다.

"혹시 무림인이셨소?"

사내가 의아해했다.

"무림인이요? 저는 무림인이 아닙니다만……?"

"옛끼, 이보시오! 약초나 캐러 다닌다고 사람을 무시하는 거요? 내가 이래 봬도 50년근 산삼을 캐서 진원표국의 표국주님과 거래까지 했던 몸이요. 무림에 대해선 빠삭하다면 빠삭하다 이 말이오. 댁이 무림인이 아니라면 여기 이 발자국들은 어떻게 설명하시겠소? 사람의 몸이 깃털처럼 가벼운 것도 아니고……."

"그건 그냥 눈을 밟는 느낌이 좋아서 그런 것뿐입니다. 사박거리는 소리도 좋고 차가운 감촉도 좋고 해서……."

장삼은 어리둥절했다. 자신의 말을 자르며 뱉어내는 사내의 대답이 너무 엉뚱했다.

'눈을 밟는 느낌이 좋아서 그런 거라고? 그럼 원래는 자국을 안 남길 수도 있는데 일부러 자국을 냈다는 거야?'

눈을 밟아도 발자국이 남지 않는다.

어디선가 들은 기억이 있었다.

'가만있자…… 답설 뭐라 했던 것 같은데? 답설 뭐였더라……?'

떠오를 듯 떠오를 듯하면서 좀처럼 떠오르지 않는다. 애당초 그가 말한 무림에 대한 빠삭함이란 결국 그 정도 수준이었다.

그래도 하나 확실한 것은 있었다. 아니라고 발뺌은 하고 있지만 무림인인 것이 분명했다.

'뭐, 그리 뛰어나 보이진 않지만…….'

그가 아는 최고의 무림인은 진원표국의 표국주였고 그 다음은 표사들의 우두머리인 우대웅(優大熊) 표두였다. 진원표국의 일개 표사만 하더라도 저 사내와는 생긴 것부터가 비교가 되지 않았다.

부리부리한 눈에 거기서 뻗어 나오는 안광은 호랑이의 눈처럼 강렬했고, 은은히 뿜어나는 피 냄새는 가까이 가는 것만으로도 오금을 저리게 했다. 때로는 거칠고 때로는 난폭하지만, 그러면서도 숱한 생사의 고비를 넘겨온 자만이 가지는 독특한 여유로움도 있었다.

그의 관점에서 무림인이란 그래야 했다. 진원표국의 표사들에 비하면 사내는 그야말로 서생 나부랭이에 다를 바 없었다.

눈을 밟아도 자국이 남지 않는 것보다 높은 담장을 간단히 뛰어넘는 날렵함이 그의 눈엔 더 대단해 보였던 것이다.

'하긴, 무림에 무림인은 많지만 진정한 고수는 드물다고 했으니…….'

그럼에도 누구나 천하제일을 꿈꾸는 것이 또한 무림인이라고 했다.

저 사내 역시 천하제일을 꿈꾸고 있는지도 모른다. 당장은 스스로 무림인이라 말하는 것조차 창피할 정도의 실력이지만, 그래도 끊임없이 노력하다 보면 천하제일은 아니더라도 언젠가 진원표국의 표사들처럼 뛰어난 무림인이 될 수 있을지 혹시 모르는 일이다.

'세상 사람들이 다 저 사람의 꿈을 비웃더라도 나만은 그러면 안 되지.'

생명의 은인까지는 아닐지라도 어쨌거나 사내 덕분에 큰 위험을 모면하지 않았는가.

장삼은 진심으로 사내의 무운을 빌었다.

그사이 사내가 멈췄던 걸음을 다시 옮겼다.

장삼도 일단 답답한 마음을 뒤로하고 사내를 좇았다.

그렇게 꽤 먼 길을 걸은 끝에 사내가 걸음을 멈춰 세운 곳은 어느 계곡 앞에 이르러서였다.

"이 계곡을 따라가시면 큰 위험 없이 산을 벗어나실 수 있을 것입니다."

사내의 길 안내는 여기까지인 모양이었다.

사람이란 역시 망각과 욕심의 동물인가 보다. 조금 전까지만 해도 어떻게든 무사히 산을 내려갈 수만 있다면 더 바랄 게 없었는데, 막상 무사히 산을 내려갈 수 있게 되고 보니 빈손인 게 못내 아쉽다.

장삼은 애써 그런 마음을 털어 버리고 사내에게 감사의 뜻을 전했다.

"덕분에 큰 곤란을 면했소. 난 저 아래 안길(安吉)에 사는 장삼이라 하오만 성함이 어떻게 되시오?"

"소천풍이라 합니다."

"소천풍이라…… 혹시 안길에 올 일이 있거든 나를 한번 찾아주시구려. 근근이 입에 풀칠이나 하고 사는 형편이라 달리 보답을 할 처지는 못 되오만 은인께 술 한 잔이야 못 사드리겠소?"

"예. 그리하도록 하겠습니다."

사내가 웃었다. 그 웃음이 참으로 시원스럽다고 생각하며 장삼은 몸을 돌렸다.

그렇게 소천풍이라는 사내와 헤어져 계곡을 내려가던 중이었다.

아무 생각 없이 걷고 있는데 한참을 떠오르지 않던 것이 뒤늦게 떠올랐다.

현천사라는 이름. 그러고 보니 들어본 적이 있었다.

언젠가 그의 오랜 친구가 신세한탄을 하듯 이렇게 말했었다.

"내 마누라가 왜 안 보이냐고? 말도 말게나. 그렇잖아도 속에서 천불이 날 지경이니까. 자네 혹시 현천사라고 들어봤나? 천목산 동쪽의 가장 깊은 곳에 그런 암자가 있다는데 말이야. 거기가 그렇게 용할 수가 없어서 불공을 드리면 불공을 드리는 족족 소원이 이루어진다지 뭔가. 나원참! 어이가 없어서. 불공을 드린다고 소원이 다 이뤄지면 세상 사람 전부 황제가 되어 있게? 이 정신 나간 여편네가 그 터무니없는 말에 혹해서 집을 비운 지가 벌써 열흘이네. 그것도 공양을 한답시고 있는 돈 없는 돈 죄다 긁어다가 가 버렸다 이 말일세! 망할 놈의 여편네, 어디 한번 돌아오기만 해보라지! 내가 아주 그냥 머리채를 죄다 쥐어뜯어 버릴 작정이야!"

*　*　*

현야와 천풍이 현천사에서 살기 시작한 것은 10년 전이었다.

황산사를 떠난 후 영은사의 눈을 피해 숨어 지낼 만한 곳을 찾다보니 천목산까지 오게 되었고, 거기서 다시 인적 없는 곳을 물색하다 보니 현천사까지 이르게 된 것이었다.

그들이 살기 전까지 현천사는 버려진 암자였다.

인적 드문 곳의 암자들이 대개 그렇듯이 누가 세웠는지, 어쩌다 버려지게 되었는지도 알 길이 없었다. 심지어 이름조차도 몰랐다. 현천사라는 이름은 현야의 승명과 천풍의 이름에서 한 글자씩을 따서 현야가 직접 지은 것이었다.

천풍에겐 현천사에서의 생활이나 황산사에서의 생활이나 그리 다를 게 없었다.

어차피 황산사나 현천사나 인적이 드물어 사람 구경하기 어려운 건 마찬가지였고, 이른 새벽 눈을 떠 밤늦게 잠자리에 들 때까지 검을 휘두르고 주먹을 내지르는 단조로운 일상도 여전했으니까.

다만 현야의 생활은 현천사로 오고부터 조금 달라졌다.

'세상에 100개의 복을 남기겠다.'

황산사의 책을 염장에게 넘기며 부처님과 했던 약조 때문이었다.

그로 인해 수시로 현천사를 비웠고 그럴 때마다 세상에는 곤란한 지경에 처한 사람들의 근심이 하나둘 덜어지곤 했다.

문제는 현야라는 위인이 원체 조심성이 없고 무신경하다는 데 있었다.

좋은 일을 했으면 그것으로 끝냈어야 하는데, 은혜를 입은 사람들이 물어오면 승명이며 사는 곳이며 숨김없이 털어놓는 통에 언제부턴가 인적이 없던 산사에 사람들의 방문이 생겨나기 시작했다.

은혜를 입은 사람들이 은혜에 감사하는 마음으로 그해 걷은 곡식을 짊어지고 산을 올라오기도 했고, 살아 있는 부처다 뭐다 하며 사람들의 칭송이 따르자 그 소문을 듣게 된 신자들이 불공을 드리러 힘든 걸음을 하기도 했다.

그렇게 현천사라는 이름이 조금씩 세상에 알려졌다.

처음에는 현야의 이름 뒤에 붙던 현천사가 언제부터인가 현야의 이름 앞에 붙기 시작했다.

'현천사라는 곳이 참으로 신묘해서 거기서 지극정성으로 불공을 드리면 병든 자는 건강해지고 가난한 자는 부자가 된다더라.'

심지어 이런 근거 없는 소문도 나돌았다.

물론 아직은 인근에서만 떠도는 소문이었고 현천사라는 이름도 그리 널리 알려지지는 않았지만, 어쨌거나 영은사를 피해 도피 중인 천풍과 현아로서는 결코 바람직한 현상은 아니었다.

사실 영은사의 교세가 몰락하고 그만큼 정보력이 부실해졌다고는 해도, 허술하기 그지없는 그들의 도주가 아직도 끝나지 않은 것만 해도 기적에 가까운 일이었다. 그럼에도 현야는 물론이고 천풍조차도 문제의 심각성을 전혀 인식하지 못하고 있었으니 참으로 기가 막힐 노릇이다.

하긴, 당장 영은사에서 그들을 추포하러 달려오고 있다고 해도 겁을 집어먹거나 심각해할 사람들도 아니지만 말이다.

그렇게 10년이었다.

지난 10년만큼 현야는 늙었고 천풍은 자랐다.

이제 천풍은 누가 보더라도 어엿한 사내가 되어 있었다. 그리고 현야의 '이제 죽을 때가 된 게지.'라는 입버릇은 이제 입버릇으로만 느껴지지 않게 되었다.

그날 천풍이 장삼을 만나게 된 것도 현야의 입버릇 때문이었다.

"오늘은 왠지 힘이 나지 않는구나. 삭신도 쑤시고…… 이제 정말 죽을 때가 된 모양이야."

하지만 그날의 입버릇은 다른 날과는 달랐다. 스스로 어깨를 토닥이는 모양새는 어색했고, 슬쩍슬쩍 곁눈질하는 눈길은 노골적으로 천풍의 눈치를 살피고 있었다. 입버릇조차도 가슴을 아릿하게 하던 평소의 애절함은 전혀 느껴지지 않았다.

현야가 이런 행동을 보이는 게 처음은 아니었다. 무언가 원하는 것이 있을 때면 항상 이런 행동을 보였다. 그리고 그가 원하는 것이란 매번 크게 거창하지도, 크게 다르지도 않았다.

먹고 싶은 것이 있는 것이다.

나이가 들면 어린애가 된다는 말이 괜한 말은 아닌가 보다. 한 해 한 해 갈수록 먹고 싶은 것도 많아지고 입도 까다로워지는 스승이었다.

며칠 전부터 입맛이 없다느니, 겨울이 너무 길다느니 하며 투덜댈 때부터 눈치는 채고 있었다. 다만 그때는 아직 봄나물이 나올 때가 되지 않아서 모른 척할 수밖에 없었다. 하지만 지금쯤이면, 적어도 천목산에서 봄이 가장 빨리 오는 곳에서만큼은 봄나물을 볼 수 있을 것 같았다. 그래서 천풍은 봄나물을 캐러 나왔고 그러다 장삼을 만났다.

장삼과 헤어진 천풍은 그길로 다시 산을 올랐다.

천풍이 목적한 곳에 당도한 것은 그로부터 반 시진 정도가 흐른 후였다.

짐작대로 거기에는 봄나물이 있었다.

자연의 신비였다. 사방이 온통 눈으로 덮여 있는데, 그 중간에 분지처럼 움푹 파인 곳만큼은 완전히 다른 세상인 것처럼 홀로 푸르렀다. 거기에는 반 시진 전 퍼붓던 폭설의 흔적조차도 남아 있지 않았다.

현야는 그것을 지열(地熱) 때문이라 했다.

산마다 음양의 균형이 깨어진 곳이 더러 있는데 이곳은 유독 양의 기운이 강해서 지열이 생겼고, 지열이 생기다 보니 눈이 쌓이기도 전에 녹아 버리는 것이라 여겼다.

어쨌든 덕분에 얼마간은 현야의 푸념을 듣지 않아도 되니

천만다행이다.

하늘을 보았다.

그사이 눈도 그쳤고 구름도 걷혔다. 그리고 드러난 하늘엔 어느덧 해가 뉘엿뉘엿 서산을 넘어가고 있었다.

천풍이 곤란한 얼굴을 했다.

장삼으로 인해 예기치 않게 시간을 너무 지체해 버렸다.

아직 밥도 지어놓지 못했다. 아무래도 저녁 준비가 늦어질 것 같았다.

자연히 봄나물을 캐는 손길이 바빠졌다. 하지만 바삐 움직여도 원하는 만큼을 캐고 나니 이미 날은 어둑어둑해져 있었다.

'스승님께서 많이 기다리시겠는걸.'

벌써부터 현야의 푸념소리가 귓가에 들리는 듯했다.

서둘러야 했다. 제 시간에 맞추기는 이미 글렀지만 여기서 더 늦어지면 푸념이 역정으로 바뀌는 수가 있었다. 그러고 보면 요즘 들어 부쩍 역정이 늘고 신경질적이 되어 버린 현야다. 특히 먹을 것이 관계되면 그것이 더 심했다.

지체할 여유가 없었다. 천풍은 크게 숨을 들이켰다. 그리고 온 힘을 다해 발을 굴렀다.

'역시 경공을 익혀둘 걸 그랬어. 그랬으면 이럴 때 요긴하게 써먹었을 텐데…….'

이럴 때면 경공을 익히지 않은 것이 후회스러웠다. 황산사

2만 권의 책 중에는 삼류긴 하지만 경공법도 있었다. 다른 것에만 마음을 쓰느라 경공은 그냥 무시해 버렸었는데, 그것이 살면서 두고두고 아쉬움으로 남았다.

하지만, 지금 천풍은 경공을 따로 익히지 않았음에도 불구하고 엄청난 속도로 산을 달려 내려가고 있었다.

달린다는 말조차 어울리지 않을 만큼, 경공의 고수들이라 해도 과연 저보다 더 빠를 수 있을까 싶을 만큼…… 만일 지금 저 모습을 장삼이 보았다면 그의 평가는 또 달라졌을지도 모른다.

비록 답설무흔(踏雪無痕)의 대단함조차 모르는 무지렁이 약초꾼이지만 그도 눈이 있는 만큼, 빛살처럼 빠르게 달리는 것이 높은 담장을 뛰어넘는 것보다는 멋있어 보일 테니까.

정신없이 달렸다. 이제나저제나 그를 기다리고 있을 스승을 생각하며 발바닥에 불이 나도록, 입에서 단내가 나도록 내달렸다.

그렇게 단숨에 현천사 앞에까지 이른 천풍을 가장 먼저 반긴 것은 스승 현야가 아니라 두 종류의 크고 작은 발자국들이었다.

'불공을 드리러 오신 분들인가?'

현천사라는 이름이 알려지면서 향화객들의 방문이 그리 낯설지는 않게 되었지만, 지금처럼 눈이 녹지 않은 시기의 방문은 좀처럼 드문 일이었다. 더구나 크고 작은 발자국 중 작은 것은 크기로 보아 채 열 살도 되지 않았을 법한 어린아이의 것이었다.

의아해하며 현천사로 들어선 천풍은 먼저 객당으로 눈길을 던졌다.

아니나 다를까 불이 켜져 있다.

인사라도 드려야 하나 잠시 망설였지만 지금은 그게 급한 것이 아니었다.

지금 무엇보다 중요한 것은 현야의 주린 배를 채워줘야 한다는 것이었다.

천풍은 서둘러 공양간으로 향했다.

캐어온 봄나물을 내려놓고 먼저 쌀부터 씻었다. 그러다 잠시 고민했다.

손님들의 것도 같이 해야 할지 현야와 자신의 것만 해야 할지 몰라서였다.

하지만 생각해 보니 저녁을 하기에는 너무 늦은 시간이었다. 게다가 경험으로 미루어보면 어린아이들은 대개 절밥을 그다지 좋아하지도 않았다.

결국 손님들의 것은 미뤄두기로 하고 자신과 현야가 먹을 만큼만 밥을 지었다.

밥을 짓고 캐어온 봄나물을 다듬어 요리를 하고. 손놀림이 상당히 능숙했다.

하긴, 벌써 10년이다.

황산사에 있을 때는 현야가 부엌일을 모두 도맡아했었지만 현천사로 오고부터는 그 역할이 천풍의 몫으로 바뀌었다. 세상에 100개의 복을 남기겠다던 맹세 때문에 현야가 암자를 비우는 일이 많아지면서, 자연스레 부엌일을 시작하게 되었다. 거기에 늙은 스승을 보필해야 한다는 당연한 도리가 더해져 언제부턴가 부엌일은 그의 몫이 되어 있었다.

어쨌든 부지런히 손을 놀린 덕분에 저녁 준비가 끝이 났다.

준비한 것들을 밥상에 가지런히 채운 천풍은 곧장 현야의 방으로 향했다.

한데,

"사부님."

"……."

어쩐 일인지 안에서 기척이 없다.

"사부님. 식사를 가져왔습니다."

다시 불렀지만 여전히 기척이 느껴지지 않았다.

천풍이 의아해하며 조심스레 방문을 열어보았다.

현야가 보였다. 숨소리조차 들리지 않는 정적 속에 그가 있었다.

한데, 다른 때 같았으면 굶주림에 지쳐 잔뜩 볼이라도 불리고 있어야 할 현야가 어쩐 일인지 아무 반응이 없다. 눈이라도 감고 있었다면 입정(入靜)에라도 들었나 생각했겠지만 그렇지도 않았다.

"사부님?"

현야의 가까이로 다가가 불렀지만 그래도 현야에게선 반응이 없었다.

초점 잡히지 않은 멍한 눈만 끔뻑거린다.

"사부님. 괜찮으십니까?"

불안이 엄습해 왔다.

현야의 멍한 눈에 초점이 돌아온 것은 그때였다.

"응……? 아, 이런! 내가 또 잠이 들어 버렸던 겐가?"

잠이라니? 눈을 멀뚱히 뜨고 무슨 잠 타령이란 말인가?

"그래. 많이 기다렸느냐?"

현야가 천풍을 본다.

천풍은 현야의 눈이 왠지 공허하다는 느낌을 받았다.

마치 살아오며 그 눈에 담았던 온갖 것들을, 그래서 짊어져야 했던 삶의 무게 중 어느 하나를 털어낸 듯한 홀가분함도 느껴졌다.

"아닙니다. 제자가 불민하여 이제야 저녁 준비를 마쳤습니다."

천풍의 말에 현야가 그제야 자신의 앞에 놓은 음식으로 눈을 돌렸다.

동시에 공허하다 싶었던 눈에 생기가 돌았다.

"이건 냉이로구나. 이건 곰취고? 게다가 솔나물까지…… 그럼 아까 산사를 나갔었던 게 이걸 캐러 갔었던 게냐?"
입을 헤벌쭉 벌리는 것이 어지간히도 감격스러운가 보다.
어쨌거나 이렇게 반겨주니 보람은 있다.
"지금쯤이면 구할 수 있을 것 같아서…… 그래서 저녁 준비가 좀 늦어졌습니다."
"허허…… 그렇잖아도 요 며칠 봄나물이 자꾸만 생각나곤 했었는데, 역시 내 마음을 알아주는 건 너뿐이로구나."
참으로 흐뭇한 미소가 현야의 입에 걸렸다. 그 눈이 눈앞의 봄나물에만 멈추어져 있는 것을 보건대, 아무래도 천풍의 정성이 기특해서라기보다는 맛깔 나는 봄나물이 그저 좋아서인 것 같았다.
어쩌면 현야에게 있어서 살아오며 맺은 모든 인연들을 버리는 것보다도, 질기고 질긴 윤회의 사슬을 끊는 것보다도 더 끊기 어려운 것이 봄나물일지도 모르겠다고 천풍은 생각했다. 심지어 하나뿐인 제자보다도 말이다.
그나저나 게걸스럽다.
처음에는 한 젓가락씩 떠서 맛을 음미하던 것이 점차 게걸스러워진다.
누가 뺏어먹기라도 한다는 듯이, 그 모습에선 조급함과 집착을 넘어 어떤 광기마저 엿보인다.
천풍은 쓴웃음을 지었다.
평소에는 전과 같이 행동거지가 반듯한데 이상하게도 먹을 것 앞에서는 사람이 변한다. 이런 모습만 보면, 늙으면 어린 애가 된다는 말보다 나이가 들면 추해진다는 말이 더 잘 어울리는 것 같다.

"아까 보니 손님이 와 계신 것 같은데……."

현야의 식사가 대강 마무리 될 때를 기다려 천풍이 그렇게 물었다.

"손님?"

"예."

"흠…… 무슨 손님 말이냐? 난 오늘 손님을 맞은 기억이 없는데?"

현야가 전혀 모르는 사실이라는 듯 고개를 갸웃거렸다.

천풍이 의아히 물었다.

"하오나 사람이 든 흔적도 있고 객당에 불도 켜져 있던데……?"

"거참 이상한 노릇이구나. 손님이 온 것이라면 내가 모를 리가 없을 텐데…… 이런 곳에 도둑이 들었을 리도 없고……."

아무래도 이해가 안 간다는 듯 직접 확인해 볼 요량인지 자리를 털고 일어서는 현야다. 그러다 문득 생각나는 게 있는지 아프도록 세게 자신의 이마를 쳤다.

"아차차! 내 정신 좀 보게. 조금 전에 불공을 드리러 오신 분들이 계셨었는데……."

정말 잊고 있었다는 듯 당황해하는 기색이 역력했다.

당황스럽기는 천풍도 마찬가지였다. 아니 당황스럽다기보다는 걱정스러웠다.

일시적인 것이 아니었다. 요즘 들어 건망증이 부쩍 심해진 현야였다.

방금 식사를 마쳤는데 왜 밥을 안 주냐며 닦달을 해대기도 하고, 목탁을 손에 들고는 목탁 잃어버렸다며 법당 안을 온통 헤집어 놓기도 했다. 어떤 때는 자신의 방을 찾지 못해 한참을 헤맬 때도 있었다.

스승의 나이 이제 일흔여덟, 이 또한 결국 무정하기만 한 세월의 탓이라 생각했다. 세월의 부침에 마음이 지치고 몸이 닳는 거야 당연한 이치라 생각했다.

그리 생각하니 스승의 얼굴에 가득한 주름이 유난히 더 메말라 보였다.

하얗게 세어 버린 흰머리도 새삼 안쓰러웠다.

처음 진가장에서 그의 손을 꼭 잡아주던 손은 그리도 굳건했었는데, 그날의 스승은 그리도 정정했었는데 언제 이렇게 늙어 버린 것일까?

"허허…… 요즘 정말 내가 왜 이러는지를 모르겠구나. 왜 자꾸 정신을 놓는 건지…… 역시 죽을 때가 된 건가? 하긴, 오래 살기도 했지. 여직 살아 있는 게 이상할 만큼 오래 살았으니 정신인들 온전할 리가 있나……"

늘 듣던 입버릇인데도 지금은 다르게 들렸다.

까마귀가 심장을 쪼아대는 것 같이 아프다.

아무래도 내일은 마을에라도 한 번 다녀와야 할 것 같다.

'보약이라도 한 첩 지어서 달여 드려야지.'

어차피 세월이 병인데 보약이 다 무슨 소용이랴마는 그래도 그가 늙은 스승을 위해 할 수 있는 거라고는 그것밖에 없었다.

# 제2장

## 그날 밤 현야에게 무슨 일이 있었나?

# 천국의 서

그렇게 하루가 끝나갈 무렵이었다.

산사의 잡다한 일들을 마무리 짓고 나니 벌써 자정이 넘어가고 있었다.

곧장 자신의 방으로 향하려는데, 어쩐 일인지 아직도 객당의 불이 켜져 있는 것이 보였다.

객당뿐만이 아니었다. 그러고 보니 부처님을 모신 법당에도 아직 사람이 있는 듯했다.

'삼천 배라도 올리시는 건가?'

이 또한 그리 특별할 것은 없었다. 밤을 새워 삼천 배를 올리는 것은 부처님께 소원을 빌러 온 신자들이라면 대부분 하는 일이었다. 그래도 마음은 쓰였다.

현천사에 머무는 동안 많은 사람들을 만났고 많은 사연들을 들을 수 있었다.

사람들 속에서 사람들과 부대끼며 살아보지 못한 천풍에겐 그 사람들이, 그 사연들이 세상과 통하는 문이었다.

오늘은 또 어떤 사람이 어떤 사연으로 이곳을 찾은 것일까?

호기심이 천풍의 발길을 법당으로 이끌었다.

법당 앞에 이른 천풍은 법당 안에 있는 사람이 크고 작은 두 개의 발자국 중 작은 발자국의 주인인 것을 알았다. 딱 그만한 크기의 신발이 법당 앞에 가지런히 놓여 있었다.

문틈 새로 슬쩍 안을 살폈다.

여자아이였다. 짐작대로 열 살 정도밖에 되어 보이지 않는 여자아이가 부처님 앞에 절을 올리고 있었다.

절을 올리는 모양새는 어설펐지만 그 모습은 사뭇 진지했다. 옷이 축축하게 젖어 있는 것을 보니 이미 상당 시간 저러고 있었던 것 같았다.

'저 어린 나이에 대체 무슨 사정이 있어 이곳까지 와서 부처님을 찾는 거지?'

고개를 갸웃거리는데, 문득 뒤에서 인기척이 느껴졌다.

돌아보니 웬 노인장 하나가 다가오고 있었다.

천풍은 이 노인장이 크고 작은 발자국 중 큰 발자국의 주인임을 알아차리고 공손히 합장을 해보였다.

노인이 천풍을 위아래로 살피며 의아히 물어왔다.

"뉘시오? 차림새로 보아하니 스님은 아니신 듯한데?"

"현야 스님이 제 스승님 되십니다."

"현야 스님이라면…… 이곳의 주지스님 말씀이시오? 그럼 주지스님의 제자분이시오?"

"예."

노인이 잠시 '현야의 제자가 왜 중의 차림이 아니냐?' 라는 눈으로 천풍을 보았지만, 이내 그런 생각을 접고 합장으로 예를 취해 왔다.

"소흥(紹興)에서 온 이청(李靑)이외다."

소흥이라면 여기에서 꽤 먼 곳이었다.

천목산은 외지 사람이 쉽게 오를 수 있을 만큼 만만한 곳이 아니었다. 건장한 사내라도 쉽지 않은 일인데 나이 지긋한 노인네가, 그것도 어린 소녀까지 대동하고 천목산을 올라왔다는 게 놀라웠다.

"혹시 천목산엔 연고가 있으셨는지……?"

"어디 연고뿐이겠소? 젊은 시절 십수 년을 여기에서 살다시피 했는데…… 내가 이래 봬도 소흥에서는 제법 알아주는 대장장이라오. 젊은 날에는 간장막야(干將莫耶) 같은 뛰어난 보검을 만들겠다는 포부도 있었고. 혹시 저 위에 청열지(青熱地)가 있는 것은 아시오?"

"청열지요?"

"지열이 강해서 겨울이 되어도 얼음이 얼지 않고 눈이 와도 눈이 쌓이지 않는 곳을 청열지라 하는데, 모르시오?"

"아!"

"알고 계신가 보구려."

천풍이 고개를 끄덕였다.

아마도 그가 봄나물을 캤던 그곳을 청열지라 부르는 것 같았다.

"그럼 그곳에서 한단묵철(寒緞墨鐵)도 보았겠구려?"

"한단묵철은 또 무엇입니까? 혹시 그 주변에 간혹 보이던 검은 돌을 말씀하시는 겁니까?"

"돌처럼 생기긴 했지만 그건 분명 철이라오. 얼음처럼 차고 비단처럼 매끄럽고 칠흑처럼 검다 해서 한단묵철이라 부르는 것인데, 이놈이 다른 철들과는 비교도 안 될 만큼 강도가 세거든. 그러면서도 적당한 탄성도 가지고 있고. 그야말로 검의 재질로는 최고의 철이라 이 말이지요. 검으로 만들 수만 있다면 간장막야에 못하지 않을 만큼 말이오. 물론 어디까지나 검으로 만들 수 있을 때 얘기지만……."

이청이 한숨을 푹 내쉬었다. 한숨 속에는 큰 좌절이 있었다.

"한단묵철을 우리 철장이들 사이에선 부정지철(不征之鐵)이라 한다오. 말 그대로 정복되지 않는 철이라 이 말이지요. 워낙에 강도가 세서 어떠한 불로도 날을 벼릴 수가 없거든. 이 늙은이 또한 십수 년 그렇게 젊음을 다 바쳤지만 끝내 날을 세우지 못했고. 그때 느낀 무기력함이란 정말이지…… 철장이를 그만두려고까지 생각했을 정도니…….”

이청이 씁쓸히 웃어보였다.

이청의 과거야 어쨌든 덕분에 의문 하나는 풀렸다.

천목산에서 십수 년을 살다시피 했다면 눈 덮인 겨울 산인들 문제 될 게 없었다. 천풍 역시 천목산에서 보낸 지난 10년 세월 덕분에 나무 한 그루, 풀 한 포기까지 빠짐없이 선명히 기억할 만큼 산의 지리를 훤히 꿰고 있었다. 눈 덮인 겨울 산이든 달빛조차 없는 칠흑 같은 밤이든 아무런 장애가 되지 않았다.

“하온데…….”

천풍이 문틈 새로 보이는 소녀를 곁눈질하며 남은 의문을 마저 물었다.

“저 아이는 무슨 사정이 있어 저리도 간절히 부처님을 찾는 것입니까?”

천풍의 질문에 이청도 따라서 소녀에게로 눈길을 던졌다. 그 눈길엔 안타까움이 짙게 배여 있었다.

“딱히 별일이 있어서 그런 건 아니외다. 그저 요즘 집안 사정이 어렵다 보니 어린 마음에 이렇게라도 도움이 되고자 하는 거지요.”

“집안 사정이 어렵다시면……?”

남의 집안사를 너무 캐묻고 있는 건 아닐까 싶어 조심스레 이청의 눈치를 살폈지만 다행히 불쾌한 기색은 보이지 않았다.

"저 아이의 집안은 대대로 소흥에서 무술도장을 하고 있는데 말이오. 재작년에 저 아이의 아비가 도장결(道場決)에서 크게 몸을 상하는 바람에 결국 그해를 넘기지 못하고 명운을 달리하고 말았다오."

"도장결…… 이라는 건 뭡니까?"

"쉽게 말하면 도장 깨기 같은 거외다. 요즘 워낙에 도장들이 난립해 있기 때문에 경쟁이 아주 치열하지요. 그런 경쟁 속에서 문하생들을 늘이기 위한 가장 확실한 방법이 바로 도장결이외다. 도장을 대표하는 자들이 비무를 통해 누가 강한지를 가린다. 누가 강한지가 가려지면 문하생들이야 당연히 강한 쪽으로 모여들기 마련이니……."

"패자에겐 가혹한 일이지만 그래도 정당한 승부로군요."

"거기에 술수만 들어가지 않는다면야 그렇지요."

"술수요?"

"도장결에 임하는 비무자가 그 도장의 무술사범이 아닌 경우가 종종 있으니 하는 말이외다."

"그건 또 무슨 말씀이십니까? 그 도장의 무술사범이 아니라면 누가 도장결에 임한단 말입니까?"

"한 번의 도장결을 위해 큰돈을 들여서 무림의 고수를 초빙하는 일이 빈번히 이루어지곤 한답니다."

천풍이 눈살을 찌푸렸다.

"그건 도장결이라 할 수도 없지 않습니까? 도장의 실력으로 이긴 게 아니니……."

"사람들이 관심을 가지는 건 어느 도장이 어느 도장을 이겼느냐이지 그 외의 것은 중요하지 않소. 무림의 고수를 초빙할 수 있는 재력도 따지고 보면 그 도장의 실력이라 할 수 있으니 말이오. 어쨌든 그렇게 아비가 죽고 어미마저도 그 일로 인해 심병을 앓다 서둘러 눈을 감는 바람에, 결국 어린 자매 둘이서 도장을 꾸려가게 되었소만…… 대대로 이어온 도장을 지키겠다는 마음이야 가상하지만 어디 세상이 그리 호락호락하겠소? 어린 계집아이들 둘이서 꾸려가는 도장을, 그것도 도장결에서 패한 도장을 누가 거들떠나 보겠소?

지금까지는 지인들의 도움으로 근근이 버텨왔지만, 이제 그것도 한계라서 곧 문을 닫아야 할 판이지요. 그러던 차에 저 어린 것이 어디선가 이곳 현천사에 대한 소문을 듣게 되었나 보오. 내가 젊은 날 천목산에서 살았다는 걸 알고는 날 찾아와 어찌나 생떼를 써 대던지…… 내가 데려가지 않으면 혼자서라도 천목산을 오를 기세라서 어쩔 수 없어 데려오긴 했는데, 쯧쯧. 저런다고 달라질 일도 아니건만……."

"한데 노인장께선 저 아이와는 어떤 관계이신지……?"

"내겐 친손녀나 다름없소. 저 아이의 조부와는 피를 나눈 형제처럼 지냈으니까. 아무튼 임가(林家)네 쇠고집은 늙으나 어리나 말릴 수가 없다니까. 삼천 배만 해도 충분하다 했는데도 부득불 일만 배를 채우겠다고 저러고 있으니…… 저러다 몸이나 상하지 않을지 정말 걱정이외다."

이청이 애가 타는지 혀를 끌끌 찼다.

'일만 배라고?'

일만 배라는 말에 천풍 역시 걱정스레 여자아이를 보았다.

말이 쉬워 일만 배지 일만 배를 채우려면 쉬지 않고 절을 올려도 열두 시진 하루 꼬박은 걸린다. 삼천 배만 해도 보통의 사람들은 탈진해 쓰러지기 일쑤였다.

건장한 사내도 하기 힘든 일만 배를 이제 겨우 열 살이나 되었을 법한 여자아이가 하겠다는 건 너무 무모한 행동이었다.

하지만 철모르는 행동이라 하기에는 그 모습이 또한 너무 진지했다.

"우리 때문에 마음 쓰실 것 없소이다. 내가 밤새 지키고 있을 텐데 무슨 큰일이야 있겠소? 걱정 말고 그만 들어가 보시구려."

천풍이 걱정어린 눈으로 여자아이를 보고 있자 이청이 그렇게 말했다.

마음 쓰지 말라 해도 마음이 쓰였지만 달리 도울 수 있는 것도 없다는 생각에, 천풍은 가볍게 예를 차려보이고는 걸음을 돌렸다.

내일 마을에 가서 스승의 약을 지어 오려면 한숨 자둬야 했다.

그러나 천풍은 쉬이 잠에 들지 못했다.

법당에서 본 여자아이가 좀처럼 머리에서 떠나지 않았다.

이청이 옆에 있다 해도 밤을 새워가며 곁을 지키기엔 그도 너무 연로했다. 더구나 아직 겨울이다. 바람은 칼바람이고 밤공기는 냉기를 풀풀 날렸다. 따로 군불을 때지 않는 법당에서 밤을 지새운다 생각하니 일만 배를 올리려는 여자아이나 여자아이의 곁을 지키려는 이청이나 걱정되긴 마찬가지였다.

결국 자리를 털고 일어선 천풍은 다시 법당으로 향했다.

슬쩍 안을 살피니 여자아이는 여전히 절을 올리고 있었는데 어쩐 일인지 이청은 보이지 않았다.

'어딜 가신 거지?'

의아해하는 그의 눈에 불 꺼진 객당이 보였다.

'주무시러 들어가신 건가?'

조금 전에는 켜져 있던 불이 그새 꺼졌다는 것은 그렇게 밖에 생각되어지지 않았다.

밤새 곁을 지키겠다고 한 것이 불과 반 시진 전이다.

그 약한 의지력에 절로 실소가 나왔다.

하긴 생각해 보면 이청을 탓할 일이 아니다. 이청이 아무리 천목산의 지리에 익숙하다 해도 그 노구를 이끌고 동천목의 정상에까지 오르는 게 쉬웠을 리가 없다. 지칠 대로 지쳐서 감기는 눈을 참을 길이 없었을 것이다.

생각이 거기까지 미치자 여자아이에 대한 걱정이 더 커졌다.

천목산을 오르는 동안 여자아이 역시 상당히 지쳤을 텐데 거기다 잠시 쉬지도 않고 저러고 있으니, 저 어리고 여린 몸이 얼마나 고단하겠는가?

큰 병이라도 나는 건 아닌지 심히 염려스러웠다. 마음 같아서는 당장에라도 여자아이를 말리고 싶었다. 하지만 다른 것도 아니고, 지극정성으로 드리는 불공을 옆에서 주제넘게 함부로 이래라저래라 할 수는 없는 노릇이었다.

천풍이 할 수 있는 거라고는 한시도 눈을 떼지 않고 여자아이를 지켜보는 것뿐이었다.

확실히 지쳐 보였다. 절을 할 때도 힘겨워하는 기색이 역력했고, 절을 하고 나서 일어설 때도 번번이 몸을 가누지 못해 비틀거렸다. 얼굴색은 창백하기 이를 데 없었고 몰아서 내쉬는 숨소리는 산허리를 쓸어가는 바람소리보다도 더 크게 들렸다.

이대로 두면 정말이지 큰일이 날 것만 같았다.

도저히 안 되겠다 싶어 법당 문을 열려는데, 그보다 앞서 여자아이가 먼저 절을 멈췄다.

작고 앙증맞은 손으로 이마의 땀을 닦고 조그마한 입술로 색색거리며 가쁜 숨을 고른다.

그리고 법당의 문이 열렸다.

"아저씬 누구세요?"

여자아이의 크고 맑은 눈이 천풍을 본다.

"아저씬 누구세요?"

여자아이의 크고 맑은 눈이 천풍을 본다.

이렇게 정면으로 마주하고 보니 머리를 뒤로 질끈 동여매 이마를 훤히 드러낸 모습이다. 넓고 반듯한 이마가 꽤 귀엽다는 생각이 들었다.

"나는 그냥 여기서 사는 사람인데……."

천풍의 말에 여자아이가 고개를 갸웃한다.

"그럼 아저씨도 스님이세요?"

"스님은 아니고……."

"스님이 아닌데 왜 절에서 살아요?"

"나는 스님이 아니지만 내 사부님은 스님이라서……."

"아저씨 사부님은 스님인데 왜 아저씨는 스님이 아니죠?"

어려서 그런지 호기심도 많고 질문도 많다. 이대로 계속 받아주면 질문이 언제까지고 이어질 것 같아서, 은근슬쩍 말문을 돌렸다.

"듣기로 일만 배를 올리는 거라던데 일만 배는 다 마친 거니?"

천풍의 질문에 여자아이가 삐죽 입술을 내민다.

"그걸 어떻게 벌써 다해요? 아직 삼천 배도 다 못했는데."

"허면 왜 도중에 멈춘 거지? 혹시 내가 방해가 되었니?"

"아뇨. 난 아저씨가 여기 있는 것도 몰랐는걸요."

"그럼 왜……?"

"그냥 좀 쉬었다 하려구요."

그 순간, 천풍의 귀에 이상한 소리가 들렸다.

꼬르륵

작은 소리였지만 겨울 산의 적막 탓에 천둥소리처럼 크게 들렸다.

천풍이 어리둥절해서 여자아이를 보자 여자아이가 어찌할 바를 몰라 하며 얼굴을 붉힌다.

"푭!"

저도 모르게 실소가 터져 나왔다. 순간, 아차 싶었지만 때는 이미 늦어 부끄럼 많은 여자아이는 빨갛게 볼을 물들인 채 울상이 되어 있었다.

그것이 또한 귀엽다.

천풍이 훈훈한 미소를 입가에 걸고 여자아이에게 물었다.

"내가 얼마 전부터 요리를 공부하고 있는데, 보시다시피 외진 산속이라 맛을 보아줄 사람이 없어 공부가 늘지를 않는구나. 스승님이야 제자가 해주는 것이니 뭐든 다 맛있다고만 하시고…… 그래서 부탁을 할까 하는데 내가 만든 음식을 한번 맛 좀 봐주지 않을래?"

여자아이가 혹시라도 마음이 상할까 조심하며 그렇게 물었다.

아이라 그저 단순한 건지 아니면 배가 많이 고팠던 탓인지, 천풍의 말에 여자아이가 금세 울상을 지우고 귀를 쫑긋 세운다.

"뭐하실 건데요?"

여자아이의 질문에 천풍은 잠깐 사이 무슨 요리를 할지 생각했다. 당장 마땅히 차릴 것이 없었다. 밥을 준비하기에는 너무 늦은 시간이었고, 그렇다고 간단히 요기가 될 만한 것도 없다.

곰곰이 생각한 끝에 천풍은 어제 만들어둔 두부를 떠올렸다.

"마파두부가 어떨까 하는데?"

뭐니 뭐니 해도 피로를 가시게 하는 데는 매운 음식만한 것이 없었다. 더구나 마파두부라면 작년에 불공을 드리러 오셨던 양진모라는 요리사로부터 제대로 배워두었다.

"마파두부요?"

다행히 싫지 않은 모양이다. 초롱초롱 눈을 반짝이는 것이 꼭 고양이 같다.

"뭐, 아저씨 공부에 내가 도움이 된다면 그 정도는 도와줄 수 있어요."

짐짓 새침을 떨지만 이미 군침을 삼키고 있는 것이 벌써부터 조급증이 나는 모양이다.

천풍은 부엌까지 따라온 여자아이를 뒤에 앉혀두고 솜씨 발휘에 나섰다.

본격적으로 요리가 시작되자 파와 고추를 썰고 마늘과 생강을 다지고 두부를 잘라 물에 살짝 데치고…… 이것저것 손길이 분주했다.

가뜩이나 많이 피곤할 아이가 조금이라도 덜 기다리게 하기 위해 이 추운 날 이마에서 땀이 다 나도록 열심히 손을 놀렸다.

그러나 막상 그렇게 서둘러 마파두부를 완성하고 나니, 정작 여자아이는 부엌 한편 구석에서 쪼그리고 앉은 채로 새근거리며 졸고 있었다.

아무래도 부엌의 열기가 꽤나 따뜻하게 느껴졌나 보다. 새근거리며 졸고 있는 얼굴이 무척 달아 보인다.

깨울까 하다가 관뒀다. 하루 종일 힘들었을 텐데 이렇게라도 눈을 붙여두게 하는 게 좋을 것 같았다.

아궁이에 장작을 충분히 넣어두고 부엌을 나왔다.

그의 손에는 장작이라고 하기엔 가늘고 나뭇가지라 하기에는 굵은, 딱 몽둥이라 할 만한 크기의 것이 들려 있었다.

무공을 수련하기에는 좁은 공간이었지만 개의치 않았다. 어둠이 진득하게 깔려 있었지만 그 또한 개의치 않았다.

몽둥이를 들어올렸다.

아무런 준비동작도 없었다. 자세를 잡지도, 호흡을 가다듬지도 않았다. 그 순간 그냥 내키는 대로 몽둥이를 내리그었다.

언제부터였을까? 금천우에게서 배운 검무를 더 이상 하지 않게 되었다. 아마도 10년 전 그날이었던 것 같다. 몸에 변화가 생기고 처음으로 기를 사용했던 그날, 누가 가르쳐준 것이 아닌데도 그는 검무가 이미 소용을 다했음을 알았다.

더는 검무에 기대지 않아도 되었다. 한 번 시작된 변화는, 한 번 열리기 시작한 혈은 둑이 무너지듯 허물어졌고, 그 속의 기운은 봇물이 터지듯 터져 나왔다.

"비록 혈 하나하나에 담긴 기는 티끌만큼 작지만 인체에는 365개나 되는 혈이 있고, 또한 그것은 가공되지 않은 생명 본연의 기운이기에 단전의 내공과는 정순함에서 비교가 되지 않는다."

금천우의 말은 거짓이었다. 단전의 내공이란 것이 얼마나 대단한지는 모르지만 혈 하나하나에 담긴 기는 결코 티끌만큼 작지 않았다. 티끌만큼 작기는커녕 주체하기 힘들 만큼 크고 강맹해서, 이러다 정말 주화입마에 빠지는 거나 아닌지 두렵기까지 할 정도였다.

그래서 꼭 필요한 경우가 아니면 되도록 사용하지 않으려고 애썼다. 처음에는 그조차도 제어가 잘되지 않아서, 그의 손에서 폭발하듯 산산이 부서져나간 목검이 수를 헤아릴 수도 없을 지경이었다. 지금이야 한 방울을 쪼개고 쪼개고 거기서 다시 열두 번을 더 쪼갤 만큼 조절이 가능하게 되었지만, 혈정을 묶어두는 것은 이미 습관처럼 그의 몸에 배여 있었다.

천풍의 몽둥이가 다시 허공을 갈랐다.

언제부터였을까? 황산사에서 익힌 무공들도 더 이상 사용하지 않게 되었다. 이렇게 몽둥이를 휘두르는 것이 검법인지, 도법인지 그것조차도 이젠 구분 짓지 않았다.

언제부터인가 그렇게 되었다. 이름 지어진 모든 것들이 거

추장스러워졌고 그래서 이름 지어진 모든 것들을 버렸다.

허공중에 아무렇게나 휘둘러대는 그의 몽둥이 역시 지금껏 그가 익혔던 그 어떤 무공과도 같지 않았지만, 또한 지금껏 그가 익혔던 모든 무공이 거기에 담겨 있기도 했다. 물론 천풍은 그조차도 의식하지 않았다. 생각조차도 하지 않았다.

눈이 내렸다. 소복소복 내리는 눈이 머리를 하얗게 물들이고, 어깨 위에 내려앉아 차곡차곡 쌓여 가는데도 잡것 하나 섞이지 않은, 순수하리만치 단순한 몽둥이질은 그렇게 계속되고 있었다.

그렇게 무아의 지경이 되어 몽둥이를 휘두르고 있을 때였다.

눈이 가져온 한기 때문이었을까?

곤히 잠들어 있던 여자아이가 언제 잠에서 깼는지 부엌 문 앞에서 그런 천풍을 멀뚱히 바라보고 있었다. 한데, 무슨 일인지 그 얼굴은 잔뜩 불만어린 표정이었다.

뒤늦게 여자아이를 보게 된 천풍이 급히 몽둥이질을 멈췄다.

"왜 좀 더 자지 않고……."

"지금 뭘 하고 계셨던 거예요?"

"뭘 하다니? 그야 무공을 수련하던 중이었는데?"

"그게 검법이었어요?"

"검…… 법이 아니면?"

천풍이 무슨 말인지 못 알아듣겠다는 얼굴을 하자 여자아이가 고개를 잘래잘래 내젓는다.

"검은 그렇게 아무렇게나 휘두르는 게 아니에요."

여자아이가 천풍으로부터 몽둥이를 받아들더니 한 수 가르쳐줄 요량인지 자세를 잡는다.

그리고 공손히 포권을 취하며 외쳤다.

"검지예(劍之禮)! 검에는 예의가 있어야 하고!"

이어서 절도 있는 동작으로 위에서 아래로 몽둥이를 내려쳤다.

"검지의(劍之意)! 또한 검에는 뜻이 있어야 하며!"

내려친 검을 거두어들이는가 싶더니 이내 크게 한 발을 내딛으며 허공의 한 점을 향해 쏜살같이 검을 찔러 넣었다.

"검지심(劍之心)! 또한 검에는 마음이 담겨야 한다!"

그것으로 마무리를 하고는 '어때요?' 라는 눈빛을 건네 온다.

그러고 보니 도장을 운영하고 있다고 했다. 집안이 검을 가르치는 것을 업으로 해서일까? 여자아이가 보기에는 어설픈 천풍의 검을 그냥 두고 볼 수가 없었던 모양이다.

여자아이가 보여주는 지극히 도장스러운 기초 동작에 천풍은 그냥 웃었다. 다른 것보다 그 작은 몸으로 절도 있게 검을 휘두르는 모습이 부모가 어린 자식의 재롱을 보듯, 그저 흐뭇한 기분이었다.

한데, 여자아이는 그런 천풍의 표정을 감동으로 착각이라도 한 건지 어깨를 우쭐하며 의기양양해한다.

"에헴! 검을 만병지왕이라 하는 건 모든 무기 중에서 가장 무섭기 때문이기도 하지만, 가장 익히기 어려운 것이기도 하기 때문이에요. 어설프게 익혀서는 창(槍)의 거리를 극복 못하고 도(刀)의 힘을 이겨내지 못해요. 그러니까 그만큼 제대로 배워야 한다는 거예요. 아저씨는 검을 제대로 배운 적도 없죠?"

여자아이의 말대로 검을 제대로 배웠다고 하기는 어려웠다.

천풍이 고개를 끄덕이자 여자아이가 거보란 듯이 고개를 크게 주억거린다.

"그럴 줄 알았어요. 그러니까 그렇게 괴상한 짓을 하고 있었던 거죠."

"괴…… 상한 짓으로 보였나……?"

"그럼 그게 괴상한 짓이 아니면 뭐예요? 설마 아저씨는 그걸 검법이었다고 말하려는 거예요?"

"검법인지 아닌지는 나도 잘 모르겠다만…… 그래도 괴상한 짓까지는 아니었던 것 같은데……."

"에휴…… 그렇게 고집을 부릴 일이 아니에요. 못하는 건 죄가 아니잖아요. 못 배운 것도 부끄러운 게 아니구요. 못 배웠으면 배우면 되는 거고, 못하면 잘할 때까지 노력하면 되는 거잖아요. 그러지 말고 나중에 우리 도장에 한 번 찾아오세요. 그럼 우리 언니가 진정한 검법이 어떤 건지 제대로 가르쳐 드릴 테니까. 그치만 빨리 오셔야 할 거예요. 우리 도장…… 금방 없어질지도 모르니까."

줄곧 밝기만 하던 여자아이의 얼굴에 갑작스럽게 그늘이 생졌다.

시무룩하게 변한 여자아이의 표정이 무엇 때문인지는 이청으로부터 들어 알고 있다.

도장이 문을 닫게 생겼다고 했다. 그들이 여기까지 온 것도 그 때문이라고 했다.

"근데 아저씨. 소문이 사실이에요?"

여자아이가 시무룩해진 얼굴에 기대를 담아 불쑥 그렇게 물어왔다.

"소문?"

"여기서 소원을 빌면 다 이뤄진다는 소문 말이에요. 그게 정말 사실인 거예요?"

여자아이의 질문에 천풍이 잠시 대답할 말을 찾지 못했다. 물론 소문은 사실이 아니다. 현야가 베푼 선행들이 차츰 부풀려진 것에 지나지 않았다. 하지만 소문 하나만을 믿고 여기까지 달려온 아이에게 그건 다 헛소문일 뿐이니 괜한 헛고생 말라고는 할 수 없는 일이다. 그렇다고 거짓말로 괜한 기대를 가지게끔 만들 수도 없는 노릇, 고민 끝에 조심스럽게 입을 뗐다.

"여기서 소원을 빈다고 모두 다 이뤄지는 것은 아니겠지."

"그럼 소문은 거짓이었던 거예요?"

천풍이 고개를 저었다.

"완전히 거짓이라고 할 수도 없는 것이, 여기서 불공을 드려서 소원성취를 이룬 사람들도 분명 있으니까. 결국은 부처님도 감동시킬 만큼의 마음과 정성이 문제지 않을까?"

지극히 형식적인 대답이었지만 그게 천풍으로서는 최선이었다.

"부처님도 감동시킬 만큼의 마음과 정성? 아저씨, 그럼 일만 배로는 어림도 없겠네요? 적어도 십만 배는 해야 하는 거 아니에요?"

여자아이가 곤란하다는 듯 발을 동동 굴렸다.

"어쩌지? 내일까지는 반드시 돌아가겠다고 언니랑 약속했는데…… 늦으면 언니가 엄청 걱정할 텐데……."

"부처님을 감동시키는 건 얼마나 많이 절을 하느냐가 아니라 얼마나 진심을 다하느냐인 것이니 굳이 십만 배를 할 필요는……."

"그치만 여기까지 올라와서 부처님께 소원을 비는 사람들 중에 진심을 다하지 않는 사람이 어딨어요? 모두 다 진심을 다하는데도 소원이 다 이뤄지는 것은 아니라면서요? 그럼 진심을 다하는 것만으로는 안 된다는 거잖아요? 부처님을 감동시키려면 더 많이 빌고, 더 많이 절하는 수밖에 없다는 거잖아요?"

듣고 보니 그런 것도 같다.

여자아이의 말은 단순하면서도 또한 논리적이어서 마땅히 반박할 말을 찾지 못했다.

천풍이 꿀 먹은 벙어리가 되어 있자 더욱 애가 타는지 곱고 반듯한 미간은 잔뜩 찌푸려졌고, 맑고 큰 눈은 깊은 상념에 빠져 있다.

그러다 뭔가 좋은 생각이 떠올랐는지 천풍을 보며 물어왔다.

"아저씨. 아저씨는 여기서 사니까 부처님과 친하죠?"

갑작스러운 질문에 천풍이 어리둥절해하자 여자아이의 질문이 이어졌다.

"아저씨는 부처님과 친하니까 아저씨가 소원을 빌면 부처님도 더 잘 들어주시겠죠? 그러니까 아저씨. 아저씨가 나 대신 우리 도장이 망하지 않도록 부처님께 빌어주면 안 돼요?"

기대와 간절함으로 반짝이는 눈을 외면하기에는 천풍은 그리 모질지 못했다. 목숨을 내놓으라는 것도 아니고, 대신 소원을 빌어주는 것 정도는 얼마든지 해줄 수 있다. 그러나.

"소원을 대신 빌어주는 거야 어렵지 않다만, 난 그다지 부처님과 친하지가 않아서 말이다. 스스로 부처님의 품을 박차고 나왔으니, 친하지 않은 정도가 아니라 어쩌면 나를 무척이나 미워하고 계실지도 모르지."

"그럼 아저씨가 나 대신 소원을 빌면 오히려 더 안 좋아질 수도 있다는 거예요?"

천풍이 미안해하며 씁쓸히 고개를 끄덕이자 여자아이의 눈에 이내 실망이 가득 담겼다.

기대와 간절함으로 반짝이던 눈도 외면할 수 없었지만, 그 눈에 가득한 실망 또한 외면하기 어려운 건 마찬가지였다. 그래서 슬쩍 덧붙였다.

"나는 부처님과 친하지 않지만 내 사부님은 부처님과 무척 친하시니 내 사부님께 한 번 부탁을 드려보마."

"아저씨 사부님? 아까 본 스님 할아버지 말이에요?"

"평생을 부처님 곁에서 부처님을 모셔 오신 분이니 부처님도 사부님 부탁이라면 그냥 나 몰라라 하시지는 않을 거다."

"정말이에요? 정말 그래주시는 거예요?"

천풍이 고개를 끄덕이자 여자아이의 얼굴이 단번에 환해졌다.

여자아이의 환해진 얼굴을 보며 천풍은 날이 밝는 대로 현야를 찾아뵈어야겠다고 생각했다. 사정을 잘 말씀드리면 어쩌면 현야가 세상에 행하는 100개의 복 중에 그 하나를 여자아이를 위해 써줄지도 몰랐다. 그의 듬직한 스승은 언제나 자비로우시니까.

하지만 부처님과 무척이나 친한 천풍의 사부는, 여자아이의 소원성취를 위해 100개의 복 중 하나를 써 줘야 할 자비로우신 스님은 그 새벽, 무척이나 난감한 지경에 처해 있었다.

* * *

"이거 참……."

현야가 혀를 끌끌 찼다.

평생에 지금처럼 암담했던 적이 또 있었나 싶다.

살아오면서 지금처럼 무서웠던 적도 없었던 것 같다.

얼마 전부터 어렴풋이는 느끼고 있었다.

처음에는 그저 나이가 들어서 건망증이 조금 심해진 거려니 했다.

먹을 것에 지나치게 집착하는 스스로가 이해가 안 되기도 했지만, 그 또한 그저 늙어서 그런 거려니 했다.

갑자기 화가 치밀고 갑자기 짜증이 나고, 별거 아닌 일에 흥분하고 별일 아닌 것에 의심이 많아지는 자신이 너무 괴팍스러워졌다는 생각도 들었지만, 그때도 천풍의 생각처럼 그저 나이가 들어 조금 추해진 것뿐이다 그리 스스로를 변명했다.

하지만 이제 더는 현실을 외면할 수가 없다.

'그래. 노망이 들어 버린 게야.'

인정할 수도, 인정하고 싶지도 않았지만 이제 더는 부정할 수가 없다.

너무도 명백한 증거가 저기 저 이불 위에 고스란히 남아 있다.

그저 지도를 그린 것뿐이라면 이렇게까지 암담하지는 않았을 것이다

그저 자다가 잠시 실수를 한 것뿐이라면 이렇게 절망적이지도 않았을 것이다.

속옷이 말끔한 걸로 봐서는 자다가 잠시 실수를 한 것도 아닌데, 그 순간 정신줄을 놓아 버린 것인지 아무 기억도 없는데…… 저기 저 김이 모락모락 피어오르고 있는 누런 물건은

대체 뭐란 말인가?

믿고 싶지 않았다.

하지만 믿지 않을 수가 없었다.

그래……

그랬다……

'노망이 들어 버린 게야…….'

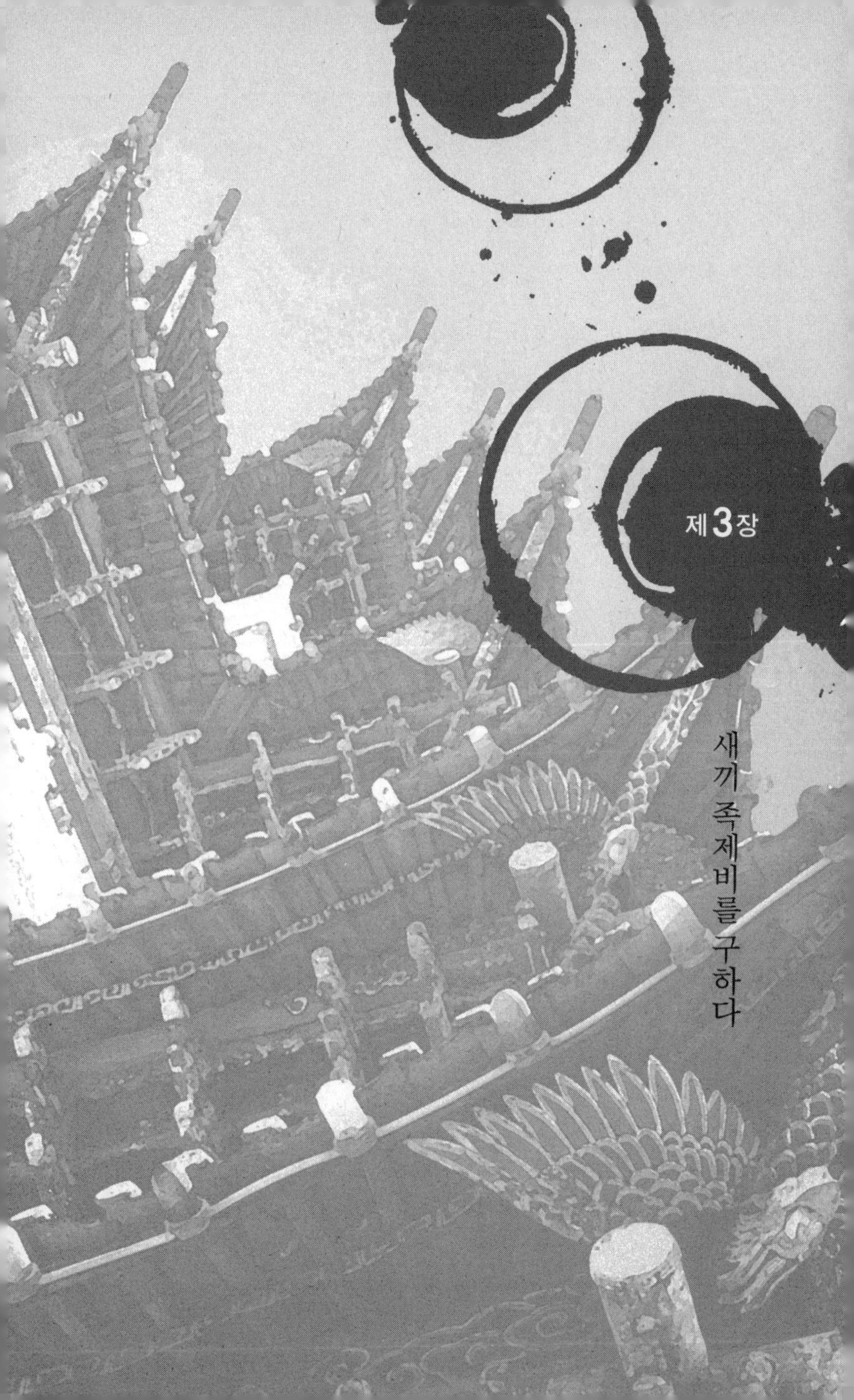

# 제3장

## 새끼 족제비를 구하다

# 천극의 서

그 새벽 큰일을 저지르고만 현야는 깊은 상념에 잠겨 있었다.

믿고 싶지 않은 일이 현실이 되어 버린 지금, 앞으로의 일을 생각해야 했다.

가장 먼저 떠오른 것은 천풍에 대한 걱정이었다.

스승 하나 잘못 만나서 지금껏 이런 산 구석에서 궂은 일 마다않고 곁을 지켜준 것만으로도 미안하기가 한정 없는데, 그보다 더 큰 짐을 지워야 한다는 것이 마음을 무겁게 했다. 생각 같아서는 '이제 인연이 다했다. 서로 가는 길이 다르니 여기서 그만 헤어지자꾸나.' 그리 말하며 멋지게 놓아주고 싶었다. 하지만 아무것도 기억 못하는 노망난 노인네에게 그나마 제자라도 곁에 없다면 그 추한 꼴을 누가 다 감당할까를 생각하니, 생각만으로도 너무 참담해서 도저히 천풍을 떼어놓을 엄두가 나지 않았다.

속 편하게 자결이라도 할 수 있다면야 스스로를 위해서도, 그리고 사랑하는 제자를 위해서도 그편이 낫겠지만 불제자의 몸으로 그럴 수도 없는 처지, 결국 그 모든 짐을 천풍에게 떠넘기는 수밖에 없다.

헤아려보면 천풍과 인연을 맺은 지가 이제 햇수로 17년이다. 앞으로 몇 년이 더 될지 모르지만 앞으로의 1년 1년이 지금까지의 17년보다 훨씬 더 힘들 거라는 건 분명했다.

"부처님의 자비가 있다면 내 명운이 그리 길지는 않겠지만……."

지금 현야의 유일한 바람이라면 천풍과의 인연이 그저 스무해를 넘기지만 않았으면 하는 것뿐이다.

천풍에 대한 걱정 다음으로 이어진 것은 세상에 100개의 복을 남기겠다 했던 부처님과의 약조였다.

난감한 노릇이지만 지금까지 몇 개나 채웠는지 정확한 수를 모른다. 100개든 1,000개든 상관없이 죽을 때까지 평생을 거기에 바치겠다는 마음가짐이어서, 아예 처음부터 수를 세지도 않았었다. 지난 10년을 떠올리며 되짚어보려 했지만 채 열을 세기도 전에 기억은 가물 가물이다.

천풍이 찾아온 것은 그 무렵이었다.

아침 준비 때문에 그런가 보다 했다. 한데 천풍이 꺼내놓은 말은 지난밤 불공을 드리러온 여자아이에 관해서였다. 현야가 행하는 100개의 복 중에서 하나를 그 여자아이를 위해 써달라는 것이었다.

돌이켜보면 천풍이 그에게 무언가를 부탁한 것은 어린 시절 목검을 만들어 달라했던 그 이후로 10여 년 만에 처음이었다.

잘되었다 싶었다. 정신이 언제 나갈지 모르는 상황이다. 어쩌면 이번이 온전한 정신으로 세상에 나가는 마지막일지도 몰랐다. 부처님과의 약조마저도 잊어버리기 전에, 그 마지막을 천풍을 위해 쓸 수 있다는 건 실로 다행한 일이었다.

못난 스승으로 인해 앞으로 감당해야 할 그 모진 세월에 이 일이 작으나마 위로가 될 수 있기를 바라며, 천풍의 부탁을 흔쾌히 승낙했다.

"그래. 그리하도록 하마."

현야가 흔쾌히 승낙하자 조심스럽게 현야의 눈치를 살피던 천풍이 크게 안도하며 환하게 얼굴을 폈다.

"오늘 중으로 돌아갈 거라 했습니다. 가는 길에 같이 동행하시는 게 여러모로 편할 텐데, 행장을 준비할까요?"

"아니다. 며칠 여기서 정리할 것이 있다. 정리가 끝나면 그때 가보도록 하마. 소홍의 청무도장(靑武道場)이라 했지?"

"예."

천풍과의 대화는 그것으로 끝이었다.

돌아서 가는 천풍의 발걸음이 가벼워 보였다.

깊디깊은 산속에서 현야와 단둘이서만 살아와서 그럴 것이다. 감정을 표현하는 데 서툴러서 자신의 감정을 잘 드러내지 않았고, 또 간혹 찾아드는 향화객들과도 잘 어울리지 못했다. 누군가를 위해 저렇듯 마음을 쓰는 것도 처음 보았고, 누군가로 인해 저렇듯 감정을 드러내는 것도 처음 보았다.

생각하니 마음이 더 무겁다.

천풍을 거둘 때만 해도 그저 가여운 마음에 측은지심을 발휘한 것뿐이었다. 하지만 오히려 그것이 천풍의 날개를 꺾은 것은 아닌지, 자신에게 거두어져 이런 깊은 산중에 발이 묶인 채로 사는 것보다 차라리 거지소굴에 버려져 그 속에서 자유로이 사는 것이 천풍에겐 더 나은 삶은 아니었을지, 이런저런 망념이 들었다. 만일 그랬다면 적어도 노망난 스승의 똥 수발은 들지 않아도 될 것 아닌가?

하지만 아무리 자책해 보아도 그 또한 천풍의 운명인 것을 어찌하랴. 그것이 부처님이 정하신 뜻이라면, 그 안에 필경 부처님의 깊은 뜻이 숨겨져 있음을 믿고 인내하는 수밖에 없다.

"후우……."

무거운 마음만큼이나 한숨도 무거웠다.

현야는 애써 안타까운 마음들을 뒤로하고 행장을 꾸렸다.

천풍에겐 며칠 정리할 것이 있다 했지만, 사실은 정신이 오락가락하는 상황에서 언제 어느 때 어떤 추태를 보이게 될지 알 수 없는 일이기에, 여자아이와의 동행이 꺼려졌던 것뿐이다. 이제부터라도 되도록 사람들과의 어울림은 피해야 했다.

현야가 천풍을 다시 부른 것은 여자아이가 현천사를 떠난 직후였다.

천풍을 불러 앉힌 현야가 천풍의 앞으로 비단 주머니 하나와 무명 주머니 하나, 그리고 두툼한 종이봉투 하나를 내밀었다.

"이게 무엇입니까?"

천풍이 의아해하며 묻자 현야가 먼저 무명 주머니를 가리켰다.

"이것은 내가 없는 동안의 생활비다. 넉넉히 넣어두었으니 혹여 내가 늦어지더라도 불편함은 없을 것이다."

다음으로 비단 주머니를 가리켰다.

"이것은 지난날 내가 네 어머니로부터 받은 돈이다. 내게 노잣돈이나 하라며 주신 거지만 차마 손을 댈 수가 없어 이때껏 보관하고 있었다."

"……."

그러고 보니 낯이 익다. 그의 어머니가 현야에게 돈주머니를 건네며 눈물로 돌아서던 그때 그도 옆에 있었다. 그래서 돈주머니가 낯이 익다. 한데, 돈주머니는 낯이 익은데 이상하게도 어머니의 얼굴이 기억이 나지 않는다. 어느 하나 좋은 기억으로 남아 있지 않은 그 몹쓸 아버지의 얼굴은 아직도 생생하기만 한데, 항상 애틋하고 항상 안타깝기만 했던 어머니의 얼굴은 안개에 가려진 것처럼 흐릿했다.

그래서일까? 비단 주머니는 그와 어머니를 이어주는 유일한 끈인데도 아무런 감흥이 없었다. 그저 현야가 왜 갑자기 이런 것을 주는 것인지 그것만이 궁금할 뿐이었다.

"그리고 이것은……."

천풍의 생각이야 어떻든 현야의 손가락이 마지막 종이봉투를 가리켰다.

"염가상단(閻家商團)이라는 곳의 지분이다."

"……?"

"황산사의 책들을 팔 때에 돈과 함께 받아놓은 것인데, 염가상단이 과거에 비해 꽤 자리를 잡았다는 소식은 들었다만 이것이 얼마만큼의 가치가 있는지는 나도 잘 모른다."

현야의 말은 그렇게 일단락이 되었다.

그제야 천풍이 궁금한 것을 물었다.

"하온데 이것들을 지금 제게 주시는 이유가 무엇입니까?"

"달리 이유가 뭐가 있겠느냐? 그저 믿고 맡길 때가 되어 믿고 맡기는 게지. 이제 너도 네 한 몸 건사할 나이는 되지 않았느냐?"

현야가 따뜻하게 웃어보였다.

그 웃음이 어딘지 억지스러워 보이기도 하고 어딘지 씁쓸해 보이기도 했지만, 지금껏 그래 왔듯 스승이 그런 거라 했으니 그런 거라고 믿었다.

천풍이 아무런 의심 없이 두 개의 주머니와 하나의 봉투를 챙겨서 돌아섰다.

그것으로 신변정리는 끝이었다. 참으로 단출하기 그지없는 신변정리였지만, 그것만으로도 당장 정신줄을 놓는다 해도 크게 마음 쓰일 일은 없었다.

그리해 다음 날 새벽, 현야가 길을 나섰다.

* * *

날이 채 다 밝기도 전이었다.

길을 떠나려는 현야와 현야를 배웅하려는 천풍이 현천사 산문 앞에 서 있었다.

천풍이 현야에게 보자기 하나를 내밀었다.

"가시는 길에 시장하실 것 같아 주먹밥이랑 스승님이 좋아하시는 봄나물들을 좀 챙겨넣었습니다."

현야가 눈살을 찌푸렸다.

"번번이 이럴 것 없다는데도……."

현야가 이같이 산을 나서는 날이면 언제나 이렇듯 먹을거리를 잊지 않는 천풍이다.

천풍에겐 지금의 헤어짐도 늘 그래 왔던 일상의 하나인 모양이지만 현야는 달랐다.

왠지 지금의 이별이 마지막일지도 모른다는 생각이 들었다. 어디까지나 기분 탓이겠지만 기분 탓만으로도 돌릴 수 없는 것이 또한 지금 현야의 상태였다.

그래서 더 애틋했고 그래서 더 걸음이 떨어지지 않았다.

문득 천풍에게 자신의 상태를 털어놓는 게 좋지 않을까 하는 생각이 들었다.

'이 아이에게도 마음의 준비를 할 시간은 필요할 터인데…….'

하지만 지금은 너무 일렀다. 괜한 걱정만 끼칠 뿐더러 마지막이 될지 모르는 이번 여정조차도 극구 말리려들 것이 뻔했다.

현야는 이번 여정을 마치면 그때 털어놓기로 했다.

"그럼 다녀오마."

"조심히 다녀오십시오."

천풍이 웃음으로 현야를 배웅했다. 아무것도 모르는 얼굴을 보고 있자니 괜스레 가슴이 먹먹해 온다. 그런 내색을 보이지 않으려 떨어지지 않는 걸음을 애써 담담히 옮겼다.

출발은 그렇게 담담했다.

현야는 자신의 모습이 까마득히 멀어질 때까지 그 자리에서 꼼짝도 하지 않고 있는 천풍을 뒤로하고, 때마침 떠오르기 시작한 태양의 아스라이 부서져 내리는 햇살을 벗 삼아 그렇게 천목산을 내려갔다.

그랬다. 그는 분명 내려가고 있었다.

한데, 지금 여긴 어디란 말인가? 한두 번 오간 길이 아니라 길을 잘못 들었을 리는 없는데 이 낯선 풍경들은 대체 뭐란 말인가?

그러고 보니 저 멀리 맞은편 절벽에 부처님의 얼굴과 꼭 닮은 커다란 바위가 보였다.

'불면암(佛面岩)?'

불면암이라니? 여기서 불면암이 보인다는 것은 그가 내려온 방향과는 정반대 방향이라는 뜻이다. 게다가 지금 그는 산을 내려가고 있는 것이 아니라 산을 오르고 있었다.

'이게 대체……?'

이상한 것은 그뿐만이 아니었다. 바로 조금 전까지만 해도 채 중천에 걸리지도 않았던 태양이 어느새 서산을 넘어가며 눈부시도록 붉은 황혼을 세상 가득 드리우고 있었다.

그러고 보니 손도 허전했다. 가시는 길에 시장할 때 드시라던 음식 보자기는 또 어디로 갔단 말인가?

지금의 이 괴이한 일을 설명할 수 있는 것은 하나뿐이었다.

저도 모르는 사이 또다시 정신줄을 놓아 버린 것이다.

기가 막혔고, 어이도 없었다. 한편으론 자신의 처지가 암담하기도 하고 처량하기도 했다. 하지만 지금은 그런 감상에나 젖어 있을 때가 아니었다. 아무리 평생을 산에서만 살아서 산길이 집 앞마당처럼 익숙하다지만 여기는 길이 낯설었고, 길이 낯선 산에서 밤을 맞는 건 그로서도 적잖이 두려운 일이었다.

걸음을 서둘렀다. 그렇게 급히 산을 내려가는데,

"캬악!"

산짐승의 울음소리 같은 것이 들렸다. 산속에서 산짐승의 울음소리야 대수로울 것도 없다지만, 그 소리가 왠지 애처롭고 위태롭게 들려서 그냥 지나칠 수가 없었다.

소리를 따라 숲을 헤쳤다. 몇 걸음 내딛지 않아 울음소리의 주인을 발견했다.

새끼 족제비였다. 그리고 새끼 족제비의 옆에는 여우 한 마리가 호시탐탐 덮칠 기회만을 엿보고 있었다.

새끼 족제비가 사납게 이빨을 드러내고 있지만 여우에겐 크게 위협이 되지 못했다. 더구나 어쩌다 그리된 것인지 한쪽 다리가 부러져 있어 도망도 칠 수 없는 형편이었다.

그야말로 일촉즉발 위기의 상황, 현야는 잠시 망설였다. 새끼 족제비의 처지가 딱하기는 하지만 어차피 세상사 생과 사가 따로 있지 않고, 먹고 먹히는 것이 자연의 섭리다. 저 여우도 겨울 동안 내내 굶주리다가 겨우 먹이를 찾은 것일 수도 있고, 이 한 번의 사냥이 여우에게도 생사의 갈림길일지도 모르는 일이다.

괜한 참견으로 한 생명을 구하려다 다른 생명을 해하는 우를 범하게 될지도 모른다. 그래서 망설였지만 눈앞에 위험에 처한 생명을 두고 모른 척 발길이 떨어지지도 않았다.

남 일 같지가 않다. 죽음이라는 것이 이토록 절절히 느껴진 적이 없는 요즘, 그것이 얼마나 쓸쓸하고 외롭고 무서운 것인지 알아 버린 때문인지 새끼 족제비의 몸부림을 도저히 외면할 수가 없다.

현야가 주위를 둘러보았다. 그리고 적당한 크기의 돌멩이를 집어 여우에게 힘껏 던졌다. 위협이 목적이어서 맞추지는 않았다.

먹잇감에만 정신이 팔려 있던 여우가 그제야 현야를 본다.

현야를 보고도 쉽사리 물러나지 않았다. 먹잇감에 대한 미련과 현야에 대한 두려움 사이에서 갈등하는 듯 보였다.

"저 아이는 너와는 연이 닿지 않은 듯하니 그만 물러가거라."

물론 말을 한다고 알아듣는다면 그건 아마도 여우의 탈을 쓴 사람이거나, 천 년을 살아 사람이 되려는 구미호 둘 중 하나일 것이다. 현야가 다시 돌멩이를 집어 들어 위협을 해서야, 여우는 새끼 족제비에 대한 미련을 버리고 후다닥 수풀 속으로 몸을 감춘다.

현야가 새끼 족제비에게로 다가가 손을 뻗었다.

"캬아!"

생명의 은인인 줄도 모르고 발톱을 세우고 이빨을 드러낸다.

아직 어미젖도 떼지 않았을 법한 녀석이었다. 사납게 이빨을 드러내봐야 부질없는 저항이었다. 먼저 한 손으로 주둥이를 제압하고 다리를 살폈다. 다행히 단순한 골절이었다.

간단히 뼈를 맞춘 다음 옷을 찢어 부러진 부위를 단단히 동여맸다.

"그럼 이제 어쩐다?"

여우도 쫓아주었고 상처도 치료해 줬으니 할 도리는 다 한 셈인데, 이대로 돌려보내려니 영 마음이 놓이지 않았다. 십중팔구 다시 맹수의 먹이가 될 게 뻔했다. 그렇다고 더 지체하려니 어둠이 이미 지척에까지 다가와 있다.

"어쩐다……."

새끼 족제비를 보니 뼈를 맞추는 동안 고통을 이기지 못하고 기절해 있었다. 차마 버려둘 수가 없다.

"이왕지사 구하기로 한 생명인데 우선은 하는 데까지 해봐야겠지?"

새끼 족제비가 있다는 것은 그 어미도 근처에 있다는 뜻이다. 현야는 새끼 족제비의 어미를 찾아 나섰다. 우선 근처의 족제비 굴부터 뒤졌다. 간혹 족제비를 발견하긴 했지만 새끼 족제비의 어미로 보이는 놈은 좀처럼 나타나지 않았다.

그사이 밤이 왔다. 현야는 그조차도 의식하지 못한 채 족제비 굴을 찾는 데 열중했다.

온 산을 다 뒤졌다. 낡은 승포가 흙투성이가 되었다. 그런데도 아무런 소득이 없다.

"휴우…… 이래서는 안 되겠는데?"

체념의 한숨이다. 무엇보다 너무 지쳤다.

현야는 품 안의 새끼 족제비를 살폈다.

정신을 차린 지는 좀 됐다. 현야가 자신을 도와주려 하고 있다는 것을 느꼈는지 더는 사납게 이빨을 드러내지도, 발톱을 세우지도 않았다. 오히려 바들바들 떠는 몸을 더욱 밀착해 온다.

그도 그지만 새끼 족제비를 위해서도 더 이상 추위에 떨게 하면 안 될 것 같았다.

결국 어미를 찾아주는 것은 내일로 미루고 몸을 쉴 만한 동굴을 찾았다.

품 안의 새끼 족제비가 돌연 그의 품을 튀어나간 것은 그때였다.

"어?"

미처 잡을 새도 없이 현야의 품을 벗어난 새끼 족제비가 어딘가를 향해 설원 위를 절뚝거리며 뛰어갔다. 놀란 현야가 급히 그 뒤를 쫓았다. 한데, 급한 마음에 몇 발짝 내딛던 현야는 갑자기 발밑이 푹 꺼지는 느낌에 어리둥절했다.

"어어?"

단지 느낌만이 아니었다. 정말로 그는 허공에 붕 떠 있었다. 아니 허공에서 사정없이 곤두박질치고 있었다.

절벽이었다. 어둠에 가려 미처 보지 못했지만 새끼 족제비가 밟고 지나간 그곳은 지붕 처마처럼 절벽의 끝자락에 살짝 걸쳐 있던 흙더미였다.

찰나 간에 아래를 살폈다. 다행히 그리 높지는 않았다. 하지만 하필이면 그 아래에 삼나무의 부서진 가지들이 죽창처럼 뻗어 있었다.

'이런!'

피하고 자시고 할 상황이 아니었다.

쾅!

모든 충격을 온몸으로 받아들였다.

"크윽!"

어깨가 찢어진 것 같았다. 왼쪽 다리에서도 극심한 통증이 느껴졌다. 하지만 정작 그의 등골을 서늘하게 하는 것은 어깨도 아니고 왼쪽 다리도 아니다. 옆구리에서 느껴지는 화끈거림이었다. 마치 불쏘시개로 쑤신 듯한 통증이었다. 아니 통증 이전에 기분 나쁜 이질감이 있었다.

옆구리를 만져보았다. 가장 먼저 느껴지는 것은 피였다. 따뜻하고 끈적끈적한, 그래서 섬뜩하게 느껴지는 피가 철퍽거릴 만큼 흥건하게 손을 적셨다. 그래도 그때까지는 괜찮았다.

현야의 눈에 아득한 절망이 담긴 것은 그 다음이었다.

"허어……!"

옷도 아니고 살도 아닌 것이 손에 잡혔다. 분명 옆구리를 만진 것인데 이 딱딱한 물건은 대체 뭐란 말인가?

힘겹게 고개를 들어 옆구리를 보았다. 나뭇가지 하나가 옆구리를 뚫고 뾰족하게 솟아 있는 것이 보였다. 게다가 그 틈새로는 시뻘건 피가 콸럭콸럭 솟아나고 있었다.

어느 정도 짐작은 했었지만 막상 그 흉측한 참상을 눈으로 확인하고 나니 체념 말고는 달리 할 게 없었다.

죽음…….

늘 입버릇처럼 달고 다녔던 죽음이 정말로 눈앞에까지 다가와 있는 것이다.

마음에 찬바람이 불었다. 그런 한편으로는 차라리 잘되었다는 생각도 들었다.

더는 추한 모습으로 늙어가지 않아도 되었다. 제자에게 더는 추한 모습을 보이지 않아도 되었다.

'어쩌면 이것이 부처님이 내게 베푸시는 마지막 자비일지도 모르겠구나.'

천풍에게 크고 무거운 짐을 지우지 않게 되었다는 것, 노망이 들어 버린 자신에게 그보다 더 큰 은혜도 없다 싶었다.

다만 마지막으로 세상에 남기려 했던 복을 마무리 짓지 못한 게 못내 아쉬웠다. 그래서 천풍의 부탁을 들어주지 못하게 된 것이 마음에 걸렸다.

그때였다. 체념과 미련으로 조금씩 흐릿해져가던 시야에 불현듯 작은 그림자 두 개가 들어왔다.

그가 떨어진 절벽 위였다. 두 개의 그림자 중 하나는 조금 전 그의 품을 박차고 나갔던, 그래서 그를 이 지경에 처하게 한 바로 그 새끼 족제비였다.

현야의 입가에 상황과는 어울리지 않는 미소가 걸렸다.

'어미를 찾은 게로군.'

새끼 족제비 옆에서 호기심어린 눈으로 현야를 내려다보고 있는 녀석은 분명 어미 족제비일 것이다. 새끼 족제비가 그의 품을 뛰쳐나갔던 것도 어미의 냄새를 맡아서였던 것 같았다.

"나쁘지 않군. 나쁘지 않아."

비록 세상에 마지막으로 남기려 했던 복은 무위로 돌아갔지만, 천풍의 간곡했던 부탁도 결국 완수하지 못했지만, 그래도 마지막이 헛되지만은 않았다. 지난 10년을 세상을 위해, 사람을 위해 살았으니 한 번쯤은 미물을 위해 덕을 쌓고 복을 남기는 것도 생을 마감하는 이 순간, 제법 운치가 있다 생각되었다.

"그래. 나쁘지는 않았어."

큰 깨달음을 통한 득도도 아니고 모든 번뇌로부터의 해탈도 아니다. 그런 멋스러움과는 상관없이 불제자의 것치고는 참으로 초라하기 그지없는 마지막이다. 하지만 지금 현야의 입가에 걸린 미소는 그가 살아오면서 지었던 그 어떤 미소보다도 더 홀가분하고 더 평온해 보였다.

추위가 밀려들었다.

졸음이 밀려왔다.

눈이 감겼다.

'그나저나 내가 죽었다는 건 알려야 할 텐데…….'

멀어지는 의식의 끝자락에 아주 잠깐 스쳐간 걱정이었다.

오가는 인적이 없어 이대로 들짐승의 먹이가 된다면 그건 그것대로 몸으로 보시를 하는 것이니 그리 안타깝지는 않다. 하지만 적어도 천풍에게 소식은 알려야 했다. 그러지 않으면 천풍의 무의미한 기다림이 언제까지 이어질지 모르는 일이다.

그러나 천풍에 대한 걱정조차도 이젠 귀찮다.

밀려드는 졸음을 더 이상 막을 수 없다.

그저 자고 싶을 뿐이다.

그리해 현야는 억지스레 붙들고 있던 의식의 끈을 놓았다.

*　　*　　*

현야의 걱정처럼 그의 소식은 천풍에게 전해지지 않았다.

천풍은 현천사에서 이제나저제나 현야가 돌아오기만을 기다렸다.

처음 한 달은 그저 그러려니 했다.

다음 한 달은 조금 늦어지는구나 했다.

다시 한 달은 많이 늦어지는구나 했다.

그래도 크게 걱정은 하지 않았다. 자주는 아니었지만 더러 두어 달씩 지체될 때가 없잖아 있었고, 한 번은 근 반년을 홀로 현천사를 지키며 현야를 기다린 적도 있었다.

그래서 반년이 지났을 때도 천풍은 현천사에서 스승을 기다렸다.

하지만 1년을 꽉 채우게 되자 더는 기다리고만 있을 수가 없었다.

무슨 변고가 생긴 것은 아닌지 걱정도 되었고, 마냥 기다리고만 있기가 답답하기도 했다.

그리해 천풍은 기다림을 끝내기로 결심했다.

짐을 꾸렸다.

먼저 스승으로부터 받은 두 개의 돈 주머니를 챙겼다.

어머니가 노잣돈 삼아 주었다는 돈은 은자 열 냥 그대로 남아 있었고, 스승이 생활비조로 주고 간 돈은 지난 1년을 보내는 동안 서른 냥에서 달랑 두 냥만이 남았다.

모두 열두 냥, 일정을 기약할 수 없는 세상나들이라 열두 냥으론 조금 불안했다.

'부족하면 부족한 대로 어떻게든 되겠지.'

아쉽긴 했지만 크게 개의치 않고 마저 짐을 꾸렸다.

돈주머니에 이어서 염가상단의 지분이라는 것도 챙겼다.

다음으로 한동안 입을 옷가지들을 짐 보따리에 쌌다. 그러다 오랫동안 잊고 있던 물건 하나를 발견하고는 흠칫했다.

중앙에 금(金)이라는 글자가 정교하게 양각되어 있는 둥근 옥패였다.

"나 금천우의 신표다. 기적이라는 것이 있어 네놈이 그 저주받은 운명으로부터 벗어나는 날이 오거든, 그리해 세상으로 나오게 되거든 반드시 검문으로 나를 찾아오거라."

기적이라는 것은 있었다. 저주받은 운명으로부터도 벗어났다.

이제 갈 수 있다. 지금이 금천우가 말했던 그날일 수도 있다. 그러나 이번 여정은 어디까지나 스승의 안부를 알아보기 위한 길, 검문에는 갈 일이 없을 것이다. 검문에 갈 일은 없겠지만 일단은 옥패도 챙겨 넣었다.

그렇게 행장을 마쳤다.

이제 산을 내려간다.

필요한 물건을 구하기 위해 한 번씩 인근 마을을 다녀온 적은 있지만, 이렇듯 긴 일정을 잡고 산을 내려간 적은 처음이었다.

그래서일까? 가슴이 설레였다. 스승에 대한 걱정보다도 오히려 그 설렘이 더 컸다.

불효라면 불효일 수 있지만 황산사에서, 그리고 황산사보다 더 깊은 곳에서 20년 가까운 세월을 보내 버린 그에게, 세상에 대한 호기심과 기대는 그만큼 특별할 수밖에 없었다.

천풍은 소홍으로 길을 잡았다. 소홍의 청무도장에 다녀오겠다며 나간 후 돌아오지 않았으니, 현재로서는 현야에 대한 소식을 들을 수 있는 유일한 곳이었다.

그리해 길을 나섰다.

터벅터벅.

아직은 어둠이 더 짙은 이른 아침, 천풍의 세상을 향한 첫 걸음은 그렇게 시작되고 있었다.

# 제 4 장

## 천하사절(天下四絶)은 누구?

소홍은 절강성 남쪽에 위치한 도시로 항주 가까이에 있지만 항주처럼 유명하지도 않고, 소주에 버금가는 운하 도시지만 소주처럼 화려하지도 않다.

이유는 그곳이 부패의 온상지이기 때문이다. 소홍은 강남에서 최고로 부패한 도시였다. 풍부한 물자에 비해 사람들의 관심에서 비교적 멀어져 있어서인지, 전통적으로 밀거래가 빈번했고 탐관오리도 많았다.

하지만 언제부터인가 소홍에 대한 인식이 달라지기 시작했다.

부패의 온상지로 사람들의 멸시를 받던 소홍에 무도관들이 들어서면서부터였다.

소흥에 대한 사람들의 생각을 바꾸겠다는 현령의 의지가 무도관들의 입성을 장려했고, 구대문파가 곳곳에 자리를 잡고 있는 강북에 비해 무림에서는 항상 변방인 취급을 받고 있는 강남 무림인들의 열망이 거기에 더해졌다.

이제 소흥은 더 이상 부패의 도시가 아니었다. 광동의 불산에 버금가는 무도관들의 천국이었다. 큰길을 따라 마치 가로수처럼 길게 늘어서 있는 무도관들의 행렬은, 이제 소흥만의 볼거리이자 특산품이 되어 있었다.

천풍이 소흥에 도착한 것은 구름 한 점 없는 밝은 날, 봄 햇살이 유난히 따가운 정오 무렵이었다.

현천사를 출발하고부터 한 달이었다. 한 달이나 걸릴 거리가 아니었지만, 너무나도 아름다운 서호(西湖)의 풍경이 자꾸만 그의 발목을 잡은 탓이다.

특히나 서호의 열 가지 아름다움이라는 서호십경(西湖十京)은 그야말로 단연 압권이었다.

눈이 녹으면서 마치 다리가 끊어진 것 같은 착각을 불러일으키는 단교잔설(斷橋殘雪)에, 호수 서남쪽에 있는 남고봉(南高峰)과 서북쪽에 있는 북고봉(北高峰)이 산수화처럼 운치가 있는 쌍봉운(雙峰雲), 오백여 그루의 모란과 이백 종 일만 오천 그루의 꽃에 둘러싸인 홍어지(紅魚池)와 그곳에서 노니는 화항관어(花港觀魚), 시인 소동파가 만들었다는 소제춘효(蘇堤春曉) 등

등…… 이건 한 번 빠져드니 도저히 발을 뗄 수가 없었다. 스승을 찾아야 한다는 본래의 목적마저도 잊어버릴 지경이었다.

어쨌거나 생각보다 길어진 여정의 끝에 소흥에 도착한 천풍은 먼저 눈을 돌리는 곳곳마다, 매 걸음걸음마다 보이는 도장들에 놀랐다.

여기까지 오면서 소흥에 대한 소문을 듣긴 했지만 이 정도까지일 줄은 몰랐다.

'소흥이 그리 좁은 도시도 아니고, 이렇게 많은 데서 청무도장을 어떻게 찾나?'

생각하니 막막했다.

혹시나 싶어 길 가는 사람들에게 물어보기도 했다.

'청무도장? 글쎄…… 들어는 본 것 같은데, 어디에 있더라…….'

하지만 대개 이런 식이었다.

아무래도 시간을 두고 찾아봐야 할 것 같아서 일단은 요기부터 하기로 했다.

근처의 객잔을 찾아들어갔다.

객잔문을 들어서자마자 점소이가 쪼르르 달려와 헤픈 웃음을 날린다.

처음에는 점소이의 그런 헤픈 웃음과 과도한 친절이 영 어색하고 불편했는데, 이젠 아무렇지 않게 받아들일 만큼 세상에 적응을 마쳤다. 한데, 어쩐 일인지 '어서옵셔!' 라든지 '뭘

드릴깝쇼?' 가 없다. 헤픈 웃음 뒤에 바로 이어진 것은 과도한 친절 대신 작위적인 미안함과 곤란함이었다.

"손님. 지금은 자리가 없는뎁쇼? 조금 기다리셔야 할 것 같은뎁쇼?"

그러고 보니 객잔 안 식탁은 빈 곳 하나 찾을 수 없이 가득 차 있었다.

보아하니 조금 기다려서는 자리가 날 것 같지 않았다. 어쩔 수 없이 걸음을 돌려 다른 객잔을 찾았다. 하지만 다른 객잔도 사정은 마찬가지였다.

그저 장사가 잘되는 수준이라 하기엔 마을 전체가 지나치게 붐볐다. 객잔뿐만 아니라 길가에도 사람들이 삼삼오오 모여서 이야기꽃을 피우고 있었다. 어딘가 들뜬 듯도 하고 산만한 듯도 한 분위기가 왠지 심상치 않아서, 네 번째로 그에게 퇴짜를 준 객잔의 점소이에게 의아히 물었다.

"혹시 이 마을에 무슨 일이라도 있는가?"

자리가 없다며 난색을 하던 점소이가 천풍의 질문에 도리어 의아히 반문했다.

"공자님은 그럼 비무를 보러 오신 것이 아닙니까요?"

"비무?"

"절강신룡(浙江新龍) 위지상(爲支湘) 소협과 무명객(無名客) 이한위(李寒威)의 비무가 한 시진 후에 요 앞 관제묘에서 있을 예정입지요. 그 때문에 여기 소흥만이 아니라 절강성 등지에서 무림인들이 죄다 모여들고 있는 거굽쇼."

"절강신룡 위지상이란 사람이 그렇게 유명한 사람인가? 이렇게나 많은 사람들이 몰려들 만큼?"

"사람들이 보고 싶어 하는 건 절강신룡 위지상 소협이 아니라 무명객 이한위인뎁쇼?"

천풍이 고개를 갸웃거렸다.

무명객이란 건 아직 별호조차 얻지 못한 사람에게 흔히 붙이는 것이었다. 사람들이 몰려든 이유가 '절강신룡' 이라는 별호에, 뒤에는 '소협' 까지 붙은 위지상이 아니라 별호조차 얻지 못한 무명객이라는 게 이해가 되지 않았다.

"공자님께선 무명객 이한위에 대해 듣지 못하셨나 보군요. 무명객 이한위가 어떤 사람이냐면 말입니다요."

천풍의 표정을 읽은 점소이가 짐짓 의미심장한 표정과 말투로 나직이 말했다.

"바로 천하사절(天下四絕)의 비급을 가진 자라 이겁니다요. 물론 어디까지나 소문에 불과하지만, 그래서 사람들이 직접 눈으로 확인해 보려고 이렇게 많이 몰려든 것이굽쇼."

뭔가 대단한 일이라도 되는 양 목소리를 까는 점소이였지만 천풍에겐 그저 생소할 뿐이다.

"천하사절이란 게 뭔가?"

"공자님께선 설마 천하사절도 모른단 말입니까요?"

점소이가 뭐 이런 무식한 사람이 다 있나 하는 눈빛으로 천풍을 본다.

천풍이 의아해하며 다시 물으려는데,

"이봐! 여기 소흥주(紹興酒) 한 병 더 가져와!"

객잔 안 구석에서 손님의 주문이 있었다. 점소이가 인사를 하는 둥 마는 둥 하며 급히 달려가 버렸다.

술 주문하는 소리, 안주 주문하는 소리가 여기저기서 거의 동시다발적으로 터져 나왔다. 몸이 두 개라도 모자랄 만큼 바빠진 점소이를 보며 천풍은 걸음을 돌릴 수밖에 없었다.

한층 더 시끌벅적해진 객잔 분위기로 보자니 비무가 시작될 때까지는 자리가 날 것 같지도 않았고, 이 바쁜 와중에 점소이가 그를 위해 느긋하게 천하시절에 대한 궁금증을 풀어줄 것 같지도 않았다.

그렇게 천풍은 다섯 번째 객잔을 찾았다.

안타깝게도 다섯 번째 객잔도 사정은 별반 다르지 않았다.

객잔 안은 시끌벅적 이야기꽃을 피우는 사람들로 가득 차 있었고, 점소이는 자리가 없다며 곤란한 얼굴을 했다.

이쯤 되고 보니 점심은 포기하는 수밖에 없었다.

그렇게 체념하며 돌아서려 할 때였다.

"아저씨?"

귀에 익은 목소리가 들렸다.

목소리를 따라 눈을 돌렸다.

창가 쪽 식탁에서 낯익은 여자아이 하나가 그를 향해 반갑게 손짓하고 있었다.

"천풍 아저씨 맞죠?"

"허허. 공자님을 이런 데서 또 뵙게 될 줄은 몰랐구려."

그러고 보니 여자아이의 맞은편에도 낯익은 얼굴이 있었다.

임상아와 이청, 지난날 현천사에서 만났던 그 사람들이다.

그렇잖아도 청무도장을 찾지 못해 막막하던 참이었다. 낯설고 물선 이곳에서 그들을 만나게 되니, 그야말로 사막 한가운데서 우물을 찾은 것같이 반갑기 이를 데 없었다.

천풍이 그들에게로 다가가자 상아가 냉큼 자신의 옆자리를 비켜주며 손짓했다.

"아저씨 여기 앉아요."

그러고 보니 이청은 크게 달라져 보이지 않는데 상아는 1년 사이 부쩍 자란 모습이었다. 게다가 질끈 묶고 있던 머리를 풀어헤친 때문인지 제법 소녀티도 났다.

천풍이 상아의 옆에 앉으며 인사를 건넸다.

"그간 잘 지내셨습니까?"

"우리야 뭐 특별할 게 있겠소마는, 한데 공자께선 여긴 어인 일이시오?"

"스승님이 산을 내려가신 후 연락이 없으셔서……."

"현야 스님께서 말이오?"

"혹시 그 후로 다시 만나신 적은 없습니까?"

"현야 스님이 우리를 찾을 일이 뭐가 있겠소?"

이청의 반문에 천풍은 고개를 갸웃거렸다.

사람을 도울 때 딱히 얼굴을 감추면서 일을 하는 현야가 아니었다. 얼굴을 감추고 이름을 숨기며 좋은 일을 하는 사람이었다면 현천사가 지금처럼 유명해지지도 않았을 것이다.

한데 만난 적이 없다고 한다. 하면 현야는 이곳에도 오지 않았단 말인가?

천풍이 혹시나 하며 다시 물었다.

"청무도장은 어찌 되었습니까?"

"어찌되나 마나 이미 망해 버렸는걸 뭐……."

이청의 말에 상아가 꽥 소리를 질렀다.

"아직 안 망했어요!"

"도장 건물만 남았다 뿐이지 수련하는 제자 한 명 없는데……."

"아니에요! 한 명 있어요!"

"사우? 그놈이야 돈 한 푼 안 내고 공짜로 다니는 놈인데 제자랄 것도 없지."

"그래도 안 망했어요! 안 망했단 말이에요! 도장 현판을 내리기전까진 절대 망한 게 아니라고 언니가 그랬단 말이에요!"

어찌나 크게 소리를 질러대는지 시끌벅적 떠들어대던 사람들까지도 어리둥절해서 쳐다볼 지경이다. 그런 사람들의 시선에 민망해할 새도 없이 천풍은 생각에 잠겼다.

이청은 현야를 본 적도 없다 하고 청무도장에도 아무런 변화가 없다 한다.

확실해졌다. 현야는 이곳에 오지 않았다.

허면 청무도장에 다녀오겠다던 양반은 대체 어디로 사라진 것일까?

'혹시 또 방랑벽이라도 도지신 건가?'

워낙에 자유로운 사람이라 그런지 한 번씩 그냥 기분 내키는 대로 세상을 돌아다닐 때가 있었다. 수년 전 현천사를 반년 동안 비웠을 때도 그랬고, 2년 동안의 세상구경 산천유람 끝에 처음 진가장에서 천풍과 인연을 맺었을 때도 그랬다.

걱정이 되지 않은 건 아니지만 무슨 변고가 생겼을 거라고는 추호도 생각하지 않았다.

그때, 상아가 불쑥 물어왔다.

"아저씨도 비무 구경 갈 거죠?"

상아의 질문에 천풍이 흠칫하며 물었다.

"상아 너도 그럼 무명객 이한위라는 사람의 비무 때문에 온 거냐?"

"당연하죠! 천하사절의 무공을 직접 눈으로 볼 수 있다는데 이런 기회를 어떻게 놓쳐요?"

생각해 보면 참으로 다행한 일이었다. 비무가 아니었다면 상아가 이곳 객잔에서 밥을 먹고 있지도 않았을 것이고, 비무가 아니었다면 그가 무려 네 곳이나 되는 객잔으로부터 퇴짜를 맞는 일도, 네 번의 퇴짜 끝에 여기까지 오게 되는 일도 없었을 것이다. 그랬다면 청무도장을 찾는 데 얼마나 더 고생을 해야 했을지 모르는 일이다.

천풍은 그렇잖아도 궁금했던 참이라 상아에게 물었다.

"천하사절이라는 게 대체 뭐지?"

"아저씨는 천하사절도 몰라요?"

지금 상아의 눈빛은 조금 전 객잔에서 점소이가 보내던 그 눈빛과 완전히 똑같았다.

뭐 이런 무식한 사람이 다 있나 하는…….

"산사에서만 계속 사셨으니 천하사절에 대해 모를 수도 있는 게지 뭘 그리 무안을 주고 그러느냐."

이청이 천풍을 편들며 천하사절에 대한 설명을 덧붙였다.

"아마 3년쯤 전이었을 게요. 장치성(張治星)이라는 무명객이 강호의 일류고수로 이름이 자자한 탈명검(奪命劍) 한담(漢潭)을 비무에서 꺾어 버린 사건이 있었소. 더 놀라운 것은 장치성이 사용한 것이 하오문 잡도들이나 쓰는 삼류검법이었다는 사실이오. 삼류검법으로 일류고수를 꺾는다? 코흘리개 꼬마 아이가 육 척 장한을 넘어뜨렸다는 것보다 더 말도 안 되는 상황이 벌어진 게지요. 그래서 사람들이 물었소. 대체 어떻게 삼류검법으로 탈명검 한담을 이길 수 있었는지."

"그래서요?"

"장치성의 대답은 간단했소. '나는 우연히 천하제일의 검수가 남긴 비급을 얻었고 그 비급에 적힌 것이 바로 이 삼류검법이오. 하지만 천하제일의 검수가 남긴 것이기에 그것은 또한 삼류검법과는 다른 것이오.' 라는 것이었지."

천풍이 고개를 갸웃거렸다.

"천하제일의 검수란 건 누구를 말하는 것입니까?"

"아무도 모르오. 비급의 말미에 천하제일검수라는 이름이 적혀 있었다는 것밖에는. 어쨌든 그 후, 중원 각지에서 삼류무공을 내세워 일류고수를 꺾는 자들이 속속 나타나기 시작했소. 비단 검법만이 아니었소. 도법도 있었고 창법도 있었고 권법도 있었소. 그리고 그들은 각기 천하제일도객, 천하제일신창, 천하제일권사의 비급을 얻었다고 했고. 그래서 사람들이 그들을 통틀어 천하사절이라 부르게 된 것이오. 좋은 가문에서 나지 못하고, 좋은 스승을 만나지 못하고, 좋은 재능을 가지지 못한 자들에게, '일류를 이길 수 있는 삼류' 라는 것은 소림 장경각의 무공비급들보다 더 큰 매력이고, 유혹일 수밖에 없는 것이지요."

지금 무림은 정말이지 천하사절로 인해 뜨겁게 달아올라 있었다. 적어도 무림에서 이름을 얻지 못한 사람들에게 있어 천하사절이란 이름은 그야말로 꿈이자 희망이 되어 있었다.

"만일 이한위가 익혔다는 자운십이검(紫雲十二劍)이 정말 천하사절의 또 다른 비급이 맞다면 천하제일검수의 세 번째 비급이 나온 것이자, 천하사절로는 아홉 번째 비급이 되는 것이외다."

천하제일검수라든가 천하제일도객이라든가…… 듣다 보니 왠지 낯설지가 않았다.

'기분 탓인가?'

그건 기분 탓일 수도 있지만 이한위가 익혔다는 자운십이검은 분명 기분 탓이 아니었다. 자운십이검은 과거 그가 황산사에서 익힌 무공들 중 하나였다.

천하사절에 대한 호기심도 호기심이지만 아는 검법의 이름이 나오니 부쩍 관심이 갔다.

'일류를 이길 수 있는 자운십이검이란 말이지?'

이한위가 펼칠 자운십이검이 과연 그가 알고 있는 자운십이검이랑은 어떻게 다를지 자못 궁금했다.

"듣기로 관제묘 앞에서 비무가 있다 하던데 관제묘가 어디 있습니까?"

"서둘 것 없소이다. 시간에 맞춰서 우리와 같이 가시면 되니…… 그 전에 식사부터 하셔야 하지 않겠소? 여기 들어오신 것도 요기를 하기 위함이었던 듯한데?"

"그래 아저씨. 비무까지는 아직 시간이 있으니까 밥부터 먹어요."

그러고 보니 이야기에 빠져서 정작 밥을 먹질 못했다. 잠시 마음의 궁금함들을 접고 점소이를 불러 간단한 요깃거리를 주문했다.

* * *

하늘 해의 기세가 한풀 꺾여들 시각이었다.

소흥의 관제묘 앞은 몰려든 인파로 인해 그야말로 북새통을 이루고 있었다.

새까맣게 몰려든 인해의 장벽을 보며 천풍은 새삼 천하사절에 대한 사람들의 관심이 어느 정도인지 알 수 있었다.

"이걸 어째? 이래서는 볼 수가 없잖아?"

상아가 관제묘를 틈새 없이 가득 메운 사람들을 보며 발을 동동 굴렀다. 곤란하기는 이청도 마찬가지였다. 아무래도 이렇게까지나 사람들이 많이 와 있을 거라고는 그들도 생각지 못한 모양이었다.

잠시 그 광경을 지켜보던 천풍이 상아를 번쩍 들어 목마를 태웠다.

"왜 그래요? 이래서는 저밖에 못 보잖아요? 그럼 차라리 안 보고 말래요."

"아냐. 다 같이 볼 수 있으니까 가만히 있어봐."

내려달라고 바동대는 상아를 진정시킨 후, 한 손으로 이청의 손을 잡고 철옹성처럼 굳건한 인해장벽 속으로 발을 내딛었다. 그러자 앞에 사람이 휘청하며 쓰러지듯 옆으로 비켜난다. 그 앞 사람도, 또 그 앞 사람도 마찬가지였다. 천풍이 걸음을 옮기는 곳마다 마치 물길이 갈라지듯 인해장벽이 갈라지고 있었다. 그리고 정확히 열두 걸음 후, 그들은 인해장벽의 가장 앞자리를 차지하고 있었다.

“아저씨? 대체 어떻게 한 거예요?”

상아도, 이청도 어안이 벙벙한 눈으로 천풍을 본다.

천풍은 그냥 웃었다. 딱히 숨기려는 건 아니지만 설명하기가 좀 난감했다.

그냥 보였다. 어린 시절 천 권의 책을 읽자 그의 안에서 다른 눈이 눈을 뜬 것처럼, 그리해 무공을 볼 때 허점을 먼저 볼 수 있게 되었던 것처럼 맥(脈)이랄 수도 있고 허점이랄 수도 있고 중심이라고 할 수도 있는 것이, 언제부터인가 사람에게서도 보였다.

작은 힘으로도 전체를 무너뜨릴 수 있는 힘.

그것은 조금 더 발전한 형태라 할 수도 있었고 조금 더 능숙해진 것이라 할 수도 있었다.

아니, 그 변화의 정도를 보자면 차라리 진화라 하는 게 맞을지도 몰랐다.

어쨌든 그 덕분에 무사히 가장 좋은 자리를 차지하고 보니 비무가 막 시작되려는 찰나였다.

빙 둘러싼 인파 속에 두 명의 사내가 오롯이 서 있었다.

소협이라는 호칭에서 어느 정도 짐작은 했지만 두 사내 다 생각보다 젊어 보였다. 천풍과 비교해도 그 또래 아니면 아래위로 한두 살 정도의 차이밖에는 안 될 듯했다.

"저 사람이 절강신룡 위지상 소협인가 봐요?"

상아가 두 사내 중 하나를 손가락으로 가리켰다.

새하얀 영웅건을 이마에 두르고 비단 장포를 멋들어지게 걸친 사내였다.

강호에 이름이 쟁쟁하다는 게 차림새에서부터 드러나고 있었다.

그리고 다른 한 사내는 해진 무명옷에 낡은 철검만이 전부였다. 비단 장포의 사내에 비하면 정말이지 초라하기 그지없어 보이는 사내였지만, 여기 모인 모든 사람들의 눈은 바로 그 초라하기 그지없어 보이는 사내에게로 모여지고 있었다.

'그럼 저 사람이 무명객 이한위인가 보군.'

천풍의 눈도 마찬가지로 이한위를 향했다.

일류를 이기는 삼류라는 게, 천하제일검수가 남긴 자운십이검이라는 게 과연 그가 알고 있는 자운십이검과 어떻게 다른 것인지 정말이지 궁금하기 이를 데 없었다.

그렇게 모두의 관심이 집중된 가운데 두 사내가 서로를 향해 포권을 취했다. 그리고 둘은 간격을 벌리며 자세를 잡았다.

조금은 긴장되어 보이는 이한위와 조금은 오만해 보이는 위지상이다.

위지상이 검을 팔 뒤로 숨기며 선수 양보의 뜻을 전했다. 그러자 이한위가 그 뜻을 받지 않겠다는 뜻으로 고개를 저었다.

자신의 선의가 거절당하자 위지상의 눈빛이 순간 사납게 변했다.

'제깟 놈이 감히 나와 동수로 맞서겠다고?'

기가 막힐 노릇이었다. 무림에서의 지위나 명성을 놓고 보았을 때, 지금 이렇게 비무에 응해 준 것만으로도 영광으로 알고 감지덕지해야 할 판이다. 애당초 이한위로부터 도전장을 받았을 때만해도 그는 이한위가 누군지도 몰랐다. 그래서 콧방귀와 함께 일언지하에 거절했었다.

재차 도전장을 보내왔을 때도 마찬가지다. 하지만 세 번째 도전장이 도착했을 때, 그도 더는 거절하지 못했다. 도전장의 말미에 적힌 이름 때문이었다.

'천하제일검수의 세 번째 제자 이한위 배상(拜上)'

이한위의 도전을 거절하기엔 천하제일검수라는 이름이 가지는 무게가 너무 컸다. 게다가 어떻게 알았는지 그즈음 해서 천하사절의 비급을 얻은 자가 절강신룡 위지싱에게 도전장을 보냈다는 소문마저 나돌고 있었다.

더는 거절할 수 없는 상황이었다. 다시 거절했다가는 겁을 먹고 도망치는 것이라 오해를 살 수도 있었다.

그래서 도전을 받아들였고 이렇게 이한위와 마주하게 된 것이다. 하지만 아무리 같은 무대에 서게 되었다고는 하나 그와 이한위는 살아온 세계부터가 달랐다.

태어나기를 명문 무가에서 태어났고, 이름 높은 무림 명숙들에게 가르침을 받으며 자랐다. 비록 구대문파나 검문 같은 무림사세의 후기지수들에 비할 바는 아니지만, 강남 무림의 젊은 층들 사이에선 그래도 위지상이란 이름 석 자가 작은 이름이 아니었다.

한데, 지금까진 이름 한 번 들어본 적이 없는 자가, 이렇게 마주하고 있는 것조차 친구들에게 놀림거리가 될 만큼 격이 떨어지는 자가 그의 선의를 거절하다니? 선수 아니라 십초의 양보도 과하지 않은데 감히 동수로 해보겠다니?

'천하제일검수라고? 천하사절이라고? 좋아! 그딴 가소로운 허명 따위, 내가 오늘 이 자리에서 박살을 내주지!'

누가 먼저랄 것도 없었다. 동시에 서로를 향해 검을 찔러 들어갔다.

비무는 그렇게 시작되었다. 하지만 위지상의 생각처럼은 진행되지 않았다.

'뭐가 이 따위야?'

상대의 검은 지극히 삼류스러웠다. 속도는 느리고 변화는 조잡하고 패기는 눈을 씻고 찾아봐도 없다. 한데…… 검의 빠름도, 변화의 유연함도, 힘의 세기도 모두 그가 압도하고 있는데 정작 승부가 나지 않는다. 냉정하게 생각해 보면 오히려 밀리는 느낌이다.

그도 그럴 것이 아무리 거세게 몰아붙여도 상대는 조금도 당황한 빛을 보이지 않았다. 아무리 매섭게 검을 날려도 이를 받아넘기는 이한위에게선 여유마저 느껴졌다. 반대로 이한위가 공격해 들어올 때면 그는 매번 헛바람을 삼켜야 했다.

마치 귀신에라도 홀린 듯한 기분이었다. 찔러 오는 검도 눈에 훤히 보일 정도로 느리고 변초라고 하는 것도 어린애들 칼질만큼이나 한심한데, 어떻게 된 것이 막을 수가 없다. 막으려고 하면 손발이 어지러워지고 눈앞이 아득해진다. 그가 할 수 있는 거라고는 그저 뒤로 물러나 공격범위에서 벗어나는 것뿐이었다.

'대체 뭐가 이 따위냐고!'

짜증이 치밀었다. 승부의 흐름이 마음처럼 되고 있지 않는 것도 짜증이 났고, 도무지 그 이유를 알 수 없다는 것도 짜증이 났다.

그러면 그럴수록 그의 공격은 더욱 거칠어지고 더욱 매서워졌다. 아예 반격의 기회조차 주지 않겠다는 늣 폭풍처럼 몰아붙였다.

하지만, 어떻게 봐도 무리한 공격이었다. 평정심을 잃고 있었다. 평정심을 잃어 얼굴에 가득한 조급함조차 감출 생각을 못하고 있었다.

무리한 공격은 그만큼 허점을 드러내기 마련이고, 평정을 잃은 조급함은 입안에 독을 머금고 있는 것과 같다. 이 거센 폭풍이 끝났을 때, 승부의 추가 급격히 기울어질 것은 불을 보듯 뻔했다. 이는 무공에 대해 잘 알지 못하는 이청과 아직 나이 어린 상아도 알아차릴 만큼 너무도 명명백백한 일이었다.

"지금 절강신룡이 지고 있는 거 맞죠?"

"그런 것 같다마는……."

"그럼 지금 무명객 이한위란 사람이 천하사절의 비급을 얻은 것도 맞는 거죠? 그러니까 지금 저 사람이 펼치고 있는 자운십이검이라는 검법이 바로 천하사절의 무공이라는 거죠?"

상아의 목소리는 들떠 있었고 크고 맑은 눈은 어떤 희열과 설렘으로 반짝이고 있었다.

상아뿐만이 아니었다. 관제묘에 모인 모든 사람들의 마음이 그와 같았다.

숨죽인 채 비무를 구경하던 사람들 사이에서 웅성거림이 일기 시작했다.

혹시나 했던 기대에 확신이 새겨지면서 장내의 분위기는 뜨겁게 달아오르고 있었다.

하지만 천하사절의 무공이라는 확신에 가장 크게 쾌재를 부르고 가장 크게 희열을 느끼는 것은 그 어느 누구도 아닌, 그 모든 환호의 주인공인 이한위 본인이었다.

'역시 내가 얻은 것은 천하사절의 비급이 맞았던 거야!'

위지상에게 도전장을 보냈을 때도, 그리해 여기에서 많은 사람들에 둘러싸여 위지상과 마주하게 되어 칼을 맞대게 된 이 순간까지도 그는 확신을 못하고 있었다.

하지만 위지상의 당황과 조급함, 분기로 뒤범벅된 얼굴을 보며 이제는 확신할 수 있었다. 자신이 가진 무기에 확신이 생기자 자신감도 더불어 같이 왔다.

'나한테, 이 질 떨어지는 가난뱅이 녀석한테 이렇게 무릎 꿇을 날이 올 거라곤 상상도 못했겠지? 안 그래? 부잣집 도련님?'

폭풍처럼 공격이 퍼부어지는 와중에도 이한위는 위지상을 보며 비릿한 실소를 날렸다.

위지상은 이한위를 알지 못했지만 이한위는 위지상을 오래 전부터 알고 있었다.

무척이나 오래되고 진부하리만치 케케묵은 유년 시절의 중심에 위지상이 있었다.

어린 날, 그는 정말이지 찢어지게 가난했다. 낙방문사였던 부친은 집 안에 쌀이 다 떨어지는데도 헛된 미망에 사로잡혀 책 나부랭이나 붙들고 있었고, 그런 남편을 대신해 병든 모친이 힘들게 발품을 팔아 번 돈으로 그들 세 식구가 겨우겨우 입에 풀칠이나 하던 그런 시절이었다.

그래서 남들 다 가는 도장 한 번 다녀본 적이 없고, 아이들과 어울려 그 흔한 칼 놀이 한 번 해본 적이 없었다. 항상 주린 배를 움켜잡고 마을 아이들의 칼 놀이를 그저 멀리서 지켜보는 게 전부였던 어느 날, 그를 불쌍히 여긴 한 아이가 그에게 손을 내밀었다.

'너도 같이 할래?'

배고픔과 무료함만이 전부였던 어린 시절의 이한위에게 그 아이가 내민 손은 칠흑 같은 어둠 속에 내려온 한 줄기 빛과 같았고, 그 아이가 건넨 한마디는 어둠 속에서 그를 건져주는 동아줄과도 같았다. 하지만, 이한위는 곧 벽에 부딪쳤다.

'저런 가난뱅이 녀석은 안 돼. 도장도 한 번 다녀본 적이 없을 거 아냐? 칼도 한 번 잡아본 적이 없을 거고. 저런 녀석이 끼면 괜히 우리 군단의 질만 떨어질 뿐이야.'

아이들 무리의 대장이었다. 그리고 아이들 무리의 대장이 바로 지금의 절강신룡 위지상이었다.

부자에게 가난하다고 하면 농담이 되지만, 가난한 자에게 가난하다고 하면 상처가 되는 법이다. 더구나 스스로 송나라의 명장 악비라고 칭하며 가장 선두에서 아이들을 이끌던 위지상은, 이한위에게 있어 동경이자 흠모의 대상이었다.

동경하던 자에게 무시와 멸시를 당했기에 그 상처는 두 배 세 배 더 컸다.

그 후 이한위는 아이들의 칼 놀이를 더 이상 구경하지 않았다. 아이들의 칼 놀이를 구경하는 시간에 강에 가서 낚시를 했고, 그렇게 잡은 물고기를 팔아서 돈을 모았다.

동전 닷 문, 한 달 동안 물고기를 잡아 모은 돈이었다.

그는 그 돈을 들고 곧장 근처의 서점으로 달려가 무공서적을 달라 했다. 하지만, 동전 닷 문이 그에겐 큰돈이었지만 무공서적을 사기에는 턱없이 부족한 돈이었다.

힘없이 돌아서 나가는 그가 딱해 보였는지 서점 주인이 그를 불러 세웠다. 그리고 책자 하나를 내밀었다.

"필요하면 이거라도 가져가거라. 돈은 됐다. 어차피 내다 버리려던 참이었으니까. 지난 달 염가상단에서 책을 들여올 때 덤으로 주기에 받아놓긴 했는데, 글씨 꼬라지가 그 모양이라 어디 팔려야 말이지. 팔리기는커녕 아예 거들떠도 안 보니……."

서점 주인의 말대로 글씨 꼬라지가 참 자유분방했다. 너무 자유분방해서 자운십이검이라는 다섯 글자의 제목을 읽는데도 한참을 헤맸다.

하지만 그에겐 처음으로 가져보는 무공서적이었다. 부친의 성화로 논어니 중용이니 고리타분한 것들만 보아왔던 그에겐 처음으로 다른 세계의 문이 열린 것이다. 그런 그에게는 글씨 꼬라지가 자유분방하다는 것도, 그것이 고작 삼류 무공 나부랭이라는 것도 아무런 문제가 되지 않았다.

그는 자운십이검 그 책자 하나에 매달려 가난을 잊었고 무료함을 달랬다. 무공을 익히는 자가 내공을 도외시할 수는 없는 노릇이기에, 내공심법이라고 부르기도 민망한 수준이지만 나름 운기토납술도 배워 익혔다. 훗날 위지상을 자신의 발아래 무릎 꿇리는 꿈을 꾸며, 그렇게 위지상으로부터 받은 상처를 달랬다.

그렇게 10년이 지나고 천하사절의 이름을 들었다.

그러나 10년이 지난 후의 이한위는 더 이상 어리지 않았다. 꿈보다는 현실을 먼저 생각할 나이가 되어 있었고, 행운은 언제나 그의 몫이 아니라는 것도 알게 되었다.

천하사절이라는 이름을 들었을 때도, 자운십이검의 책자 끝머리에 적힌 천하제일검수라는 이름이 천하사절 중 하나의 이름과 같다는 것을 알게 되었을 때도, 그는 자신이 그런 행운의 주인공일 리 없다고 생각했다.

그러던 어느 날이었다. 우연찮게 청운표국의 표두 추혼검(追魂劍) 좌도운(左道澐)과 시비가 붙었고, 절대로 이길 수 없는 그 싸움에서 좌도운을 꺾는 파란을 일으켰다.

그때서야 어쩌면 자신이 행운의 주인공일지도 모른다는 기대가 생겼다.

자신의 자운십이검이 과연 천하사절의 무공이 맞는지 확인해 보고 싶었다. 행운의 주인공이 정말 자신이 맞는지 한번 시험해 보고 싶었다.

그리해 위지상을 택했다. 절강신룡이라는 별호까지 얻으며 성공가도를 달리고 있는 위지상만큼 적합한 상대도 없었다. 더구나 이한위에겐 유년 시절 위지상에게 받은 상처가 아직도 고스란히 남아 있었다.

위지상으로부터 얻은 상처를 위지상을 통해 치유한다. 이보다 더 통쾌한 복수가 또 어디 있겠는가!

그리고 지금, 그토록 바라던 복수가 마무리되어 가고 있었다.

"젠장! 천하사절 따위가 다 뭐란 말이야!"

그것은 마지막 발악과도 같은 외침이었다.

위지상의 사력을 다한 공격은 폭풍처럼 이한위를 몰아쳐갔지만 그 폭풍은 그저 잠깐의 저항일 뿐이었다.

위지상의 공격이 힘을 다했다. 속도는 떨어지고 변화는 단조로웠다. 힘도, 기세도 눈에 띄게 약해져 있었다.

위지상의 폭풍 같은 공격에 잔뜩 움츠려 있던 이한위가 반격을 개시한 것은 그때였다.

"설운창연(雪雲蒼然)!"

위지상의 공격이 폭풍처럼 매서웠다면 이한위의 공격은 춘풍(春風)처럼 산들거렸다. 그러나 기력이 온전할 때도 그 산들거림을 막지 못했던 위지상이다. 기력이 다한 지금은 피하는 것조차 제대로 되지 않았다.

속수무책이었다. 이한위의 검을 뻔히 보면서도 피하지도 막지도 못했다. 이한위의 검이 그의 목을 향해 쏘아져 들어오는데도 멀뚱히 지켜보는 수밖에 없었다. 그가 할 수 있는 거라고는 검의 서늘한 감촉이 목에 닿는 것을 느끼며 눈을 질끈 감는 것밖에 없었다.

그리고 정적이 있었다.

죽음?

죽음이란 게 이렇게 고요한 것일까? 고통은 왜 느껴지지 않는 것일까? 게다가 아직도 목 줄기에서 느껴지는 이 서늘함은 또 뭐란 말인가?

슬며시 눈을 떠 보았다. 그의 앞에서 승자의 얼굴을 하고 있는 이한위가 보였다. 이한위의 손에서 이어져 그의 목 줄기에 닿아 있는 낡은 철검도 보였다.

위지상의 눈가가 파르르 경련했다. 그의 눈빛은 그보다 더 심하게 흔들렸다. 그리고…….

"내가…… 졌소."

위지상이 고개를 힘없이 떨어뜨렸다.

그와 동시였다. 그 순간 폭발할 듯한 함성이 숨이 막히도록 진득하게 내려 깔려 있던 정적을 깨트렸다.

"와아! 천하사절의 아홉 번째 무공이 나타났다!"

어떤 사람은 함성을 질러댔고 어떤 사람은 이한위에게 달려가 축하의 말을 건넸다. 또 어떤 사람은 천하사절의 무공을 직접 보았다는 사실에 감격해하며 환호했다. 거기에는 상아도 있었고 이청도 있었다.

장내는 그야말로 축제 분위기였다.

하지만, 그 모든 사람들과는 다른 눈으로, 다른 감정으로 이한위를 보는 사람이 있었다.

천풍이었다. 천풍은 사람들에 둘러싸인 이한위를 보며 연신 고개를 갸웃거리고 있었다.

'어떻게 된 거지? 천하사절의 무공이라 했는데 왜 내가 알고 있는 자운십이검이랑 똑같은 거지?'

위지상과의 비무에서 이한위가 펼친 자운십이검은 기억 속의 자운십이검과 완전히 똑같았다. 완전히 똑같은 동작들 속에 그의 눈에는 보이지 않는 뭔가 특별한 것이라도 숨겨져 있는 것일까?

아니, 애당초 같을 수가 없는 거였다. 그가 알고 있는 자운십이검은 일반에 전해지는 자운십이검과는 다른 것이었다. 그가 익힌 모든 무공이 그렇듯, 자운십이검 또한 그만의 시각과 그만의 생각이 더해져 철저히 허점이 배제된 그만의 무공으로 다시 만들어진 것이었다.

즉, 천풍의 자운십이검은 천풍이 스스로 세상에 전하지 않는 한 오직 천풍밖에 몰라야 하는 것이다. 한데, 천하사절의 무공이란 것이 어떻게 천풍의 자운십이검과 작은 동작 하나 다르지 않고 그리도 똑같을 수가 있단 말인가?

'어째서?'

# 제5장

## 때로는 매가 약이다

천극의 서

"그럼 아저씨는 이제 어떡할 거예요?"

관제묘에서의 들뜬 흥분을 뒤로하고 돌아오는 길이었다. 상아가 천풍을 보며 그렇게 물었다.

자운십이검에 대한 의문과 천하사절에 대한 궁금함을 머릿속에서 완전히 지우지 못한 채 어영부영 상아와 이청의 뒤를 따르던 천풍이, 상아의 질문에 그제야 당면한 현실을 인식하고 곤란스레 미간을 찌푸렸다.

생각해 보니 앞으로 어떻게 해야 할지 계획이 없다. 여기에 오면 적어도 현야의 행방이라도 알 수 있을 줄 알았는데 그것도 아니고, 그렇다고 현야가 언제 돌아올지도 알 수 없는 상황에서 이대로 현천사로 돌아가 마냥 현야가 돌아오기만을 기다릴 수도 없다.

"아저씨 스승님 찾으러 온 거라면서? 어디 계신지 짐작 가는 곳도 없는 거예요?"

천풍이 곤란한 얼굴을 하고 있자 상아가 의아해하며 물었다.

천풍이 고개를 끄덕이자 상아가 다시 물었다.

"그럼 무작정 찾으러 돌아다닐 수도 없는 거네요? 현천사로 돌아갈 거예요?"

"아니. 아직은……."

"어디 갈 곳도 없고 현천사로 돌아갈 것도 아니고, 어디서 지내게요?"

"글쎄…… 일단은 근처 객잔에 며칠 묵으면서 앞으로 어떻게 할지 생각 좀 해봐야겠다."

천풍의 말에 상아가 뭔가 곰곰이 생각하는 듯하더니 불쑥 물었다.

"아저씨 돈 얼마 있어?"

"왜?"

워낙 생뚱맞은 질문이라 천풍이 의아해하자 상아가 다시 물었다.

"얼마 있는데요?"

"은자 여섯 냥 정도 있는데, 왜?"

"아저씨 만약에 여기서 한 달 넘게 머물 거면 그냥 우리 도장에 와요. 한 달에 은자 한 냥이면 숙식 제공에 우리 도장의 비전무공인 십방청무검법(十方青武劍法)까지 배울 수 있어요."

상아의 갑작스러운 제안에 뭐라 대답하기도 전에 옆에서 듣고 있던 이청이 어이없어 하며 핀잔을 주었다.

"이것아. 먼 길 찾아온 손님에게 대접을 해줘도 모자랄 판인데 어찌 호객행위를 하고 있단 말이냐?"

이청의 핀잔에 상아가 쌜쭉 입술을 내밀었다.

"뭐 어때요? 은자 한 냥이라고 해봐야 객잔에서 묵으면 고작 닷 새도 못 버틸 텐데, 그렇게 돈 낭비하는 것보다 우리 도장에서 지내는 게 훨씬 좋잖아요? 돈도 아끼고 검법도 배우고."

"아무리 그래도 그렇지. 도리가 아니잖느냐. 도리가."

"그치만 공짜로 군식구 들일 형편이 안 되는걸 뭐. 나도 뭐, 돈이나 벌려고 그러는 거 아니다 뭐. 괜히 객잔 같은 데서 헛돈 쓰는 것보다는, 그냥 우리 도장에서 먹고 자고 하는 게 아저씨한테도 낫겠다 싶어서 그러는 거지. 아저씨 생각은 어때요? 내키지 않으면 안 해도 돼요."

상아가 천풍의 눈치를 살폈다.

호객행위든 아니면 천풍에 대한 배려든 어쨌든 천풍으로서는 나쁘지 않은 제안이었다.

사실 그렇잖아도 돈이 부족할 것 같아 걱정이던 참이다. 은자 다섯 냥이면 일반 가정에선 다섯 식구가 한 달을 살 수 있는 돈이라지만, 강남의 물가는 다른 곳과 달랐다. 서호에서 한 달을 머무는 동안 아껴 쓴다고 썼는데도 은자를 여섯 냥이나 써 버렸다.

앞으로 한 달도 장담할 수가 없어 현야를 만날 때까지 어떻게 버텨야 하나 심히 걱정이었는데, 상아가 그런 제안을 해주니 그로서는 마다할 이유가 없었다. 더구나 정말 방랑벽이 도진 것이든 아니면 달리 급할 볼일이 생긴 것이든, 아무튼 현야가 일을 끝마치고 돌아온다면 가장 먼저 들르는 곳이 청무도장일 수도 있었다.

"그럼 괜찮다면 너한테 얼마간 신세 좀 져볼까?"

"정말? 정말 우리 도장에 오는 거예요?"

천풍이 고개를 끄덕이자 상아의 얼굴이 환하게 밝아졌다.

상아의 환해진 얼굴을 보니 딱히 돈 때문이 아니라 해도, 그 환한 얼굴을 볼 수 있게 된 것만으로도 잘한 결정이라는 생각이 들었다.

이왕지사 청무도장에 머물게 되었으니 기회가 되는 대로, 그리고 능력이 닿는 대로 청무도장을 도와야겠다고 결심했다. 어차피 현야가 하고자 했던 일이다.

무슨 일로 현야가 이곳에 오지 않은 건지는 모르지만, 이왕지사 청무도장에 머물게 된 마당이니 현야가 하고자 했던 일을 그를 대신해서 마무리도 짓고 싶었다. 애초에 현야가 행할 100개의 복 중 하나를 청무도장을 위해 써달라 부탁한 것도 천풍이었다.

'물론, 내가 도운다고 해봐야 얼마나 도움이 될지는 잘 모르겠지만…… 그건 그렇고, 십방청무검법이라 했지?'

천풍의 호기심을 자극했다. 그것은 그가 청무도장에 들어가는 또 하나의 즐거움이었다.

그러나 천풍의 청무도장 입성은 시작부터 그리 잘 풀리지가 않았다.

"안 돼!"

청무도장의 관장이자 상아의 언니인 임설아가 상아의 제안을 단박에 거절해 버렸기 때문이다.

"왜? 왜 안 되는데?"

상아가 따지듯 묻자 임설아가 천풍을 똑바로 주시하며 참으로 똑 부러지게 말했다.

"이 사람을 믿을 수 없으니까. 믿을 수 없는 사람을 집 안에 들일 수는 없는 거니까."

참 솔직하기도 하다. 그러고 보면 솔직하다는 것만큼은 자매가 닮았다. 아니, 솔직한 것뿐만 아니라 보기 드문 미모를 가진 것도 닮았다. 다만 상아가 명랑발랄 그 자체라면, 어린 나이에 부모를 잃고 동생을 홀로 돌봐오며 세파에 많이 시달린 때문인지 임설아는, 눈빛이며 표정이 얼음나라의 공주처럼 한기가 풀풀 날렸다.

"왜 못 믿어? 천풍 아저씨가 생긴 건 기생오라비처럼 생겼어도 심성은 얼마나 착한데. 나한테 마파두부도 해줬고, 우리 도장을 위해서 아저씨 스승님한테 부처님께 기도해 달라고 부탁도 해줬는데 왜 못 믿는 건데? 혹시 언니 미모에 반해서 아저씨가 밤에 색마로 변하기라도 할까 봐서 그래? 그래서 허튼 짓이라도 할까 봐? 아저씨 스승님이 유명한 스님이신데 아저씨가 그럴 리가 없잖아? 정말 그런 일이 생긴다고 해도 언니가 이런 비리비리한 남자 하나 제압 못해서 나쁜 일을 당할 리도 없고."

"유명한 스님의 제자 아니라 천하에 이름 높은 활불이라 해도 믿을 수 없는 건 믿을 수 없는 거야. 겉만 보고는 알 수 없는 게 사람이니까. 나한테 나쁜 마음을 먹는 건 상관없어. 그런 건 문제도 아냐. 하지만 저 사람이 너한테 나쁜 짓을 하면 어떻게 할래? 상아 너한테 잘해 준 것도 사실은 음흉한 마음에서 그런 거라면? 이렇게 우리 도장에 찾아온 것도 나쁜 목적을 품고 온 거라면? 세상일이란 아무것도 장담할 수 없는 거야. 사람이 관계된 건 특히나 더 그래. 세상에는 너처럼 어린 여자아이들만 노리는 변태도 많으니까."

그들 자매의 실랑이는 한 치의 양보도 없이 계속되었다.

중간에서 그들의 실랑이를 듣고만 있어야 하는 천풍은 그야말로 죽을상이었다.

사람을 면전에 두고 마음대로 찧고 까분다. 덕분에 기생오라비가 되었다가 색마도 되었다가, 비리비리한 남자에 급기야 어린 여자아이들만 노리는 변태성욕자까지…… 편을 들어주는 상아나 대놓고 욕하는 임설아나 지금 천풍에겐 도찐개찐 하등 다를 게 없었다.

이걸 과연 솔직하다 해야 할지 무례하다 해야 할지 모르겠다. 이러지도 저러지도 못한 채 그저 듣고만 있어야 한다는 게 더 고역이었다.

결국 참다 참다 분연히 일어섰다.

"저, 저기……."

아니, 분연히 일어서고 싶긴 했지만 자매들의 기세가 워낙에 드세서 차마 큰 소리를 내지는 못했다. 가뜩이나 불꽃을 튀기고 있는데, 괜히 성질 잘못 건드렸다가 자칫 그 불똥이 자신에게 튀기라도 하면 도무지 그 뒷감당을 할 엄두가 나지 않았다. 그렇다고 사내대장부가 여인네들과 드잡이질을 할 수는 없지 않은가.

천풍이 소심하게 슬쩍 끼어들자, 자매들이 한 치의 양보도 없이 언쟁을 벌이던 그 기세 그대로 일제히 천풍을 노려본다.

'이거 참…….'

그 눈빛들을 보자니 오금이 다 저릴 판이다.

이 세상의 여자는 그저 보호해 줘야 하고 감싸줘야 할 대상이라고만 생각했다. 여리고 안쓰럽고 그러면서도 따뜻한…… 그런 존재라고만 생각했다. 그의 무의식 깊은 곳에 남아 있는, 그가 아는 유일한 여성이랄 수 있는 어머니에 대한 기억이 그랬다.

하지만 지금 그녀들의 눈빛을 접한 순간, 지금까지 가지고 있던 여성에 대한 생각이 송두리째 흔들렸다.

여자도 무서운 여자는 무섭다!

"왜?"

"무슨 말이 하고 싶은 거죠?"

두 자매의 날이 선 질문에 천풍은 잠시 움찔하는 마음을 진정시키며 말했다.

"그러니까 괜히 저 때문에 마음들 쓰실 것 없다는 말씀을 드리려고……."

"아저씨, 그게 무슨 말이에요? 설마 여기 말고 다른 데로 가겠다는 건 아니죠?"

"어차피 나야 처음 생각대로 객잔에 짐을 풀면 되니까. 그게 마음도 편할 것 같고."

"안 돼요!"

상아가 바락 악을 썼다.

"안 돼! 안 돼! 안 돼! 무조건 안 돼요!"

바락 바락 악을 써대던 상아가 한층 더 거센 불꽃을 내뿜으며 임설아를 노려보았다.

"공짜로 있겠다는 것도 아니고, 돈을 내고 정식으로 입관하겠다는데 대체 왜 사람을 내쫓으려고만 하는 거야? 한 푼이라도 아쉬운 상황이잖아? 한 명의 제자라도 아쉬운 상황 아니냔 말이야! 이대로 정말 도장 문을 닫을 작정이야? 좋아! 맘대로

해! 어차피 도장 주인은 언니니까 언니가 망하게 하든 말든 맘대로 하라고! 대신 나도 내 맘대로 할 거야. 천풍 아저씨는 내 손님이니까 내가 알아서 대접할 거야. 언니가 방을 안 내주겠다면 내 방에서라도 자게 할 거고, 언니가 밥을 안 주겠다면 내 밥이라도 나눠줄 거야. 이거 괜히 하는 말 아냐. 나 한다면 하는 거 알지?"

그야말로 최후통첩이다.

싸움은 그것으로 끝이었다. 얼음나라의 공주 같은 임설아도 상아의 고집만큼은 꺾을 수 없는 모양이었다. 그도 그럴 것이 밥은 그렇다 쳐도 방까지 내주겠다는데, 어린 여자아이들만 좋아하는 변태성욕자일지도 모르는 사내와 한 방에서 같이 지내겠다는데, 임설아가 설혹 철혈빙심(鐵血氷心)을 지녔다 한들 더 이상 어떻게 버틸 수가 있겠는가.

임설아가 체념의 한숨을 푹 내쉬며 고개를 잘래잘래 저었다. 그로써 고집 대 고집이 맞붙은 자매 전쟁은 동생 임상아의 승리로 마무리되었다. 그리고 임상아는 소천풍이라는 전리품을 획득하게 된 것이었다.

* * *

"달리 배운 무공이 있나요?"

"그냥 이것저것 익히긴 했습니다만……."

임설아의 미간이 살짝 찌푸려졌다.

"이것저것 익혔다는 것이 검법인가요?"

"검법만 익힌 것은 아니고 이것저것……."

임설아의 미간이 조금 더 찌푸려졌다.

"무공을 정식으로 배운 적은요? 도장을 다녔다거나 무술 스승을 모셨다거나……."

"도장을 다니지도 않았고 무술 스승을 모신 적도 없는데…… 그냥 혼자 독학을 했다고나 할까……."

결국 임설아의 입에서 한숨이 터져 나왔다.

동생의 협박에 마지못해 받아주기로 하긴 했는데 이건 좀 너무하다 싶었다.

무공을 이것저것 익혔다는 것은 제대로 익힌 것이 아무것도 없다는 것과 같았고, 익힌 것이 검법만이 아니라는 것은 무공에 대한 기본상식조차도 갖추지 못했다는 뜻이었다. 또한 하나에 매진하지 못했다는 것도 그만큼 근성에 문제가 있다는 것일 수도 있다.

게다가 어디 무공이란 것이 공자 왈 맹자 왈처럼 독학으로 되는 것이던가. 허우대는 멀쩡하기에 기본은 갖춘 줄 알았더니, 아무래도 십방청무검법을 가르치기까지 상당한 난관이 따를 것 같았다.

'그렇다고 나이가 어려서 편히 가르칠 수 있는 것도 아니고……'

우려와는 달리 상아가 데려온 사내는 적어도 기본은 갖추고 있었다.

제법 몸도 유연했고 목검을 잡은 자세도 더없이 기본에 충실했다. 무엇보다 청무도장의 도복으로 갈아입히고 보니 도복 사이로 언뜻언뜻 비춰지는 몸매가 제법이었다. 잘 발달된 근육질의 몸매에 균형도 잘 잡혀 있고, 그러면서도 날렵해 보였다. 검법을 익히기에 그보다 더 적합할 수가 없을 정도였다.

아무래도 기초는 건너뛰어도 될 듯했다.

덕분에 한시름 놓은 임설아는 다른 것은 다 건너뛰고 먼저 십방청무검법을 시범 보였다.

먼저 검을 두 발과 삼각형이 되도록 하여 받치며 우렁차게 외쳤다.

"서 있는 것은 천 년의 고송처럼! 기립천송(起立千松)!"

시작은 십방청무검법의 기수식이다.

"피할 때는 나비가 춤을 추듯! 회피접무(回避蝶舞)!"

옷자락을 펄럭이며 그야말로 나비처럼 표홀하게 몸을 비튼다.

"나아감은 날카롭게 이끌고! 전진이도(前進利導)!"

두 걸음을 한 걸음처럼 빠르게 내딛고,

"내려칠 땐 태산을 가를 듯이! 태산압정(泰山壓頂)!"

검을 위에서 아래로 힘 있게 내리그었다.

"물러섬은 겨울처럼 인내하고! 후퇴인동(後退忍冬)!"

두 걸음을 한 걸음처럼 빠르게 내딛었던 전진이도와는 반대로, 두 걸음을 한 걸음처럼 빠르게 뒤로 물러난다.

"막을 때는 십방에 벽을 치되 차분히 기다리며, 공격의 활로를 연다. 십방점개(十方漸開)!"

검의 잔영들이 임설아의 주변을 물샐틈없이 막았다.

"마침내 검로가 열리면 아홉 번의 변화를 주고! 개검구변(開劍九變)!"

임설아의 검이 허공중에 어지러이 날렸다.

"그리하여 십방에 피비가 가득하면! 십방혈우(十方血雨)!"

허공에 어지러이 날리는 검이 더욱 사납게 검광을 뿌렸다.

"십방청무검을 익힌 자, 푸른 대나무처럼 굳건할 것이다. 십방청죽(十方青竹)!"

임설아가 검을 거두어들이며 길게 숨을 고르는 것으로 시범을 마무리했다.

그것으로 십방청무검법의 전 구식이 모두 끝났다.

십방청무검법의 시범을 끝낸 임설아가 천풍을 보며 물었다.

"어떤가요? 본장의 십방청무검, 배울 만하다 생각되시나요?"

천풍이 고개를 끄덕이자 임설아도 따라서 고개를 끄덕이며 위엄 있게 말했다.

"좋아요. 그럼 공자님을 우리 청무도장의 정식 제자로 받아들이기로 하죠. 대신 도중에 그만두는 건 용납 못해요. 십방청무검법은 긴 호흡으로 임하지 않으면 제대로 익힐 수 없는 검법이니까. 어설프게 익혀서 십방청무검법을 익혔다 떠들어대는 것은 내가 절대로 용납 못하니까. 그럼 지금부터 바로 시작하도록 하죠. 내가 보인 시범, 기억나는 대로 한번 해보세요.”

천풍의 십방청무검법 수련은 그렇게 시작되었다.

하지만 하루가 지나고 열흘이 지나고 그렇게 한 달이 지났을 때, 두 손 두 발 다 들며 지쳐 나가떨어진 것은 천풍이 아니라 오히려 임설아였다.

‘대체…… 사람이면 어떻게 이렇게도 말을 안 들어 처먹을 수가 있냐고!’

처음에는 괜찮았다. 검에 대한 이해도 빠르고 동작을 배우고 익히는 것도 놀라울 만큼 빨랐다. 한데 초식을 하나씩 하나씩 익혀 나갈 때는 괜찮았는데, 초식을 붙여 연계를 하게 되면 십방청무검법이 더 이상 십방청무검법이 아니게 되어 버린다.

수십 번 시범을 보이고 수백 번 가르치고 수천 번 설명을 해도 도무지 나아질 기미가 보이지 않으니, 정말이지 환장할 노릇이었다.

‘일부러 날 가지고 노는 거야? 아니면 정말 몸이 안 따라줘서 그러는 거야?’

어느 쪽이든 가르칠 의욕이 안 생기는 것은 마찬가지였다.

결국 포기했다. 그래서 다시 한 달을 더 부탁한다며 은자 한 냥을 건네는 천풍에게 고개를 저으며 말했다.

"그 돈은 이제 받을 수 없어요. 제 능력이 부족하여 제대로 가르치지도 못했는데 무슨 염치로 그 돈을 받겠어요?"

"허면……?"

"이제 공자님을 더는 가르치지 않을 생각이에요. 하지만 걱정은 않으셔도 되요. 어디까지나 공자님께 검을 가르치기엔 제 능력이 부족해서 그런 결정을 한 것일 뿐, 공자님을 도장에서 내치겠다는 뜻은 아니니까요. 다시 상아와 싸우고 싶지도 않고요. 공자님은 공자님이 원하시는 만큼 지금처럼 이곳에서 편히 지내시면 됩니다."

"허나, 돈도 안 받겠다 하시면 제가 염치가 없어서 어떻게 편히 지낼 수 있겠습니까?"

"정 마음이 편치 않으시다면 틈틈이 도장의 잡무나 봐주세요. 아시다시피 제가 자주 집을 비워야 하는 터라, 도장 일에는 소홀할 때가 많아요."

임설아는 도장 일 외에도 하고 있는 일이 있었다. 소흥의 여류검객 중에선 그래도 꽤 이름이 알려진 그녀라, 있는 집안의 여식들이 간혹 외출을 하게 될 때면 측근호위 겸 수행무사로 그녀를 부르곤 했다.

제대로 된 제자 하나 없는 청무도장이 지금껏 문을 닫지 않고 버텨올 수 있었던 것도, 그녀가 그렇게라도 돈을 벌어 유지비를 충당했기 때문이었다.

임설아의 통고를 받고 그녀의 방에서 빠져나온 천풍은 쓴웃음을 베어 물었다.

임설아는 그녀의 능력이 부족한 것이라 했지만 그 말속에 담긴 천풍에 대한 실망과 체념을 어찌 모르겠는가. 지난 한 달 동안 안 되는 것을 되게 하려고 무던히도 애쓰던 그녀를 생각하면 마음이 너무 좋지 못했다.

천풍은 도장 안으로 들어갔다. 백여 명은 족히 수련을 할 수 있을 만큼 넓은 공간에선, 과거 청무도장의 성세가 어떠했는지 고스란히 전해져왔다. 허나 그것은 어디까지나 과거일 뿐, 지금은 텅 비어 쓸쓸하고 사람의 온기가 없어 살풍경하다. 도장에도 생명이 있다면 이미 숨이 끊어져 싸늘하게 식어 버린 그런 느낌이다.

천풍은 목검을 들고 넓은 공간의 중간에 자리를 잡았다. 그리고 십방청무검법을 머릿속으로 그려보았다.

언제부터인가 이름 지어진 모든 것을 버린 이후, 초식에 연연하지 않고 무공의 이름도 구분치 않고 무기의 종류도 상관치 않게 된 이후, 이곳에서 접한 십방청무검법은 수년 만에 처음으로 이름 지어진 그대로, 구분 지어진 그대로를 익히고 있는 것이었다.

한데, 문제는 그놈의 고질병이었다.

십방청무검법을 펼치다 보면 마음에 두 갈래의 길이 보인다. 하나는 본래의 십방청무검법이고 또 하나는 본래의 십방청무검법과는 미묘하게 다른, 적어도 천풍의 눈에만큼은 완전무결하게 보이는 십방청무검법이다.

10년 전과 똑같았다. 그때와 마찬가지로 십방청무검법을 펼치다 보면 어느 순간 그의 몸은 의지와는 상관없이 저절로 본래의 것이 아닌 완전무결한 쪽을 따라가 버린다.

어느 것이 좋다 나쁘다를 떠나서, 어떤 것이 옳고 그르고를 떠나서 그로 인해 임설아를 힘들게 한 것이 그저 미안하고 면목이 없었다.

천풍은 마음을 다잡으며 목검을 들어올렸다.

이번에는 반드시 본래의 십방청무검법 전 구식을 완벽하게 해내고야 말리라!

"서 있는 것은 천 년의 고송처럼! 기립천송!"

기수식 기립천송을 시작으로 천풍의 십방청무검법이 펼쳐졌다.

하지만 마지막 초식인 십방청죽을 끝냈을 때 천풍의 그 같은 각오는 더없이 초라하고 부질없는 발악으로 끝나 버렸다.

되지 않았다. 그렇게 마음을 다잡고 각오를 단단히 했는데도 정신을 차리고 보니, 어느새 그의 목검은 제멋대로 본래의 것과는 다른 길을 따라 허공을 가르고 있었다.

역시 안 되는 건 안 되는 거였나 보다.

안 되는 걸 미련스레 붙들고 있어봐야 괜히 임설아의 마음만 상하게 할 뿐이다.

그로써 천풍도 십방청무검법에 대한 미련을 완전히 접었다.

임설아의 말대로 그냥 도장의 잡무나 봐주는 게 청무도장을 위해 그가 할 수 있는 최선일 것 같았다.

* * *

그날부터 천풍은 도장의 비품관리부터 청소에 빨래까지 도장의 대소사를 도맡아 관리했다. 뿐만 아니라 두 자매의 식사까지도 그가 책임을 졌다. 처음에는 손님에게 어떻게 그럴 수가 있겠는냐며 난색을 표하던 임설아도, 그가 매일 그녀보다 일찍 일어나 아침을 대령해 오자 마지못해 하면서도 싫지만은 않은 듯, 더는 천풍의 부엌 출입을 말리지 않았다.

사실 임설아의 요리 실력이 그다지 좋지 못했다. 천풍이 십방청무검법을 어찌하지 못하는 것처럼 임설아도 요리에서는 그랬다. 도무지 간을 제어하지 못해 맵고 짜고 달고 싱겁고…… 매일이 달랐고 매 끼니마다 달랐다. 이건 그야말로 그날의 운을 시험당하는 듯한 기분이었다.

천풍이 부엌 출입을 결심한 것도 그 때문이었다. 거기에 상아의 부단한 설득과 강요가 더해진 끝에, 임설아가 한 발 물러서게 된 것이었다.

어쨌든 그리해 천풍은 때로는 식모처럼, 때로는 관리인처럼 도장의 이모저모를 살폈다.

그렇게 다시 한 달이 더 지났을 무렵이었다.

저녁 준비를 위해 장을 보러 나간 길이었다. 좌판들이 즐비한 시장 한편 구석에서, 한 무리의 아이들이 한 아이를 둘러싸고 집단으로 폭행을 가하고 있었다. 그 기세가 워낙에 흉흉해서 사람들이 보고도 못 본 척, 알고도 모르는 척 지나쳐 갔다.

하지만 천풍은 그럴 수 없었다. 그들의 행위 자체가 못마땅하기도 했지만, 무엇보다 집단폭행을 당하고 있는 아이가 그가 아는 아이였기 때문이었다.

'사우?'

이름은 진사우(陳捨憂)였고 현재 천풍을 제외하고 청무도장의 유일한 제자였다. 말하자면 천풍과는 사형제지간이라 할 수 있었다.

집단폭행을 당하고 있는 아이가 진사우임을 확인한 천풍이 급히 그곳으로 달려가 아이들을 막아섰다.

"대체 이게 뭐하는 짓들이냐!"

천풍이 갑자기 끼어들자 아이들이 어리둥절해하며 주춤 물러섰다.

가까이서 보니 생각보다 더 어리다. 많게는 열둘? 열셋? 적게는 열 살도 채 되어 보이지 않는다.

"당신 뭐야?"

그중 가장 나이가 많아 보이는 아이가 눈에 쌍심지를 켜고 위협조로 물었다.

버르장머리를 밥 말아먹은 아이의 반말 짓거리에 살짝 기분이 상했지만 일단 물으니 대답은 했다.

"난 소천풍이라 한다만?"

"누가 당신 이름 물었어? 당신이 무슨 상관인데 우리 일에 끼어드냐고! 주제에 협객 흉내라도 내보겠다는 거야?"

"음……."

천풍은 잠시 고민했다. 이번에도 물으니 대답은 해줘야겠는데 어떻게 대답해야 저 버르장머리 없는 아이가 제대로 알아들을지 몰라서였다.

잠시 고민하던 천풍이 아직 쓰러져 일어나지 못하고 있는 진사우를 가리키며 말했다.

"협객 흉내를 내겠다는 건 아니고, 이 아이가 나와 같은 도장에 다니고 있는 아이라서 모른 척할 수가 없었던 거라고 하면 대답이 되나?"

천풍의 말에 버르장머리 없는 아이가 가소롭다는 듯 피식 실소를 흘렸다.

"뭐야? 당신도 청무도장 제자야? 청무도장에 당신 같은 사람이 있다는 건 들어보질 못했는데?"

"거기서 신세진 것이 얼마 되지 않았으니……."

"아하. 신입 제자시구만. 근데 이왕 검을 배울 거면 우리 검전도장(劍戰道場) 같은 최고의 도장에 다닐 것이지 왜 하필이면 그딴 허접할 델 들어간 거야? 뭘 잘 모르나 본데 청무도장은 이미 우리 검전도장과의 도장결에서 무참히 패배한 곳이라고. 우리 관주님이 마음이 좋아서 그렇지, 그게 아니었으면 이미 현판까지 부서져서 문을 닫아야 했을걸?”

이청에게 들은 기억이 났다. 상아의 부친이 도장결에서 패했고, 그때 입은 상처 때문에 결국 명운을 달리하고 말았다고 했다. 아마 그때의 상대가 검전도장이었던 모양이다.

듣고 보니 진사우와 이 버르장머리 없는 아이들과는 원수지간이라 할 수 있었다.

‘그럼 지금 저 아이들이 사우를 이렇게 만든 것도 그 해묵은 은원 때문인 건가?’

천풍이 의아해하고 있는데 그 버르장머리 없는 아이가 쓰러져 있는 진사우를 향해 씹어뱉듯 말했다.

“다시는 이 동네에서 그딴 도복 입고 다니지 말라고 내가 전에도 경고했지? 도장결에서 패했으면 얌전히 숨죽이고 살아도 모자랄 판에, 어딜 감히 도복 차림으로 밖엘 나다녀! 한 번만 더 그딴 도복 입고 돌아다니는 게 내 눈에 띄면, 그땐 정말 죽여 버릴 테니까 알아서 해! 그리고 당신!”

버르장머리 없는 아이가 진사우에게서 눈을 돌려 사납게 천풍을 노려보았다.

“당신도 일찌감치 정신 차리고 다른 도장을 알아보는 게 좋을 거야. 괜히 의리니 뭐니 찾으려다간 저 새끼처럼 언제 어느 때 피떡이 될지 모르는 거니까!”

천풍의 방해에 그만 흥이 다해 버린 건지, 아니면 건장한 어른의 등장에 겁을 먹은 건지는 모르지만 어쨌든 천풍에게 협박이랍시고 한마디를 던진 후 소년은 무리를 이끌고 떠나갔다.

버르장머리 없는 아이가 던지고 간 협박에 살짝 상한 마음이 조금 더 상했지만, 그래도 20년을 절간에서 수양해 온 몸답게 차분히 화를 다스렸다. 밤톨만 한 녀석들과 주먹다짐이나 하는 것도 창피한 일이었다.

게다가 지금은 버르장머리 없는 아이의 버릇을 고쳐주는 것보다 진사우의 상태를 살피는 것이 먼저였다.

얼굴을 잔뜩 구긴 채 가쁜 숨을 토하고는 있지만, 스스로 몸을 일으키는 것으로 보아 다행히 상처가 그리 심해 보이진 않았다.

천풍이 진사우를 부축하려 하자, 진사우가 그의 손을 거칠게 뿌리쳤다.

"됐어요!"

그러고는 한마디 인사도 없이 가던 길을 간다.

그런 진사우를 보며 천풍은 쩝 입맛을 다셨다.

그가 들은 바대로라면 고아로 버려져 거지 굴에서 살던 아이를 상아의 부친이 거두어 도장에 머물게끔 해준 것이라 했다. 상아의 부친이 죽자 자매들의 만류에도 불구하고 더는 신세를 질 수 없다며 도장을 나갔고, 지금은 이청의 대장간에서 일하며 생활하고 있다고 했다.

도장결에서의 패배와 관주의 죽음 이후 모든 제자들이 청무도장에 등을 돌리고 다른 도장을 찾아 떠났지만, 진사우만큼은 대장간 일이 일찍 끝나든 늦게 끝나든 하루도 빼놓지 않고 도장을 찾아 십방청무검법을 연마하고 있었다.

단지 공짜로 배우게 해줘서일 리가 없다. 그 나름의 의리이자 은혜에 대한 도리일 것이다.

얼마 겪어보진 않았지만 진사우는 그런 아이었다.

무뚝뚝할 만큼 말수가 적고 삭막하다 싶을 만큼 잘 웃지도 않았지만, 그만큼 자존심이 강하고 고집이 세며 또한 우직했다. 물론 이 정도의 폭력에 굴할 만큼 나약하지도 않았다.

저 성격, 저 태도로 보아하니 아무래도 내일도, 모레도 진사우가 입을 옷은 가슴에 청무(靑武)라 이름 새겨진 청무도장의 도복일 것 같았다.

'검전도장이라 했었나? 그 아이들의 위세가 보통이 아니던데, 괜찮을라나 모르겠네.'

아니나 다를까였다. 그로부터 사흘 후, 다시 장을 보러 시장에 나간 그는 바로 그 장소에서 한층 더 잔인해진 폭력과 그 속에서 무참하게 짓밟히고 있는 진사우를 목격해야 했다.

"또 당신이야?"

천풍이 다시 불쑥 끼어들어 그들의 작업을 막아서자 버르장머리 없는 아이가 버르장머리 없는 말투로 짜증스레 물어왔다.

한 번 겪어봐서일까? 이젠 그 버르장머리 없는 말투조차 익숙하게 들린다는 게 천풍은 조금 입맛이 썼다.

그나저나 아이들의 기세가 사흘 전과는 사뭇 달랐다.

"괜히 의리니 뭐니 찾다간 저 새끼처럼 피떡이 될 거라고 내가 경고했지? 좋은 말로 할 때 꺼져주시는 게 좋을 거야. 아니면 오늘 저 새끼랑 같이 저승 구경 한번 해보던가!"

당장 주먹이라도 날릴 듯이 거칠고 사납다.

이유는 단순했다.

사흘 전보다 쪽수가 많다는 것.

대여섯 명에 불과했던 것이 지금은 열은 족히 넘어 보였다.

그래 봐야 애들이다. 겁은 나지 않았다. 다만 열 명이 넘는 아이들의 더 한층 잔인해진 폭력에 무참하게 당해 버린 진사우의 상태가 심히 걱정이었다.

진사우는 정신을 잃은 듯 보였다. 정신을 잃은 와중에도 연신 신음소리를 토해 대는 것이 정말 지독히도 당한 모양이었다.

가슴 밑바닥에서 뜨거운 것이 치밀어 올랐다.

하지만 그때까지만 해도 아이들과 싸울 생각은 추호도 없었다. 한데 가슴 밑바닥에서 뜨거운 것이 치밀어 오른 순간, 심상치 않음을 감지한 아이들이 지레 겁을 먹고 그를 향해 일제히 목검을 겨누는 것이 아닌가.

"주제에 감히 우리랑 한번 해보겠다는 거야? 앙!"

"고작 청무도장 따위가 우리 검전도장의 상대가 될 수 있을 것 같아? 앙!”

피할 수 있는 싸움이 아니다.

이쯤 되고 보니 생각을 달리할 수밖에 없었다.

‘어른이란 아이들의 잘못을 감싸주고 포용해 줄 아량도 있어야 하지만, 아이들이 바른 길을 갈 수 있도록 따끔히 혼을 내는 것도 또한 어른이 해야 할 몫이기도 하니까. 문제는 어떻게 혼을 내냐 하는 것인데…….’

장을 보러 나온 길이었다. 목검을 챙겨오지 않은 거야 당연했다. 설혹 목검을 가져왔다고 해도 다 큰 어른이 애들을 상대로 검을 맞댈 수도 없는 노릇이다. 그렇다고 맨주먹으로 때리자니 왠지 너무 매정한 듯했다. 이래저래 고민을 하던 천풍은 마침 좋은 것이 떠올랐는지 장바구니를 뒤적였다. 그리고 꺼내든 물건은 한 자루의 붓이었다.

어제 도장의 비품 목록을 작성하다 붓이 망가져서 장을 보는 길에 사온 것이었다.

훈계의 매로 삼기에는 딱 좋을 것 같아 흐뭇하게 웃었다.

천풍이 붓을 꺼내들자 아이들이 어이없어 하며 콧방귀를 꼈다.

“요즘 청무도장에선 십방청무검법을 붓으로 가르치나 보지?”

“하긴, 십방청무검법 같은 쓰레기 검법은 붓조차도 과분하긴 하지. 킥킥!”

잠깐의 긴장 뒤로 키득키득 대며 비웃어대는 아이들이다.

'쓰레기 검법이라…….'

천풍은 지금 상황에서 아이들의 시건방짐을 고쳐주기에 십방청무검법만큼 적당한 것도 없다 생각했다. 그렇게 마음을 굳히고,

"서 있는 것은 천 년의 고송처럼! 기립천송(起立千松)!"

십방청무검법의 기수식으로 싸움은 시작되었다.

기수식으로 싸움을 선포한 것은 천풍이 먼저였지만 공격은 버르장머리 없는 아이가 먼저였다. 그야말로 벼락같은 목검이 천풍의 가슴을 노리고 들어왔다. 하지만,

"피할 때는 나비가 춤을 추듯! 회피접무(回避蝶舞)!"

천풍이 나비처럼 표홀하게 몸을 비틀어 버르장머리 없는 아이의 목검을 피했다. 이어서 두 걸음을 한 걸음처럼 빠르게 내딛으며 외쳤다.

"나아감은 날카롭게 이끌고! 전진이도(前進利導)!"

이어서,

"내려칠 땐 태산을 가를 듯이! 태산압정(泰山壓頂)!"

손에 든 붓을 위에서 아래로, 버르장머리 없는 아이의 정수리에 그대로 내리꽂았다.

따악!

"우악!"

버르장머리 없는 아이가 머리를 감싸 쥐고 나뒹굴자 잠깐 당황해하는 듯하던 아이들이 한꺼번에 천풍을 덮쳤다.

"씨발! 죽여 버렷!"

"죽엇!"

마치 성난 파도처럼 천풍을 덮쳐왔다. 하지만 천풍은 당황하지도, 서두르지도 않았다.

"물러섬은 겨울처럼 인내하고! 후퇴인동(後退忍冬)!"

두 걸음을 한 걸음처럼 빠르게 뒤로 물러난 뒤,

"막을 때는 십방에 벽을 치되 차분히 기다리며 공격의 활로를 연다. 십방점개(十方漸開)!"

붓으로 자신의 주위를 물샐틈없이 막은 후, 한 차례의 거센 공격이 끝나기를 기다려,

"마침내 검로가 열리면 아홉 번의 변화를 주고! 개검구변(開劍九變)!"

분연히 붓을 떨쳤다.

붓의 잔영이 허공중에 어지러이 날렸다. 허공중에 어지러이 날리는 붓의 잔영이 한층 더 거세지고 사나워지던 어느 순간, 절정에 이른 그 순간,

"그리하여 십방에 피비가 가득하면! 십방혈우(十方血雨)!"

붓의 잔영들이 아이들에게로 빛살처럼 쏘아져갔다.

퍼퍼퍼퍼퍼퍼퍼퍼퍽!

"으악!"

"아욱!"

"쿠억!"

비명이 줄을 이었다. 그 끝에 거기에 서 있는 자는 천풍을 제외하고 아무도 없었다.

머리를 감싸 쥐고 나뒹구는 아이가 있는 가하면 다리를 부여잡고 고래고래 비명을 질러대는 아이도 있었고, 크게 아프지 않은 데도 분위기에 겁을 먹고 울음부터 터트리는 아이도 있었다.

그러한 아비규환의 참상 속에 홀로 오롯이 서 있던 천풍이 눈으로 주변을 쓰윽 한 번 훑어본 후, 붓을 가슴 쪽으로 끌어당겨 차분히 거두어 들였다.

"십방청무검을 익힌 자, 푸른 대나무처럼 굳건할 것이다!"

그렇게 십방청무검법이 끝이 났다.

하지만 싸움은 그것으로 끝이 아니었다.

"이, 이 개자식아! 너 거기 꼼짝 말고 있어! 꼼짝 말고 거기 기다리고 있어! 도망가면 아주 죽을 줄 알아!"

가장 먼저 머리를 맞고 땅바닥에 나뒹굴었던 버르장머리 없는 아이였다. 바락바락 악을 써대며 천풍에게 그 말을 남기고는 도망치듯 어딘가로 달려가 버린다.

적어도 이런 상황에서 도망이나 칠 아이는 아닌 것으로 보였다.

짐작대로였다. 잠시 기다리고 있자 사라졌던 버르장머리 없는 아이가 다시 나타났다.

혼자가 아니었다. 아이의 뒤로 한 무리의 건장한 사내들이 살기등등한 얼굴을 하고 뛰어오고 있었다. 여기에 쓰러져 있는 아이들과 같은 도복을 입고 있는 것으로 보아 검전도장의 제자들인 것 같았다.

"누구야! 누가 감히 우리 검전도장의 제자들에게 시비를 걸었다는 거야!"

"사형들, 저 새끼예요! 저 새끼가 그랬어요!"

버르장머리 없는 아이가 천풍을 손가락으로 가리키자 사내들의 살기등등한 눈이 천풍에게로 모아졌다. 상황은 삽시간에 일촉즉발의 살벌함으로 변했다.

그들로서는 참 불행이었다.

유년 시절 화산파의 도진과 비무를 한 것 말고는 지금껏 살아오면서 단 한 번도 사람을 때려본 적이 없는 천풍이었다. 상황이 이렇게 흘러 어쩔 수 없이 매를 들기는 했지만, 아직 뼈도 여물지 못한 아이들이 혹시라도 잘못될까 봐 얼마나 조심했는지 모른다.

너무 조심을 하다 보니 뭔가 개운치도 않고 불쾌하기도 하고 걱정도 되던 참이었다. 그런 차에 버르장머리 없는 아이가 건장한 사내들을 데려왔다. 적어도 저 사내들에게는 그리 조심하지 않아도 된다. 지금의 이 개운치 못한 기분을 저 사내들을 상대로 훌훌 털어 버리면 된다. 혹시 힘 조절에 조금 실수를 하더라도 적어도 죽지는 않을 테니까. 기껏해야 뼈가 부러지는 정도에서 끝날 테니까.

"서 있는 것은 천 년의 고송처럼! 기립천송(起立千松)!"

그것은 보다 더 살벌해지고, 보다 더 거침없어진 십방청무검법이었다.

그야말로 초토화였다.

십방청무검법이 끝이 났을 때, 버르장머리 없는 아이가 데려온 열일곱 명의 사내들은 천풍의 붓에 살이 터지고 뼈가 부러진 채로 처참하게 널브러져 있었다. 그리고 버르장머리 없는 아이는 지금의 믿을 수 없는 광경을 넋이 나간 얼굴로 바라만 보고 있었다.

천풍의 눈이 마침 버르장머리 없는 아이에게로 향했다.

버르장머리 없는 아이가 풀썩 엉덩방아를 찧듯이 하며 주저앉았다.

"어…… 어……."

겁에 질려 말문이라도 막힌 것 같았다. 말문이 막힌 정도가 아니었다. 얼마나 겁을 먹은 것인지 바지에 오줌마저 지렸다.

천풍이 눈살을 찌푸렸다. 버르장머리 없는 아이가 꼴사나워서가 아니었다.

'내가 좀 심했나?'

주위를 둘러보며 머리를 긁적였다. 명색이 자비와 용서를

근본으로 하는 스님의 제자인데, 손속이 너무 매정했던 것은 아니었나 후회가 되었다.

그러나 이미 벌어져 버린 일인 것을 후회해 본들 무엇하랴.

어쨌거나 모든 소란을 종식시킨 천풍은 그제야 다시 진사우를 살폈다.

그사이 정신을 차렸는지 진사우가 천풍을 보고 있었다. 의문과 놀람으로 뒤섞인 눈이었다.

'본 건가?'

딱히 숨길 생각도, 그럴 만한 이유도 없었다.

천풍은 진사우의 눈길을 대수롭지 않게 받아넘기며 물었다.

"좀 어떠냐?"

진사우에게선 대답이 없었다. 대답도 못할 만큼 아픈 건지 너무 많은 의문들에 말문이 막힌 건지는 모르겠지만, 스스로 몸을 일으키지 못할 만큼 상태가 안 좋은 것만은 분명했다.

진사우를 어깨에 들쳐 멨다.

"크윽!"

조심스레 다룬다고 다뤘는데도 고통에 찬 비명을 토한다.

이대로 도장에 데려갈 수는 없었다. 그랬다간 두 자매들에게 괜한 걱정만 끼칠 뿐이다. 더구나 하루 이틀 누워 있다고 나을 만한 상태도 아닌 듯 보였다.

천풍은 걸음을 서둘러 근처 의원으로 향했다.

"대체 어쩌다가 이 지경이 된 게요? 다행히 뼈가 부러지거나 장기가 상하진 않았지만, 온몸에 피멍이 심하게 들어 이대로 두면 속에서부터 상처가 곪을 수도 있소. 그리되면 정말 큰 병이 되는 것이니 한동안 여기 머물면서 상처를 돌보는 게 좋을 게요."

의원의 조언도 조언이지만 도장에선 도장에서대로 해야 할 일이 있어, 진사우를 마냥 간병만 하고 있을 수는 없는 형편이었다. 그리해 진사우를 의원에게 맡기고 못내 떨어지지 않는 걸음을 옮겨 도장으로 돌아왔다.

내일은 평소보다 일찍 도장 일을 처리하고 진사우의 간병에 전념할 생각이었다.

그러나 그의 계획은 예상치 못한 불청객들의 방문으로 인해 아침부터 어긋나 버리고 말았다.

어제 천풍에게 혼쭐이 나 오줌을 지렸던 그 버르장머리 없는 아이였다. 그리고 그 자리에 있던 아이들 중 넷이 그와 함께였다. 처음엔 혹시 어제의 일에 앙심을 품고 천풍에게 복수라도 하려고 온 것인가 했다. 한데, 천풍와 임설아를 보며 다섯 아이들이 취한 행동은 위협도, 공격도 아니었다.

그들을 향해 대뜸 무릎을 꿇는 것이었다.

"청무도장의 제자가 되기를 청합니다!"

"청무도장의 제자가 되기를 청합니다!"

진정어린 목소리로 그렇게 힘주어 외친다.

"……?"

"……!"

갑작스럽다 못해 황당하기까지 한 행동에 그들이 놀란 눈을 휘둥그레 뜨고 있는 사이, 아이들은 그것으로 그치지 않고 그들의 앞에 머리까지 조아렸다.

"저희에게 청무도장의 위대한 십방청무검법을 가르쳐 주십시오!"

"위대한 십방청무검법을 가르쳐 주십시오!"

임설아가 어리둥절한 눈으로 천풍을 보았다.

어리둥절하기는 천풍도 마찬가지였다. 하지만 황당함과 놀람이 어느 정도 진정된 후, 가만히 생각해 보니 어떻게 된 영문인지 대강이나마 짐작은 할 수 있었다.

어제 천풍이 보여준 압도적인 힘에 홀딱 반해 버린 것이다. 십방청무검법의 위력이 그만큼 압도적인 것이라 그렇게 오해를 하고 있는 것이 분명했다.

물론 그런 사실을 알 리 없는 임설아로서는 검전도장을 버리고 청무도장의 제자가 되고자 찾아온 아이들이 그저 기특하기만 할 뿐이다. 이 기특하기 그지없는 아이들을 그녀로서는 마다할 이유가 없었다.

천풍을 제외하고 스스로 제자가 되고자, 십방청무검법을 배우고자 누군가 청무도장을 찾아온 건 3년 전 도장결에서의 패배 이후로, 그리고 그녀가 도장을 맡게 된 이후로 처음이었다.

처음이란 항상 특별한 법이다. 그리고 또한 아름답게 미화되기 마련이다.

'그래. 이제야 십방청무검법의 진가를 사람들이 알아주기 시작한 거야!'

위대한 십방청무검법을 배우고자 제자가 되기를 청한다는데 그 외에 달리 무슨 이유가 더 있겠는가.

'그래. 포기하지 않길 잘했어.'

마치 30년처럼 길었던 지난 3년이다. 세상의 외면과 현실의 고단함에 하루에 수십 번도 더 도장의 문을 닫을 결심을 했었다. 하지만 그리하지 못했다.

비명에 가신 부모님들의 비통한 마음을 달래드리기 위해서라도 반드시 도장을 지켜내야 했다. 반드시 다시 일으켜 세워 청무도장을 소흥 최고의 도장으로 만들어야 했다.

언제부터인가 그것이 그녀가 살아가는 이유이자 의미가 되어 있었다. 그리해 차가운 세상에 당당히 맞서 싸웠고, 고단한 현실을 이를 악물어 버텨냈다. 그 결실이 지금 눈앞에 무릎 꿇고 있는 다섯 명의 아이들이라 그리 생각했다.

감정이 북받쳐 왔다.

"언니, 우리 도장 이제 살아나는 거야?"

상아가 떨리는 목소리로 물었다.

힘주어 고개를 끄덕이는 임설아도 마음에 이는 격정을 숨기지 못했다.

그런 자매들의 감격에 겨운 모습을 보며 천풍은 괜히 민망하기도 하고 무안하기도 했지만 그런 한편으로, 본의는 아니었어도 어쨌거나 도장에 도움이 된 것 같아 뿌듯하기도 했다.

그렇게 버르장머리 없는 아이 외 네 명은 청무도장의 제자가 되었다.

"정식으로 입문을 하기 전에 먼저 우리 도장의 규율과 규범부터 배워야 하니 일단 나를 따라오거라."

임설아가 그들을 내실로 불러들였다.

그때까지도 무릎을 꿇은 채로 있던 아이들이 그제야 몸을 일으켜 임설아를 따랐다.

가장 말미에서 임설아를 따르던 버르장머리 없는 아이가 천풍의 옆에서 잠시 걸음을 멈췄다. 그러고는 어제의 흉흉했던 싸움이 무색할 정도로 친근하게 웃어보였다. 뿐만 아니라,

"앞으로 많은 지도편달 부탁드립니다. 사형!"

넙죽 인사까지 건넨다.

영악한 건지 넉살이 좋은 건지는 모르겠지만 당신에서 개자식으로, 개자식에서 저 새끼로…… 격하일로만을 걷던 호칭이 단번에 사형으로 격상되고 보니 기분이 그리 썩 나쁘지만은 않다. 두 자매의 행복해하는 얼굴을 떠올리니 그 또한 즐겁다.

생각해 보면 이 모두가 어제의 한판 드잡이질이 초래한 결과였다.

기분이 조금 묘했다. 아니, 생각이 거기에 미치는 순간, 천

풍의 마음속엔 더없이 소중한 인생의 지침 하나가 새겨지고 있었다.

어떤 폭력도 정당화될 수는 없지만, 하지만 때로는…….

"그래. 때로는 매가 약일 때도 있는 거야."

그래. 때로는 매가 약이 될 수도 있는 것이다.

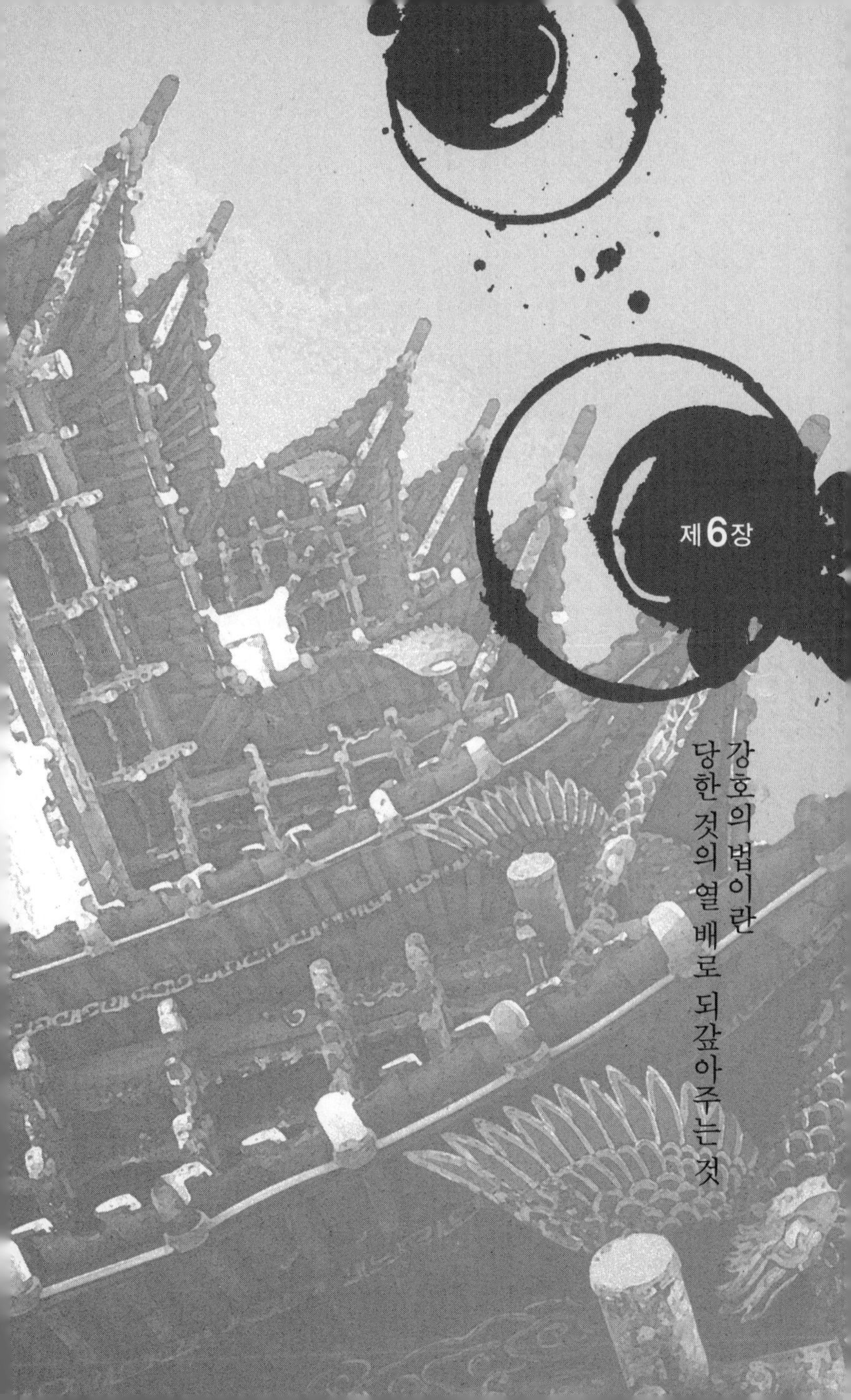

# 제 6 장

## 강호의 법이란 당한 것의 열 배로 되갚아주는 것

'때로는 매가 약일 때도 있다.'

인생의 지침을 얻게 된 천풍이 이청의 대장간을 찾은 것은 그로부터 열흘 후였다.

"지금 뭐라고 했소? 붓을 만들어달라고 했소?"

이청이 눈살을 찌푸리며 되물었다.

"예. 붓을 만들어주십시오."

"아니, 붓이야 지필묵을 파는 문구점에서 구하면 될 일인데 생뚱맞게 왜 여기서 붓을 찾는 게요?"

"문구점에서 파는 것은 마음에 차지 않아서요. 쉽게 부러지지 않을 만큼 단단하고 무게감도 좀 있었으면 좋겠고, 무엇보다 길이가 좀 길었으면 좋겠는데…… 안 되겠습니까?"

"안 될 거야 없지만…… 우선 용도를 알아야 어떻게 만들지 감이라도 잡힐 텐데, 대체 그런 걸 뭐에 쓰려고 그러는 게요? 대장간에까지 와서 찾는걸 보면 글이나 적으려는 건 아닌 것 같고, 주문하는 모양새도 그렇고…… 혹시 무기로라도 삼으려고 그러는 게요?"

이청의 질문에 천풍이 움찔 놀라는 기색을 했다.

"어떻게 아셨습니까?"

"철장이로 반백년을 살았는데 그 정도 눈치야 없겠소마는, 철장이 생활 반백년 만에 붓을 만들어달라는 사람은 공자가 처음이구려. 그냥 청무도장의 제자답게 검이 낫지 않겠소? 멋을 내볼 요량이면 부채도 괜찮고."

"아닙니다. 붓으로 하기로 했으니 붓으로 하겠습니다."

검도 생각해 보았고 부채도 생각해 보았다. 하지만 훈계의 매로 삼기에는 검은 너무 살벌하고, 부채는 너무 위엄이 부족했다.

첫 손맛을 붓으로 봐서 그런지 크고 단단한 붓만큼 끌리는 것이 없었다. 열흘 동안이나 고민했고 오랜 갈등의 끝에 내린 결정이었다.

천풍의 생각이 굳건한 듯하자 잠시 뭔가를 생각하는 듯하더니,

"잠시만 기다려 보시구려."

대장간 안으로 들어가 버린다. 그리고 잠시 후 다시 모습을

드러낸 이청의 손에는 검은 돌 하나가 들려 있었다. 아니, 그것은 돌이 아니었다.

"이건 한단묵철이 아닙니까?"

천목산 가장 깊은 곳에 봄이 가장 빨리 오는 곳을 청열지라 했고, 그곳에 있는 얼음처럼 차고 비단처럼 매끄럽고 칠흑처럼 검은 철을 한단묵철이라 한다고 지난번 현천사에 들렀을 때 이청이 가르쳐 주었다.

지금 이청이 들고 있는 것이 바로 그 한단묵철이었다.

"무게감도 적당하고 손에 닿는 차가운 감촉도 일품이라 손맛은 더 말할 것도 없는데다, 이것으로 붓을 만들면 단언하건대 세상에서 가장 단단한 붓이 될 게요. 어떻소? 이걸로 만들어드리리까?"

"하지만 한단묵철은 정복되지 않는다 해서 부정지철이라 하지 않으셨습니까? 강도가 너무 세서 날을 벼릴 수가 없다고……."

"그야 그렇지만 검과 붓은 엄연히 다르지 않소? 붓에는 벼릴 만한 날 자체가 없으니 말이오."

"그럼 이 철로 정말 붓을 만들 수 있습니까?"

"물론 고생이야 좀 되겠지만 크게 문제는 없을 거외다."

천풍으로서야 마다할 이유가 없었다. 오히려 천목산의 향수마저 느껴져 그보다 더 좋을 수가 없을 지경이다. 다만 한 가지, 역시 현실적인 문제가 걸렸다.

"하온데, 비용은 얼마나……?"

아무래도 특별한 철이다 보니 재료비도 그렇고 수고비도 그렇고 꽤 비싸지 않을까 싶었다.

가진 돈이라고는 이제 넉 냥뿐이다. 붓 하나를 사기 위해 크게 무리를 할 수는 없는 처지였다.

천풍의 그 같은 마음을 알았는지 이청이 손을 휘휘 내저었다.

"돈은 됐소. 미련스레 버리진 못하고 있었지만 어차피 더 가지고 있어봐야 달리 써먹을 데도 없는데 뭐. 영 못 써먹고 버려야 하나 했는데, 그나마 공자께 붓이라도 만들어드릴 수 있게 되었으니 나로서도 즐거운 일이고. 그거면 충분합니다. 내 최고급 말 털을 써서 최고로 멋진 붓을 만들어놓을 테니 나흘 후에 다시 오시구려. 그때쯤이면 아마 완성이 되어 있을 게요."

이청의 고마운 배려와 호언장담에 천풍도 자연 기대가 컸다.

사흘 후 만나게 될 이 세상에 하나밖에 없는 자신만의 붓을 생각하니 마음이 들떴다. 도장으로 향하는 발걸음 또한 솜털처럼 가볍다.

임설아가 천풍을 부른 것은 그렇게 도장에 도착한 바로 직후였다.

"한 달이나 말입니까?"

천풍이 잔뜩 곤란한 얼굴을 했다.

그도 그럴 것이 소흥 세도가의 지체 높으신 부인으로부터 의뢰가 들어와 내일 날이 밝는 대로, 한 달 여정으로 안휘성(安徽省) 합비(合肥)에 있는 포공사(包公祀)에 다녀와야 한다는 것이었다.

포공사는 청백리의 상징으로 이름이 높은 북송의 고관 포공을 모신 사당이었다.

남편이 이번에 조정의 부름을 받게 되어, 포공사로 남편의 입신양명(立身揚名)을 기원 드리러 가는 길에 임설아에게 수신 호위를 부탁한 것이라 했다.

그녀가 이런 일로 도장을 비우는 것이 하루 이틀 일도 아니지만 이제 신입 제자들까지 들어온 마당에 한 달은 너무 길었다.

"그럼 아이들을 가르치는 것은 누가……?"

"그건 상아가 맡을 거예요. 할 수 있지?"

임설아가 상아를 바라보자 상아가 샐쭉 입술을 내민다.

"할 수야 있지만, 근데 꼭 거길 가야 돼? 새로 제자들도 들어왔는데 이제 그냥 도장 일만 보면 안 되는 거야?"

"안 돼."

"왜 안 되는데? 새로 들어온 제자들한테 관비도 받았잖아."

"그거로는 어림도 없어."

철모르는 소리였다. 그녀도 호위 일을 그리 오래할 생각은 없었다. 새로 제자들까지 들어온 마당이라 도장 일에만 매진하고 싶은 마음이 그 어느 때보다도 간절했다. 하지만 지금은 현실적으로 불가능했다.

도장의 유지비를 충당하기 위해서는 고작 다섯 명으로는 어림도 없었다. 아무리 적게 잡아도 스무 명은 되어야 도장의 자생이 가능했다.

"한 달이라고 해봐야 금방이니까 어리다고 깔보이거나 책잡히지 않게 행동거지 조심해. 누가 뭐라 해도 내가 없는 동안은 네가 청무도장의 주인이라는 거 잊지 말고. 그리고……."

임설아가 상아에게서 눈을 돌려 천풍을 바라보았다.

"상아가 아직 어려 실수가 많을 테니 공자님께서 잘 돌봐주세요. 도장 일도 잘 부탁드리구요."

임설아의 진지한 부탁에 가슴이 조금 뭉클해지는 천풍이다.

따지고 보면 새로 들어온 다섯 아이들보다 고작 두어 달 먼저 들어왔을 뿐이다. 십방청무검법조차 제대로 배우질 못한 그에게 상아를 부탁하고 도장을 부탁한다는 것은, 이미 그를 가족으로 생각하고 있다는 뜻이었다. 이제 임설아의 눈에 그는 더 이상 어린 여자아이들만 노리는 변태성욕자가 아닌 것이다.

믿음이라는 것, 믿음을 받는다는 것이 사람의 기분을 이리도 좋게 만드는 것인지 처음 알았다.

천풍이 부쩍 높아진 책임감으로 힘주어 고개를 끄덕였다.

그리해 다음 날 아침, 임설아가 모두의 배웅을 받으며 청무도장을 떠났다.

임설아가 떠난 후 천풍은 한껏 고무된 마음으로 도장 일에 더욱 열심을 다했다. 먼지를 닦는 수준이 아니라 거의 광을 내다시피 하며 도장 비품들을 정리했고, 청소도 하루에 두 번 하던 것을 네 번을 했다.

그렇게 하루하루 열과 성을 다해 도장 일을 돌보던 천풍이 도장 일은 뒷전에 두고, 들뜬 걸음으로 청무도장을 나선 것은 그로부터 사흘 후였다.

드디어 약속한 날이 된 것이다. 약속한 날이 되어 붓을 받으러 이청의 대장간으로 방향을 잡은 것이다. 한데, 그가 다섯 걸음도 채 내딛기 전이었다.

"천풍 사형. 잠깐만요."

누군가 그의 앞을 막아섰다.

버르장머리 없는 아이였다. 아니, 이젠 상무(尙武)라는 이름이 더 익숙했다.

천풍이 상무를 의아히 바라보자 상무가 조심스럽게 말했다.

"저기…… 십방청무검법 말이에요. 사형이 가르쳐 주시면 안 돼요?"

상무의 부탁에 천풍이 고개를 갸웃거렸다.

"왜?"

"상아한테 배우려니 쪽팔려서요."

"왜?"

"그야 상아는 여자잖아요. 게다가 나보다 어리고. 사나이존심이 있는데 어떻게 나보다 어린 계집애한테 무공을 배워요?"

천풍은 다시 고개를 갸웃거렸다.

상무의 심정이 이해가 안 가서가 아니라 왠지 그 말투에서 그것 말고도 다른 이유가 있는 것 같은 느낌을 받아서였다. 그래서 물었다.

"단지 그것뿐이냐?"

"뭐가요?"

"단지 상아가 너보다 어린 여자아이라서 상아한테 무공을 배우기 싫다는 거냐고?"

"그, 그럼 그것 말고 또 뭐가 있는데요?"

아니라고 발뺌은 하는데 얼굴에는 당황해하는 기색이 역력했다. 눈빛도 심하게 흔들렸고 양 볼도 발갛게 달아올라 있었다.

그러고 보면 상무의 상아를 보는 눈빛이 왠지 남달랐었다. 훔쳐보듯 몰래몰래 곁눈질도 하고 한 번씩 얼굴을 붉히기도 하고…… 아무리 남녀상열지사에 대해선 무지한 천풍이래도 이쯤 되고 보니 눈치가 빤했다.

"혹시 너…… 상아 좋아하냐?"

"무, 무, 무, 무, 무슨 소릴 하는 거예요!"

참 심하게도 더듬는다. 게다가 얼굴은 발갛게 달아오른 정도가 아니라 아예 새빨갛다.

"아니면 말 것이지 왜 화를 내고 그래?"

"사형이 자꾸 말도 안 되는 소리를 하니까 그렇죠!"

만일 상무가 자신의 얼굴을 볼 수 있다면 그래도 저렇게 부정할 수 있을까 싶다.

천풍이 계속해서 입가에 야릇한 웃음을 머금고 있자 상무가 다시 버럭 했다.

"좋아요! 관둬요! 가르쳐 주기 싫으면 가르쳐 주기 싫다고 하면 될 것이지 왜 터무니없는 소릴 해서 사람을 이상하게 만들어요! 사형한테 가르쳐 달라 안 할 테니까 다시는 그딴 말 하지 마세요!"

그러고는 후다닥 도장 안으로 뛰어가 버린다.

"저건 어떻게 봐도 화가 난 게 아니라 부끄러워하는 건데?"

며칠 전만 해도 악동도 그런 악동이 없을 듯했는데, 상무에게도 저런 귀여운 면이 있었다는 게 신선하기도 하고 재미있기도 했다.

순수한 동심을 본다는 건 언제나 즐겁다. 그렇잖아도 들떠 있던 걸음이 한층 더 경쾌해졌다.

그러나, 좋은 일에는 항시 마(魔)가 끼기 마련이다. 그리고 세상 모든 것에는 명(明)과 암(暗)이 공존하기 마련이다.

청무도장이 부활의 날갯짓을 시작한 것이 좋은 일이고, 훈계의 매가 계기가 되어 천하의 악동에게서 순수한 동심을 볼 수 있게 된 것이 명(明)이라면, 천풍이 이청의 대장간으로 향하고 있을 그 무렵, 검전도장에서 시작된 분노는 바로 그 마(魔)라는 놈이었다. 그리고 청무도장에 드리우기 시작한 어두운 그림자는 바로 그 암(暗)이라는 놈이었다.

* * *

"이게 대체 어떻게 된 일이냐?"

검전도장의 관주 송양(訟佯)은 도장에 들어서자마자 눈살부터 찌푸렸다.

일이 있어 항주에 다녀오는 길이었다. 보름 일정으로 잡았던 것이 일이 지체되어 스무 날을 채우고 말았다. 한데, 도장에 들어서고 보니 전과는 분위기가 사뭇 달랐다. 항상 열기에 차 있던 도장 안이 마치 초상집처럼 착 가라앉아 있었다.

늘 보이던 얼굴들 중 몇몇은 보이지도 않고 또 몇몇은 성한 모습이 아니다. 다리가 부러졌는지 목발을 한 채 절뚝거리는 사람도 있고, 머리가 깨졌는지 얼굴의 반을 붕대로 칭칭 동여맨 사람들도 있다.

"이게 대체 어떻게 된 일이냐니까!"

송양이 답답했는지 버럭 소리를 지르자 무술사범인 유원강(柳愿强)이 쭈뼛거리며 대답했다.

"관주님께서 항주로 떠나시고 얼마 안 있어 싸움이 있었습니다."

"싸움? 어떤 놈들이랑 싸웠는데 우리 애들이 이 꼴이 된 거야?"

"그게…… 놈들이 아니라 놈이라는……."

"뭐? 그럼 한 놈한테 당했단 말이냐? 대체 그놈이 누구기에? 설마 무림의 고수와 시비라도 붙었단 말이냐?"

"무림 고수가 아니라 청무도장의 제자였다 합니다."

"청무도장? 그럼 우리 애들을 이 꼴로 만든 게 그 임가 계집애였단 말이냐?"

"임가 계집은 아닌 것 같습니다. 청무도장의 제자라고 밝힌 자는 사내였다 했습니다."

대화가 한마디 한마디 이어질수록 송양의 얼굴은 끝 간 데 없이 일그러지고 있었다.

도대체 유원강이 무슨 말을 하는 건지 알아들을 수가 없다.

자신의 제자들이 청무도장에 당했다는 것만으로도 믿을 수 없는 일인데, 단 한 명한테 아작이 났다니? 그나마 임설아가 그리했다면 납득이라도 갈 텐데 관주도, 사범도 아닌 고작 일개 제자한테 당했다니?

아니, 애당초 청무도장에 그 같은 제자가 있다는 것도 금시초문이다. 그가 알기로 청무도장의 제자는 진사우라는 거지 아이가 유일했다.

"임가 계집이 지 애비 복수라도 해볼 요량으로 용병이라도 불러들인 거 아냐?"

뭐 눈에는 뭐만 보인다고 했던가. 지금 송양이 딱 그 짝이었다.

어마어마한 돈을 주고 무림의 고수를 초빙해 검전도장의 사범으로 위장 취업 시킨 후, 자신을 대신해 도장결에 임하게 한다. 그리해 경쟁 도장을 무참히 짓밟아 버린다.

송양의 전매특허였다. 3년 전 임설아의 부친이 도장결에서 패한 것도 그 같은 야비한 수법에 당한 것이었다.

"아무튼, 그래서?"

"예?"

"그래서 어떻게 됐냐고! 설마 그렇게 당하고 나서 바보처럼 가만히 있었던 건 아니겠지?"

"그, 그게…… 관주님께서 오신 다음에 해결을 하는 것이 좋을 듯 싶어서……."

유원강이 기어들어가는 목소리로 변명이랍시고 했다.

울컥 주먹이 올라가는 걸 겨우 참았다.

안 봐도 뻔했다. 제자들이 당한 것을 보고는 겁을 집어먹은 것이다. 그래서 복수할 엄두도 내지 못하고 송양이 돌아올 때까지 자라새끼처럼 잔뜩 목을 움츠리고 있었던 것이다. 유원강은 그런 인간이었다.

'저런 한심한 놈이 처남이랍시고 사범 자리를 꿰차고 앉았으니 도장이 잘 돌아갈 리가 있나!'

어쨌든 이대로 있을 수는 없는 일이다.

"제자들 다 집합시켜."

"어쩌시려고……?"

"어쩌긴 뭘 어째! 당한 만큼 돌려주러 가야 될 거 아냐!"

송양은 서른 명이 넘는 제자들을 대동하고 곧장 청무도장으로 향했다.

당한 만큼 돌려주러 간다고 했지만, 사실 복수를 하겠다는 생각보다는 우선 검전도장의 제자들을 그리 만들었다는 자의 정체를 파악하려는 게 목적이었다. 서른 명의 제자들도 어디까지나 만일의 사태를 대비한 거였지, 그들을 동원해 청무도장을 어찌해 보려는 생각은 없었다. 그런 식의 난잡한 패싸움은 그의 방식이 아니었다.

하지만 청무도장에 도착한 후, 전혀 생각지 못한 광경에 완전히 눈이 돌아 버렸다.

상아의 지휘 아래 땀을 뻘뻘 흘려가며 십방청무검법을 익히고 있는 다섯 아이들을 목격한 것이다.

검전도장에 있어야 할 아이들이 왜 청무도장에서 저러고 있단 말인가?

"너희들……."

갑작스레 들이닥친 송양이 아이들에게도 놀랍고 경악스럽기는 마찬가지였다.

"과, 관주님……."

상무마저도 잔뜩 겁먹은 얼굴로 주춤 주춤 뒷걸음질 친다.

그 모습이 송양을 더욱 분노케 했다.

"네놈들이 왜 여기에 있느냔 말이다!"

지금까지 다른 도장의 제자들을 빼앗아 오기만 했지 빼앗긴 적은 한 번도 없는 그였다. 빼앗기는 놈이 바보고 멍청한 놈만이 자기 것을 빼앗긴다고 그리 냉소해 왔던 그였다.

한데, 빼앗긴 것이다. 그것도 새파랗게 어린 계집이 관주로 있는, 폐문 직전의 다 쓰러져 가는 도장에.

자존심이 그야말로 무참히 짓밟혀 버린 기분이었다.

"네놈들이 왜 여기에 있느냔 말이다!"

달려들듯이 하며 아이들에게로 다가갔다. 주먹이라도 날릴 태세였다.

"남의 도장에 와서 이게 무슨 행패예요!"

그런 그의 앞을 막아선 것은 다름 아닌 상아였다.

상아가 눈이 치켜뜨며 송양을 노려보고 있었다.

그러나 상황이 좋지 못했다. 지금 송양의 분노는 남녀노소를 가릴 만한 상태가 아니었다.

"네년은 비켜 있어!"

상아의 머리채를 잡아다가 거칠게 밀쳐 버리고는 더 한층 살벌한 기세로 다섯 아이들을 향해 성큼 다가섰다. 손만 뻗으면 닿을 거리, 그때 한 줄기 날카로운 바람이 송양과 다섯 아이들 사이를 갈랐다.

"남의 도장에 와서 이게 무슨 행패냐니까!"

또다시 상아였다. 이번에는 맨손이 아니었다. 송양을 향해 목검을 겨눈 채였다.

송양이 신경질적으로 외쳤다.

"이건 우리 검전도장의 일이니 네년이 상관할 바가 아니다!"

"저 애들은 이제 청무도장 제자들이에요! 그러니까 상관하지 말아야 하는 건 당신이라고! 남의 도장에 와서 이게 대체 무슨 못 배워 처먹은 짓이냔 말이에요!"

분노가 극에 달하면 오히려 차분해지는가 보다. 다른 사람은 어떨지 몰라도 송양은 그랬다. 차분함 속에 잔혹한 본성이 눈을 뜬다.

"못 배워 처먹은 짓? 큭큭. 그럼 제대로 배워 처먹은 짓 좀 해볼까? 유 사범. 목검 한 자루 가져와."

유원강이 목검을 건네자 송양은 짐짓 진중한 태도로 포권을 취해 보였다.

"검전도장의 관주 송양이 지금 이 자리에서 청무도장에 도장결을 청하는 바요!"

갑작스러운 도장결 신청에 상아가 당황한 기색을 감추지 못하자 송양이 비릿한 웃음을 머금었다.

"설마 잘 배워 처먹은 청무도장에서 겁을 먹고 도망치는 짓은 하지 않겠지?"

그러고는 힘 있는 목소리로 씹어뱉듯 덧붙였다.

"만일 도장결을 하지 않겠다면! 오늘부로 청무도장은 문을 닫고 현판을 내려야 할 것이다!"

그냥 하는 말이 아니었다. 만일 여기서 상아가 도장결을 거절하는 그 순간, 송양 뒤의 서른 명이나 되는 제자들이 도장을 난장판으로 만들어놓을 것이 분명했다.

그렇다고 임설아도 없는 상황에서 도장결을 승낙할 수는 없는 처지. 그야말로 사면초가의 위기에 몰려 이러지도 저러지도 못하고 있는데, 다섯 아이들 중 석태라는 아이가 겁을 집어먹고 송양의 발 앞에 무릎을 꿇었다.

"관주님! 저희가 잘못했습니다! 저희가 잠시 호기심에 그런 것뿐이니, 오늘 바로 검전도장으로 돌아갈 테니……."

하지만 석태의 말이 채 끝나기도 전이었다.

퍽!

"커억!"

송양이 조금의 인정도 두지 않고 있는 힘껏 석태를 걷어차 버렸다.

"신성한 도장결에 어딜 잡것이 끼어들어!"

지금 송양에겐 다섯 아이들은 더 이상 안중에도 없었다. 청무도장을 박살내 버리겠다는 일념뿐이었다.

'그래. 처음부터 이랬어야 했어.'

3년 전 도장결에서의 승리 이후 그대로 몰아붙여 끝장을 냈어야 했다. 승기를 잡았을 때 다시는 일어서지 못하게 철저하게 밟아 버렸어야 했다. 어린 계집아이 둘이서 뭘 할 수 있겠느냐는 생각에 인정을 두었던 것이 잘못이었다.

아직도 늦지 않았다. 지금이라도 청무도장이라는 이름을 다시 듣는 일이 없게끔, 3년 전 못다 한 일을 마무리지으면 그뿐이다.

송양이 한 걸음을 내딛어 상아와의 간격을 좁혔다. 그런 그의 눈빛은 살벌함을 넘어 살기마저 느껴질 정도였다.

아무리 상아가 기질이 드세다고 해도 이제 고작 열한 살밖에 되지 않은 여자아이였다. 뼛속 깊이 파고드는 살기를 감당하기에는 아직은 너무 어렸다.

상아가 두려움을 이겨내지 못하고 주춤 뒤로 물러서자 송양의 입가에 머문 비릿한 웃음이 더 한층 야비해졌다.

상아는 이를 악물었다. 심장이 떨리고 등줄기에서 식은땀이 흘렀지만 더는 물러설 곳도 물러설 수도 없다.

'언니가 없는 동안은 청무도장의 주인은 나야!'

목숨을 다해서라도 도장의 안위를 책임지는 것이 마땅히 주인 된 자의 의무다.

죽기로 싸우겠다! 상아가 그렇게 결심을 하고 목검을 고쳐 잡을 때였다.

그녀와 송양의 사이를 가로막는 그림자가 있었다.

"……!"

그림자의 정체는 상무였다. 조금 전 그녀가 송양과 상무의 사이를 가로막았듯이 이번엔 상무가 그녀와 송양의 사이를 가로막고 서 있었다.

"너…… 왜……?"

상아가 당황과 놀람으로 상무를 보자 상무가 어깨를 으쓱해 보였다.

"명색이 사내대장부가 쪽팔리게 여자 뒤꽁무니에만 숨어 있을 수는 없잖아."

"뭐?"

황당해하는 상아를 뒤로하고 상무가 송양을 마주했다.

마주하고 보니 새삼 무섭다. 검전도장에서 무공을 배우며 본능 깊숙한 곳에 자리 잡아 버린 송양에 대한 공포가 소름마저 돋게 했다.

스스로도 지금 이러고 있는 자신이 이해가 안 된다. 원래 그리 정의로운 편도 아니고, 천풍의 무위에 반해서 도장을 옮기긴 했지만 청무도장에 대한 의리도 아직은 딱히 없다. 단지 두려움으로 하얗게 질려 버린 상아의 얼굴을 보자 생각에 앞서 몸이 먼저 움직였을 뿐이다.

"신성한 도장결에 잡것은 끼어들지 말라고 했을 텐데?"

송양이 살기 품은 살벌한 눈으로 상무를 노려본다.

어쩌다 이리된 것인지는 모르겠지만 상무도 그렇다고 여기서 물러서고 싶은 생각은 추호도 없었다. 그의 뒤에는 상아가 있다. 그가 물러서는 순간 저 잔악무도한 인간이 내지르는 폭력 앞에 상아가 무참히 유린당한다 생각하니 없던 용기마저 생겼다.

기호지세(騎虎之勢)였다. 이왕지사 호랑이의 등에 타 버린 것, 갈 데까지 가보자 싶었다.

상무가 목검을 들어 송양에게 겨누었다.

"당신!"

"다, 당신?"

"그래 당신. 그 신성한 도장결이란 거, 나랑 합시다!"

"뭐?"

"야! 너 지금 뭐하는 거야?"

상무가 날린 갑작스러운 도전장에 송양은 물론이고 상아마저도 어안이 벙벙한 얼굴이다.

상무는 그런 그들의 반응에는 전혀 상관치 않고 한 자 한 자 또박또박 힘주어 말했다.

"내가, 이 정상무가 청무도장을 대표해서 당신들을 상대해 주겠다 이 말이야!"

오만불손 안하무인의 말투에 그보다 더 시건방진 웃음 한 조각…… 지금 상무의 모습은 단지 그 대상만 다를 뿐, 지난번 천풍과 처음 만났을 때의 '버르장머리 없는 아이'의 모습을 완벽히 재연해내고 있었다.

그러나 대상이 다른 만큼 반응도 판이하게 달랐다.

'버르장머리 없는 아이'가 되어 버린 상무를 보는 순간, 그나마 남아 있던 일말의 이성마저도 송양의 머릿속에서 사라져 버렸다. 불과 보름 전만 해도 자신의 도장에서 일전검법을 배우던 제자의 안하무인하고 오만불손한 말투와 그보다 더 시건방진 웃음 한 조각으로 인해, 그나마 남아 있던 인간성마저도 완전히 날아가 버렸다.

"이것들이 지금 날 가지고 노는 거야 뭐야? 감히 이 송양을 개호구로 알아? 오냐! 청무도장이란 이름, 내일도 그 이름이 세상에 남아 있다면 차라리 내가 자결을 하고 말겠다!"

결국 도화선에 불이 붙고야 말았다.

* * *

"어떻소? 마음에 드시오?"

이청이 천풍에게 물었다.

손바닥 가득 전해져오는 서늘함은 차갑다기보다는 맑았고, 묵직한 무게감도 적당했다. 장검의 검신보다는 짧고 단검보다는 긴 듯한, 두 척이 조금 못 되는 길이도 딱 그가 원했던 그대로였다. 게다가 붓털은 또 어찌나 감촉이 좋은지 최고급 말 털로 만들어주겠다던 이청의 약속이 새삼 고맙게 느껴졌다.

단지 붓만이 아니었다. 붓을 넣을 붓통도 최고급 가죽으로 되어 있었고, 한쪽 어깨에 멜 수 있도록 달아놓은 비단 끈에선 이청의 세심한 배려가 고스란히 전해져왔다.

이청의 자신만만한 얼굴만큼이나 그보다 더 좋을 수 없을 만큼 마음에 쏙 들었다.

"이렇게까지 멋질 거라고는 기대 못했는데…… 이걸 어떻게 보답해 드려야 할지 모르겠습니다."

"보답은 무슨…… 나도 오랜 만에 한단묵철을 다루는 거라 그 자체로 즐거웠는걸 뭐. 뭐 굳이 사례를 하겠다면 나중에 술이나 한 잔 사주시구려. 나흘간 들이마신 쇳독을 빼려면 뭐니 뭐니 해도 독하디독한 분주(汾酒)만 한 게 없거든."

"예. 그러겠습니다. 이렇게 좋은 물건을 만들어주셨는데 그깟 분주가 대수겠습니까?"

그렇게 이청에게 감사의 말을 건넬 때였다. 대장간 안 내실에서 진사우가 걸어 나왔다.

"어라? 의원에선 언제 나왔어?"

"엊그제요."

천풍의 질문에 진사우가 밖으로 나갈 채비를 하며 퉁명스레 대꾸한다.

이청이 걱정스러운 눈으로 물었다.

"어딜 가려고?"

"도장에요."

"벌써? 도장이야 좀 더 몸을 추스른 다음에 가도 되지 않느냐?"

"괜찮아요. 이제 다 나았어요."

이청의 걱정에도 시큰둥하게 대답하고는 그대로 문을 나가 버리는 진사우다. 그런 진사우를 보며 이청이 답답하다는 듯 푸념을 늘어놓았다.

"거 참, 대체 무슨 일이 있었던 건지…… 몸 상태로 보아하니 어디서 몰매라도 맞은 것 같은데, 워낙 무뚝뚝한 녀석이라 물어도 도통 말을 하질 않으니……."

천풍은 그냥 웃었다. 물론 영문이야 알고 있었지만 상무가 청무도장의 제자가 된 마당에 굳이 지난 일을 들춰내봐야 좋을 게 없을 것 같았다.

"그럼 저도 이만 가보겠습니다. 요즘은 도장에 일이 많아서."

"그래. 그만 들어가 보시구려. 나중에 술 한 잔 사겠다는 약속 잊지 말고."

"예. 가까운 날에 곧 자리를 마련토록 하겠습니다."

그렇게 인사를 건넨 후 대장간을 나왔다. 저 멀리 앞서가는 진사우가 보였다.

천풍은 걸음을 빨리해 진사우와 어깨를 맞췄다.

그런 천풍을 한 차례 흘깃 본 것 말고는 진사우에게선 달리 반응이 없다.

천풍은 쓴웃음을 베어 물었다.

천풍의 무위를 보고는 완전히 달라진 태도를 보이며 더없이 살갑게 구는 상무와, 같은 것을 보았음에도 처음 그대로 답답할 만큼 한결같은 진사우…… 나이도 비슷하고 체구도 비슷한데 둘은 판이하게 달랐다. 상무는 상무대로 귀여운 구석이 있고, 사우는 사우대로 듬직했다. 둘이 판이하게 다르다는 것이 어쩌면 그날의 싸움을 불러온 것일지도 모른다는 생각이 들었다.

'괜찮으려나?'

원수라면 원수 사이가 아닌가? 한 도장에서 무난히 지낼 수 있을지 걱정부터 앞섰다.

"저기…… 들어서 알고 있겠지만 지난번 너와 싸웠던 그 아이 말이다."

천풍이 은근슬쩍 말을 건네자 묵묵히 걷기만 하던 진사우가 걸음을 멈추고 천풍을 똑바로 마주본다.

"저는 싸우지 않았어요. 그냥 맞았지. 그 녀석들이랑 싸운 건 그쪽이잖아요."

딱딱한 어조로 또박또박 받아치는 대꾸에 천풍은 다시 쓴웃음을 지었다.

상무가 그를 '당신'에서 '사형'으로 호칭을 격상시킨 것과는 달리 진사우는 한결같이 '그쪽' 아니면 '저기요'였다.

"뭐, 어쨌거나 그 아이도 이제 청무도장의 제자가 되었으니 묵은 감정은 잊는 게 좋지 않을까 싶은데?"

"묵은 감정이요? 그딴 것 없어요. 몇 대 맞았다고 그걸 마음에 담아둘 만큼 곱게 살아오지 않았어요, 전. 그런 철부지 애들이랑 어울릴 만큼 어리지도 않구요. 그 녀석들이 먼저 시비만 걸지 않으면 상관 안 해요."

그 말을 끝으로 멈췄던 걸음을 다시 옮긴다.

'철부지 애들이랑 어울릴 만큼 어리지도 않다라…… 쩝, 내가 보기엔 충분히 어리구만.'

천풍은 피식 실소를 흘리며 진사우의 뒤를 따랐다.

진사우는 여전히 묵묵히 걷기만 했고 천풍도 달리 할 말이 없다. 둘 사이에는 자연 어색한 정적이 흘렀다. 일정하게 들리는 둘의 발소리만이 소심하게 정적을 두드릴 뿐이다.

그렇게 도장 가까이에 이르렀을 때였다.

일정한 보폭으로 기계처럼 움직이던 그들의 걸음이 돌연 벼락이라도 맞은 듯 우뚝 멈춰 섰다. 그들의 눈빛은 굳어 버린 걸음과는 반대로 격렬하게 흔들렸다.

지금 그들이 보고 있는 것은 청무도장의 현판이었다. 아니, 반 토막이 나서 덜렁거리는 그것을 과연 청무도장의 현판이라고 할 수 있을까?

현판은 약과였다. 청무도장의 대문은 상태가 그보다 더 좋지 못했다.

"대체……?"

"……!"

누가 먼저랄 것도 없었다. 도장 안으로 급히 달려 들어갔다.

도장 안의 광경은 밖에서 보던 것보다 더했다. 모든 기물들은 온전한 것 하나 없이 다 부서져 있고, 그 가운데 쓰러져 신음하고 있는 다섯 아이들과 울음을 억지로 참으며 망연자실해 있는 상아가 보였다. 상아의 상태도 그리 좋지만은 않았다. 머리는 헝클어져 있고 얼굴이며 팔이며, 작은 몸 곳곳에 상처의 흔적이 있었다.

"이게 대체 어떻게 된 일이냐?"

천풍이 상아에게 다가가 묻자 잠시 멍한 눈으로 천풍을 보던 상아가 이를 꽉 깨무는가 싶더니, 이내 눈가에 물기를 머금고는 울먹인다.

"검전도장에서…… 송양 그 나쁜 놈이 다짜고짜 도장결을 하자면서…… 쟤가 나 때문에, 날 지키려고 나 대신……."

울먹이며 상아가 손가락으로 가리킨 것은 상무였다. 한눈에 보기에도 그들 중 상태가 제일 심각해 보였다. 이미 정신은 잃은 듯했고 왼쪽 팔은 팔꿈치부터 보기 흉하게 돌아가 있었다.

속에서 뜨거운 것이 울컥 치밀어 올랐다. 하지만 그보다 먼저 울컥한 사람이 있었다.

"이런 개자식이!"

진사우였다. 진사우가 버럭 소리치며 도장을 뛰쳐나가려고 했다. 천풍이 그런 그를 급히 붙들었다.

"놔요!"

분기로 이글거리는 눈빛을 천풍에게 던져왔다.

지금껏 제대로 된 감정 한 번 보인 적 없던 아이였다. 지난번 검전도장의 아이들에게 만신창이가 되도록 두들겨 맞았을 때도 욕 한마디 입에 담지 않던 아이였다. 그런 진사우가 이토록 뜨거운 감정을 보인다는 게 조금 의외였다.

하긴, 고작 두어 달 같이 지낸 그조차도 이렇게 속에서 뜨거운 것이 치밀어 오르는데 수년을 도장에서 보낸 진사우야 오죽할까. 더구나 진사우에게 있어 청무도장은 평생을 다해도 갚지 못할 은혜를 입은 곳이 아닌가.

그러나 이 일은 진사우가 나설 일이 아니었다.

"놓으라니까요!"

"놔주면? 어쩌려고? 검전도장이라도 찾아가게? 찾아가서는? 그 다음엔?"

분기만으로 해결될 일이 아닌 것이다.

"그럼 이대로 당하고만 있으란 말이에요?"

"청무도장에 빚을 진 건 너만이 아냐. 나도 이곳에서 신세를 지고 있잖아. 그리고…… 너만큼은 아닐지 모르지만 나도 지금 꽤 화가 나 있고."

진사우가 뜨거운 눈빛으로 천풍을 노려보았다.

천풍의 실력이야 이미 알고 있다. 그리고 자신에겐 지금의 울분을 되갚아줄 힘이 없다는 것도 알고 있다. 분하지만 그게 현실이었다.

입술을 피가 나도록 깨문 진사우가 핏물을 씹어 삼키며 입을 뗐다.

"형……."

상무는 하루면 되었던 것을 진사우는 무려 석 달 가까운 시간을 보낸 지금에서야 겨우 호칭을 바꿨다. 이 무뚝뚝한 아이에게 그것이 어떤 의미인지 모르지 않았다. 지금 이 순간에 단단히 쳐놓은 마음의 벽을 스스로 허물어뜨렸다는 것, 그것이 얼마나 힘든 결정인지도 알고 있었다.

"평생 절에서만 사셨다고 했으니 강호의 법에 대해선 잘 모를 거예요. 강호의 법은요. 받은 만큼 돌려주는 게 아니에요. 은혜든, 원한이든 받은 것의 열 배를 돌려주는 것이 강호의 법이에요!"

큰마음을 받았다. 힘주어 고개를 끄덕인 천풍이 진사우의 머리에 손을 얹고 어린 시절 스승이 그에게 늘 해주었던 것처럼 머리카락을 헝클어트렸다. 스승이 그렇게 해주면 왠지 기분이 좋았었다. 왠지 마음도 차분히 가라앉고 든든했었다.

"그럼 다녀올 테니 넌 애들 좀 돌보고 있어라. 우선 상무 저 아이의 상태가 제일 위급한 것 같으니 의원부터 데려가주고."

도장을 나섰다. 그러다 문득 생각난 것이 있어 사우에게 물었다.

"도장결이라는 거, 어떻게 하는 거냐?"

천풍은 겉으로 보기보다도 더 많이 화가 나 있었다. 살아오면서 이렇게 화가 난 적이 있었나 싶을 정도였다. 물어물어 검전도장을 찾아가는 동안에도 화는 좀처럼 가라앉지 않았다.

오히려 매 걸음마다 울먹이던 상아의 얼굴이, 팔이 부러진 채 혼절해 있던 상무의 모습이 떠올라 자꾸만 걸음이 빨라지고 꽉 말아 쥔 손에 힘이 들어갔다.

이러다가는 큰일을 낼 것만 같아 순간순간 치밀어 오르는 화를 애써 억눌렀다.

진사우는 강호의 법을 들먹이며 당한 것의 열 배를 갚아주라 했지만, 그는 그렇게까진 할 생각이 없었다. 그냥 다시는 같은 일을 벌이지 못하도록 힘의 차이를 보여주고, 사과 정도만 받아낼 생각이었다.

그렇게 도착한 검전도장이다. 한데,

"우리 도장의 제자들에게 손을 댔다는 놈이 네놈이로군. 청무도장의 복수라도 하러 온 것이냐?"

아마도 저자가 송양인가 보다. 한눈에 보기에도 딱 밉상스럽게 생겼다.

천풍은 눈살을 찌푸렸다.

송양 때문이 아니라 자신을 둘러싼 채 흉흉한 기세를 뿜어내고 있는 사내들 때문이었다.

스무 명? 아니, 서른은 족히 넘어 보였다.

송양의 태도도 그렇고, 천풍이 나타나자마자 숨 한 번 돌리기도 전에 그를 에워싸는 사내들의 민첩한 행동들도 그렇고 마치 그가 올 줄 알고 미리 기다리고나 있었던 듯한 분위기였다

"복수를 하러 온 건 아닌데……."

"복수를 하러 온 것이 아니다?"

천풍의 말에 송양이 가소롭다는 듯이 입 꼬리를 말아 올렸다.

"그럼 여기까진 뭣하러 오셨나? 설마 청무도장을 버리고 우리 도장에 입문이라도 하시려고? 그런 거라면 내 기꺼이 받아주도록 하지."

"기꺼이 받아주시겠다니 말씀만으로도 고맙습니다만, 제가 찾아온 건 그 때문이 아닙니다."

"허면?"

"청무도장을 대표해서 도장결을 신청하러 왔습니다."

"도장결?"

순간, 송양의 표정이 일그러졌다. 노여워서도, 짜증이 나서도 아니었다.

"큭! 크크크큭! 크하하하하하!"

송양이 배꼽이 빠지도록 웃었다. 인간이 밉상이라서 그런지 웃는 것도 밉상이고, 웃기 전에 표정을 일그러트리는 것도 밉상이다.

"청무도장 놈들은 개나 소나 도장결이고, 개나 소나 대표라는군."

한참을 웃어대던 송양이 그렇게 조소를 날리고는 천풍을 보며 조롱하듯 말했다.

"이봐. 아직 뭘 모르나 본데, 이제 청무도장은 없어. 오늘부로 문을 닫았다 이 말이야. 왜냐고? 내가 그렇게 결정을 했으니까. 더 이상 그 이름을 듣는 것조차 싫어져 버렸으니까. 청무도장의 부러진 현판, 이미 보지 않았나? 한데, 도장결이라니? 이미 존재하지도 않는 도장의 대표라니? 이건 좀…… 웃기잖아? 안 그래?"

송양이 주위 제자들을 보며 동조를 구하듯 어깨를 으쓱인다. 그러자 여기저기서 제자들이 송양을 따라 비웃어댔다. 개중에는 정말로 웃겨서 웃는 자들도 있었고, 송양의 강요 아닌 강요에 억지웃음을 흘리는 자도 있었다.

그러거나 말거나 천풍은 담담했다.

"그래서 도장결을 받아주지 않겠다는 겁니까?"

"받아주지 않겠다는 게 아니라 받아줄 수가 없는 거라니까. 대체 나더러 어느 도장과 도장결을 하라는 건가? 유령하고 싸우기라도 하라는 말인가?"

송양의 거들먹거림에 천풍은 한숨을 길게 내쉬었다.

'어쩔 수 없는 건가?'

도장결을 거절한 것이 어떤 의미인지 송양은 모르고 있었다.

그로써 봉인이 풀려 버렸다.

천풍이 도장결을 하고자 한 것은 멋을 내려고 한 것도 아니었고 그것이 순리에 맞아서도 아니었다. 그것은 인내하고 인내하기 위함이었다. 주체하기 힘들 만큼의 분노를 통제하기 위함이었다.

도장결에 나선다는 것은 도장을 대표한다는 것이었고 도장을 대표한다는 것은 청무도장의 이름, 명성, 지위, 명예 그 모두를 책임져야 한다는 의미였다.

행동함에 있어 부족함도 안 되지만 과함도 또한 도장에 해가 될 수 있다.

분노에 사로잡혀 자제심을 잃게 되지나 않을까 그것이 걱정되어 일부러 자신의 어깨에 청무도장의 이름을 짐 지운 것이었다. 혹여 큰 죄를 짓게 되지나 않을까, 그런 사태를 방비하고자 스스로 두 발과 두 손에 족쇄를 채우고자 했던 것이다.

한데, 도장결을 거절당했다. 청무도장 따위 이제 있지도 않은 거라 한다.

짊어질 무거운 짐도 없고 손발을 묶을 족쇄도 없다.

굳이 십방청무검법에 얽매일 필요조차도 없다.

마음 가는 대로, 기분 내키는 대로 그냥 그리하면 된다.

천풍은 어깨에 메고 있던 붓통을 내려 끈을 풀었다.

무기라도 꺼내는 줄 알고 잠깐 긴장했던 사내들이 거기서 조금 큰 붓이 나오자, 허탈한 웃음을 토하기도 하고 비꼬는 말을 던지기도 한다.

"쩝."

입맛이 쓰다.

벌써 사용하게 될 줄은 몰랐다. 그 처음이 훈계가 아닌 화풀이가 될 줄도 몰랐다.

'이렇게 길이 들어 버리면 안 되는데…….'

움켜쥐었다. 손바닥 가득 차가움이 전해져왔다.

분노 때문인지, 첫 개시라는 것에 기분이 살짝 들떠서인지는 모르겠다. 그동안 가둬두기만 했던 혈정이 기지개를 켜듯 꿈틀거린다.

오늘만큼은…… 그래, 오늘만큼은 같이 놀아도 좋을 듯싶다.

일 대 삼십의 싸움. 아니, 그것은 싸움이 아니었다. 그것을 싸움이라 한다면 그건 너무 불공평하고 억울한 일이었다. 적어도 삼십 명에겐 그랬다.

그들에게 지금의 싸움은 그저 무차별한 폭력이요 괴롭힘이었다. 물론 폭력을 당하는 쪽도, 괴롭힘을 당하는 쪽도 삼십 명이다.

천풍이 붓을 휘두를 때마다 추풍낙엽처럼 나가떨어진다.

봉인이 풀린 천풍은 귀신이었다. 그가 휘두르는 붓은 붓이 아니라 염라대왕의 불방망이였다. 적어도 삼십 명의 눈엔 그렇게 보였다.

고통에 찬 비명, 겁에 질린 애원, 소름끼치는 단말마…… 검전도장은 그야말로 지옥이 되어가고 있었다. 그리고 천풍은 지옥 나찰이 되어 삼십 명을 지옥불에 던져 넣고 있었다.

마치 억겁의 시간처럼 길게만 느껴졌던 순간이 지나고, 삼십 명 모두를 하나 남김없이 지옥불의 뜨거운 불구덩이 속으로 던져 넣어 버린 천풍이 그제야 송양을 찾았다.

눈앞에서 벌어진 믿지 못할 참상에 완전히 넋을 잃고 있던 송양이 천풍의 눈길에 화들짝 놀라 뒷걸음질 친다.

"어…… 어……!"

말문마저 제대로 열지 못할 만큼 겁을 집어먹은 얼굴이다.

천풍은 한숨을 푹 내쉬었다.

송양의 눈동자에 비춰진 자신의 모습이 악귀에 진배없었다. 붓은 핏물이 배여 뚝뚝 떨어지고 있었고, 옷이며 얼굴도 피를 덮어썼다. 칼로 살을 베고 뼈를 자른 것도 아닌데도 이만큼이나 피를 보았을 정도로, 그가 휘두른 폭력은 거칠고 무정했다.

단지 분노 때문이 아니었다. 처음은 분노로 시작했지만 그 다음은 흥이었다.

봉인이 풀리고 거리낄 것 없이 분노를 토하다 보니, 그 분노마저도 잠시 잊어버릴 만큼 흥이 나버렸다. 그래서 때리고 때리고 또 때렸다. 그렇게 한바탕 신나게 놀고 난 후가 지금의 이 모습이다.

마치 내면에 잠들어 있던 그의 또 다른 본성 하나를 살짝 엿본 듯한 기분이었다. 단전이 없다는 이유로 부친에게 버림받고 가문에서 쫓겨난 어린 날의 상처와 울분이 내면 저 깊디깊은 곳에 추악한 모습으로 잠들어 있다가, 송양에 대한 분노가 계기가 되어 살짝 고개를 내민 것은 아닐까 싶었다. 아니면 그의 몸속에 흐르는 어쩔 수 없는 무인의 피가 그리 만든 것일지도 몰랐다.

그런 스스로가 낯설기도 하고 놀랍기도 했다. 하지만 싫다거나 거부감이 들지는 않았다. 사람은 누구나 선악의 경계에서 있고, 또한 선과 악은 항상 공존하기 마련이니까. 어차피 그는 스승 현야처럼 부처님의 제자가 되어 불제자의 길을 걷지는 않을 거니까.

천풍은 마음을 추스르고 다시 송양을 보았다.

비웃음을 날리며 거들먹댈 때도 밉상이었지만 겁을 집어먹고 부들부들 떨어대는 꼴도 참 밉상이다.

새삼 상아와 상무의 모습이, 청무도장의 부서진 현판과 참담했던 광경이 머릿속을 스쳐갔다.

> "형, 강호의 법은요. 받은 만큼 돌려주는 게 아니에요. 은혜든, 원한이든 받은 것의 열 배를 돌려주는 것이 강호의 법이에요!"

본래 그런 마음을 먹었던 것은 아니지만 송양의 밉상 얼굴을 보자니 진사우의 말이 자꾸만 귓가에서 울린다.

그래. 송양에게만은 강호의 법에 충실해 보는 것도 그리 나쁘진 않을 것 같다.

천풍이 붓을 어깨에 턱 걸쳐 메고 송양을 향했다.
이윽고, 검전도장에 무척이나 구슬프고 애처로운 곡소리가 울려 퍼졌다.

# 제7장

## 소 대인은 원래부터 부자였다

# 천국의 서

"아저씨! 아저씨! 그 소식 들었어요?"

어제의 그 소란이 있고, 상무의 문병을 가볼 거라며 아침에 풀이 죽은 얼굴로 나갔던 상아가 환한 얼굴이 되어 뛰어 들어왔다.

"무슨 소식?"

천풍이 의아히 물었다.

"검전도장이 문을 닫았데요. 송양 그 나쁜 놈도 병신이 돼서 소흥을 도망치듯 떠났다 그러고. 그것 때문에 온 마을이 다 시끌시끌해. 하늘이 천벌을 내린 거라 그러는 사람들도 있고, 어떤 협객이 불의를 참지 못해 그런 거라고도 하고. 웃긴 건 우리 청무도장이랑 도장결을 벌이다 그리된 거란 말도 있어요. 나더러 정말 그런 거냐면서 막 묻기까지 하잖아요. 그래서 내가 뭐라 그런 줄 알아요? 우리 도장의 비밀병기가 정의의 철퇴를 내린 거라 그랬죠. 아하하하하!"

속이 시원하다는 듯 목젖이 보이도록 크게 웃어대는 상아를 보며 천풍이 대수롭지 않게 툭 던지듯 말했다.

"그거 내가 그랬는데?"

굳이 숨겨야 할 이유가 없었다.

천풍의 고백에 순간 상아의 웃음이 멈췄다.

"예?"

"검전도장이 그리된 거, 내가 그런 거라고."

"……?"

잠깐의 정적이 생겼다. 그리고,

"아하하하하!"

아까보다도 웃음소리가 더 커졌다.

"아저씨, 그럼 아저씨가 우리 도장의 비밀병기인 거네? 아하하하하! 아저씨 왜 이리 웃겨! 원래 이렇게 웃긴 사람이었어요? 그렇게 진지한 얼굴 하고 있으니까 더 웃기잖아요! 아하하하하하하! 아이고! 아이고 배야!"

이젠 아예 바닥을 뒹굴기까지 한다.

아무래도 도장을 나가기 전 그와 진사우의 대화는 듣지 못한 모양이었다. 하긴, 그 와중에 남 얘기를 들을 만한 정신인들 있었겠냐마는…….

"젭!"

이래서는 아무리 사실을 얘기해 본들 우스갯소리밖에는 되지 않는다.

안 믿는다면 안 믿는 대로 그대로 두면 그만이다. 도장을 대표해서 도장결을 한 것도 아니고, 그저 개인적인 분풀이였을 뿐이니 굳이 사실 유무를 따져 보고를 해야 할 의무도 없다. 무엇보다 지금 상아의 상태가 심히 걱정스러웠다. 어제 당한 울분이 너무 컸던 탓에 그만큼 오늘의 기쁨을 더 주체할 수가 없는지, 꺼이꺼이 이제는 거의 울다시피 한다.

사람이 웃다가 죽을 수도 있겠구나 싶었다. 아니, 그가 한마디만 더하면 정말 숨이라도 넘어가 버릴 것만 같았다.

걱정이 반에, 그래도 즐거워하는 상아의 모습이 보기 좋아 흐뭇함이 반이다. 그렇게 상아를 보고 있는데 왠지 뒤통수가 따끔거려왔다.

뒤돌아보니 진사우가 그를 묘한 눈빛으로 바라보고 있었다. 정확히 그 눈빛의 의미를 몰라 고개를 갸웃거리는데 그가 뭐라 입을 떼기도 전에 홱 몸을 돌려 그를 외면해 버린다.

아무래도 '형' 이라는 호칭만큼의 곁은 아직 내주지 않은 것 같았다.

'아니면, 내 손속이 너무 물렀다 탓하는 건가?'

하긴, 나름대로 손속에 인정을 두지 않으려 모질게 마음을 먹긴 했지만 상무만 해도 팔 하나가 부러졌는데, 고작 다리 둘에 팔 하나, 갈비뼈 몇 대 부러뜨린 걸로는 열 배에 턱없이 미치지 못한다 생각해도 달리 할 말은 없다.

그나저나 청무도장이 당면한 문제를 어떻게 처리해야 할지 막막했다.

한바탕 폭풍이 쓸고 지나간 후의 후유증이 너무 컸다. 목검이 하나도 남김없이 죄다 부러졌고, 수련을 위한 사람 형상의 목각인형도 형체를 알아볼 수 없을 정도로 망가졌다. 심지어 도장의 도복마저도 갈기갈기 찢겨져 수선이 불가능할 지경이다. 이대로라면 도장의 운영 자체가 불가능했다.

무엇보다 시급한 것은 경첩 하나에 의지해 보기 흉하게 덜렁거리는 대문과 반쪽짜리 현판이었다. 도장의 얼굴을 그냥 그대로 둘 수야 없는 일이었다. 하지만 임설아가 떠나기 전 주고 간 생활비로는 도저히 예산을 맞출 수가 없다.

'어쩔 수 없는 건가?'

이리저리 머리를 굴려보던 천풍은 결국 은자 넉 냥 남은 자신의 사비를 모두 털기로 했다. 최대한 긴축재정을 하면 생활비에서 두 냥 정도는 뺄 수 있으니, 거기에 넉 냥을 보태면 대문과 현판을 맞추는 비용이 얼추 맞아떨어질 것 같았다.

다만 한 가지 걱정은 그에겐 그게 전 재산인데 과연 돌려받을 수 있을까 하는 거였다.

도장의 일을 돕고 있다고는 하지만 그거야 어디까지나 그

스스로 원해서 하는 일이었고, 엄밀히 따지면 공짜로 숙식 제공을 받고 있는 처지였다. 그런 처지에 도장을 수리하는 데 내 돈 얼마가 들어갔으니 그 돈은 돌려달라고 말할 수 있을 만큼 뻔뻔하지가 못했다.

'안 주면 정말 큰일인데…….'

어차피 그가 여기에 머물러 있는 것은 한시적인 것이었다. 현야를 만나게 되거나, 그게 아니더라도 그리 오래지 않은 시간에 다시 현천사로 돌아가 봐야 했다. 그걸 생각하면 돌아갈 때의 여비 정도는 남겨둬야 했다. 하지만,

"상아가 아직 어려 실수가 많을 테니 공자님께서 잘 돌봐주세요. 도장 일도 잘 부탁드리구요."

그에게 믿음으로 상아와 도장을 부탁한 임설아다. 한 달간의 고된 여정을 마치고 집으로 돌아온 그녀를, 적어도 부서진 대문과 반쪽짜리 현판으로 맞을 수는 없는 일이었다.

'정 안 되면 부족한 여비야 따로 일을 해서라도 마련하지 뭐.'

마음을 굳힌 천풍은 곧장 자신의 방으로 들어가 짐 보따리를 풀었다.

깊숙이 넣어둔 돈주머니를 품속에 챙겨 넣은 천풍은 다시 보따리를 묶으려다 흠칫했다.

낯익은 물건 하나가 얼핏 눈에 들어와서다.

종이봉투였다. 지난날 현야로부터 받은 세 가지 물건 중 하나다.

'염가상단의 지분이라고 했었지 아마?'

당장 돈이 궁해서일까? 그 순간 천풍의 머리에 떠오른 것은 '이건 좀 돈이 되려나?' 였다.

어차피 밑져야 본전이다. 종이봉투를 챙겨들고 나온 천풍은 이제야 겨우 진정이 된 듯 보이는 상아에게 물었다.

"혹시 염가상단이라고 알아?"

"염가상단? 당연히 알죠. 강남땅에서 염가상단 모르는 사람이 어딨어요?"

"어디에 있는데?"

"총단? 총단은 소주(蘇州)에 있는데……."

"소주?"

천풍이 곤란한 듯 이맛살을 구겼다.

소주라면 밑져야 본전이 아니다. 천목산에서 여기까지의 거리보다 더 멀다. 더구나 성(省) 자체부터가 달랐다. 혹시라도 염가상단의 지분이라는 것이 돈이 된다 하더라도 거기까지 가는 데 경비가 더 들 것 같았다.

"근데 염가상단은 왜요?"

"그냥 뭐 좀 알아볼 게 있었는데, 멀어서 안 되겠다."

"무슨 일인데요? 꼭 총단에 가야 하는 거예요? 별일 아닌

거면 지부나 전장에 가서 알아봐도 되지 않아요?"

"지부 같은 것도 있나?"

"당연하죠. 강남에선 다섯 손가락 안에 드는 거상인데."

"그럼 지부는 어딘데?"

"소흥 지부는 여기서 좀 멀어요. 말을 타도 반 시진 이상 거리니까. 일단 전장에 가봐요. 염가상단의 전장은 저기 이청 할아버지네 대장간 바로 뒤에 있어요."

천풍은 상아가 가르쳐 준 대로 곧장 염가상단의 전장이란 곳으로 길을 잡았다.

강남에서 다섯 손가락 안에 드는 거상이라고 했다. 상아에게서 그 말을 듣고 나니 부쩍 기대가 커졌다.

'은자 열 냥만 받을 수 있어도 더 바랄 게 없겠는데…….'

그런 바람을 담아 품속에 곱게 넣어둔 종이봉투를 툭툭 쳤다.

상아의 말대로 이청의 대장간 바로 뒤에 전장이 있었다. 전장의 입구에는 염가상단의 전장이라는 표시인지 염(閻)이라 새겨진 깃발이 꽂혀 있었다.

기대 반, 그런 한편으로 돈이 안 되는 것이라 해도 실망하지 말아야지 하는 체념 반의 마음으로 전장의 문을 열었다.

밖에서 보았을 때도 꽤 큰 건물이다 싶었지만 안으로 들어가니 밖에서 보던 것보다 더 잘 꾸며져 있었다. 거기다 사람도 꽤 많았다. 네 개의 창구에는 창구마다 각기 서너 명씩은 줄지어 순서를 기다리고 있었고, 왼쪽에 마련된 의자에 앉아서 기다리는 사람도 족히 열 명은 넘어 보였다. 돈을 다루는 곳이라 그런지 창구의 점원들 너머로는 두꺼운 발이 쳐져 있어 내실의 상황은 보이지 않았다.

돈을 다루는 곳 특유의 긴장감 때문일까? 막상 들어오고 보니 왠지 떨린다. 죄지은 것도 없는데 출입구에서 날카롭게 눈을 빛내고 있는 경비무사들의 시선도 괜히 거북스럽다. 그렇다고 이왕지사 여기까지 온 마당에 다시 걸음을 돌릴 수는 없는 일, 두 번째 창구 쪽에 가서 줄을 섰다. 단지 거기가 다른 창구보다 줄이 짧아서였다.

앞의 두 명이 간단히 일을 끝내고 곧 천풍의 차례가 왔다.

예쁘장하게 생긴 여점원이 친절한 웃음으로 그를 맞으며,

"손님, 무엇을 도와드릴까요?"

라며 묻는다.

여점원의 친절한 웃음을 마주하자 그제야 위축되었던 마음이 조금 풀리는 것 같다.

천풍은 품속에서 종이봉투를 꺼내어 건넸다.

"혹시 이걸로 돈을 좀 구할 수 있나 해서 왔습니다만……."

종이봉투를 건네받은 점원이 종이봉투속의 서류들을 꺼내어 확인했다. 그 순간, 그녀의 얼굴에서 마치 그려놓은 듯 처음 그대로 한 점 흐트러짐 없이 걸려 있던 웃음이 사라졌다.

서류와 천풍을 쉼 없이 번갈아 보는 점원의 얼굴에선 놀란 기색이 역력했다.

천풍은 그저 어리둥절할 뿐이다.

"뭐가 잘못 되었습니까?"

"아니, 아니에요. 저기, 여기서 잠깐만 기다려주시겠어요? 이건 제가 처리할 일이 아니라서, 점장님을 모셔 와야 해서……."

그러고는 대답도 듣지 않고 발 너머로 사라져 버린다.

'뭐지……?'

스승이 그에게 준 것인데 설마 무슨 큰 문제가 있을까 싶으면서도 여점원의 태도가 자꾸만 그를 불안하게 했다. 여점원의 호들갑스러운 태도에 불안을 느낀 것은 비단 천풍만이 아니었다. 주위 사람들이 슬금슬금 그와의 거리를 벌리기도 하고, 들고 있던 돈 주머니를 슬그머니 품속에 숨기기도 한다.

그러고 보니 출입구의 경비들도 한층 더 날카로워진 눈으로 그를 노려보고 있었다. 손은 이미 허리에 차고 있는 검을 쥐고 있었다.

'날 도둑놈…… 쯤으로 보는 건가?'

아니, '쯤'이 아니었다. 심정적으로는 이미 도둑놈이 되어 있는 것 같다.

'이거 참……!'

사람들의 따가운 눈총에 그야말로 가시방석이 따로 없다.

지금의 억울함을 벗어나는 길은 내실로 사라진 점원이 다시 나와서 친절한 웃음을 사람들에게 보여주는 것뿐이다.

다행히 내실로 사라졌던 점원은 금방 돌아왔다. 하지만 그녀가 천풍에게 보인 것은 친절한 웃음이 아니라 머리가 반질반질하게 벗겨진 대머리 아저씨였다.

점원을 따라 헐레벌떡 뛰쳐나온 대머리 아저씨가 가장 먼저 한 행동은 이름을 묻는 거였다.

"성함이 어떻게 되시는지……?"

"소천풍이라 합니다만……."

그 순간, 대머리 아저씨가 코가 땅에 닿을 정도로 넙죽 허리를 굽혀 인사를 한다.

"이곳의 점장 오덕양(吳德敭)입니다! 소 대인을 뵙게 되어 가문의, 아니 삼생(三生)의 영광입니다!"

반질반질한 정수리의 끝에 송골송골 맺힌 땀 한 방울이 또르르 굴러 떨어졌다.

내실로 따라 들어오라기에 따라 들어오긴 했는데, 오덕양의 집무실로 도착해서도 오덕양은 천풍의 앞에 서서 연신 허리를 굽실대기에 바빴다. 덕분에 그의 얼굴은 도통 볼 수가 없고 반질반질한 대머리만 자꾸 눈에 어른거렸다.

'대체 왜 이러지?'

대인이니 삼생의 영광이니, 왜 자신을 이렇게 극진하게 대접하는지 도무지 이해가 안 된다.

'염가상단의 지분이라는 게 그렇게 대단한 건가?'

이유야 어쨌건 간에 과도한 친절이 불편하고 불안하기만 한 천풍이다.

하나 더 이해가 안 가는 것은 과도한 친절의 와중에도 언뜻 언뜻 던져오는 괴이쩍은 시선이다. 그의 눈치를 살피며 찰나간에 한 번씩 던져오는 그 시선은 마치 신기한 물건을 보는 듯도 했고, 무언가 감탄스러워하는 듯도 했다.

과도한 친절도, 괴이쩍은 시선도 불편하고 거북스럽기는 매한가지다.

좌불안석이 되어 괜스레 눈치만 살피는데, 그런 천풍을 보며 오덕양이 헤픈 웃음을 흘렸다.

"대인께서 어인 일로 저희 전장을 다 찾아주셨습니까?"

웃음은 헤픈데 워낙에 인상이 좋은 얼굴이라서 그런지 전혀 가식적이지도 않았다. 되레 동네 아저씨 같은 친근함이 있었다. 사람들 대하는 직업에는 그보다 더 좋을 수가 없는 그런 얼굴이었다.

"저기…… 돈을 좀 구할 수 있을까 해서 오긴 했는데……."

오덕양의 물음에 조심스레 운을 떼며 그의 눈치를 살폈다.

오덕양이 다시 물었다.

"전표를 끊어드릴까요?"

"전표요? 아니 그런 것 말고 그냥 돈으로……."

오덕양이 곤란하다는 듯 반들반들한 이마에 네 개의 주름을 만들었다.

"저희 전장의 사정이 그리 넉넉지가 못해서……."

오덕양의 죄송스러워하는 얼굴을 보며 천풍은 씁쓸히 입맛을 다셨다.

'역시 안 되는 건가? 하긴 종이 쪼가리 몇 장으로 돈을 달라고 하는 게 애당초 말이 안 되는 일이긴 했지만…….'

전장에 들어설 때만 해도 혹여 돈을 구하지 못하더라도 실망은 하지 않겠다며 마음을 비웠었는데, 막상 거절을 당하고 보니 어쩔 수 없이 실망도 되고 창피하기도 하다. 극진한 대접과 과도한 친절이 불안을 조장하기도 했지만, 그만큼 기대를 키워놓기도 한 모양이다.

하지만, 그러한 실망감은 오덕양의 이어진 말에 씻은 듯이 사라져 버렸다.

"지금 당장 저희 전장에서 내어드릴 수 있는 돈은 백이십 냥이 한계인데, 대인 같은 분께서 그 정도 돈 때문에 저희를 찾아오셨을 리도 없고……."

"지금 백이십 냥이라 했습니까?"

"예. 당연히 그거로는 부족하겠지요?"

천풍은 혹시나 잘못 들었나 싶어 다시 물었다.

"은자 백이십 냥을 지금 제게 주시겠다 그 말씀이십니까?"

천풍의 질문에 오덕양이 그게 무슨 말이냐는 듯 천풍을 본다.

역시 잘못 들었나 했는데 이어서 나온 말은 그보다 한 술 더 떴다.

“그게 무슨 말씀이신지…… 은이 아니라 당연히 금으로 백이십 냥입니다만…….”

순간, 천풍의 입이 떠억 하고 벌어졌다.

그야말로 놀라서 나자빠질 지경이다.

현재의 시세로 금 한 냥은 은 스무 냥과 같았다. 그러니 금 백이십 냥이면 은 이천사백 냥이다.

상상하기도 어려울 만큼 어마어마한 돈이었다. 은자 열 냥이면 더 바랄 게 없었던 천풍으로서는 놀람 이전에 농담으로만 들릴 지경인데, 오덕양은 그것마저도 부족해서 죄송하다며 몸 둘 바를 몰라 한다.

“금 백이십 냥은 대인 같은 분께야 큰돈이 아니겠지만 저희 같은 작은 전장에선 사실 부담이 되는 액수입니다. 융통할 수 있는 돈이 그게 다는 아니지만, 그 이상은 도저히 내어드리기가 어렵습니다. 정확히 얼마나 필요하신 건지 말씀을 해주시면, 부족한 부분은 지부나 다른 지점에 연통을 넣어서라도 조속히 마련토록 하겠습니다.”

천풍은 그저 돈을 구한다고 말했을 뿐인데 금 백이십 냥이니 뭐니, 그것마저도 부족한 것 아니냐느니, 이건 뭐 돈을 주지 못해 안달이다.

돈을 주겠다니 싫은 건 아니지만 그렇다고 내 것이 아닌 것을 무턱대고 받아 챙길 만큼 뻔뻔한 위인도 못된다.

"저기…… 아무래도 뭔가 착오가 있는 것 같은데요. 혹시 사람을 잘못 안 것이 아닙니까?"

"그게 무슨 말씀이신지?"

"자꾸 대인 같은 분, 대인 같은 분 하시는데, 그 대인 같은 분이 저는 아닌 것 같아서 말입니다. 저는 대인이라는 말을 들을 만한 사람이 아닌데……."

"하하. 그럴 리가요? 그럼 이걸 가져오신 분이 소 대인이 아니란 말씀이십니까?

오덕양이 그들 사이에 놓여 있는 종이봉투를 가리키며 물었다.

"물론 그건 제가 가져온 것이 맞긴 합니다만……."

"서류의 진위는 이미 확인이 되었습니다. 상단의 지분이 맞더군요. 상단의 지분 삼 할을 가지신 분께 대인이란 호칭이 어울리지 않는다면 그건 너무 겸손한 말씀이 아닐지…… 무엇보다!"

오덕양이 집무실의 한편에 만들어진 작은 쪽문을 열었다. 쪽문이 열리고 거기에 나타난 것은 다섯 개의 자물쇠가 단단히 채워진 커다란 금고였다.

오덕양이 다섯 개의 자물쇠를 풀고 금고를 열었다. 하지만 의도적인 것인지 등으로 완전히 가리고 있어 그 안의 내용물은 볼 수가 없었다.

그렇게 오덕양이 노란 비단 천에 쌓인 물건을 금고에서 꺼내어 천풍의 앞에 내밀었다.

'책…… 인가?'

얼핏 보기에 책 같아 보였다.

짐작대로였다. 비단 천을 벗기자 그 안에선 낡은 책 한 권이 나왔다.

책 표지에는 '인명부(人名簿)' 세 글자가 새겨져 있었다.

"염가상단의 인명부입니다. 외부인에게는 절대로 보여드리면 안 되는 것이지만 소 대인은 외부인이라 할 수 없고, 소 대인께서 확인을 원하시니 특별히 공개토록 하겠습니다."

첫 번째 책장을 펼쳤다.

거기에 적힌 이름은 염장(閻獎)이란 두 글자였다.

왠지 이름이 낯이 익다.

"저희 염가상단의 상단주님이시지요."

불현듯 얼굴 하나가 떠올랐다.

'그분의 이름도 염장이라 했었는데……?'

10년 전 그의 검무를 구경하러 여러 날 해심정을 찾아왔던 사람, 황산사의 책을 사갔던 그 사람…… 그러고 보니 현야가 준 지분도 황산사의 책을 팔 때 같이 받은 것이라 했었다.

'그럼 그분이 염가상단의 주인이셨던 건가?'

천풍이 염장을 아는 듯한 기색을 보이자, 천풍의 눈치를 살피던 오덕양이 '그러면 그렇지!' 라는 표정으로 물었다.

"저희 상단주님을 아십니까?"

"예. 아마도 아는 분인 듯하긴 한데…… 제가 생각하는 분이 여기 적힌 분과 같을지 어떨지는 아직 잘 모르겠습니다."

"이걸 보시면 확실해지실 것입니다."

오덕양이 의미심장하게 말하며 인명부의 다음 장을 넘겼다.

현야(玄夜).

"……!"

가장 먼저 눈에 들어온 것은 현야의 이름이었다. 그리고 그 옆에는 소천풍이란 이름도 같이 적혀 있었다.

"보십시오. 대인의 이름이 상단주님의 바로 밑에, 부단주님보다도 위에 올라 있지 않습니까? 현야라는 분은 누군지 잘 모르겠지만……."

"제 스승님이십니다."

"역시!"

오덕양이 옳다구나 하며 자신의 무릎을 쳤다.

사실 그도 '설마' 하는 마음이 없잖아 있었다. 금 백이십 냥에 입을 떡 벌리며 놀라하던 모습은 상단의 지분을 3할이나 소유한 거부로는 도무지 보이지 않았던 것이다. 하지만 상단주와도 아는 사이라 그러고, 같이 적힌 현야라는 사람이 또한 스승이라 하니 그제야 착오가 아니었음을 확신하고 마음을 놓았다.

마음이 놓이니 자연 말이 많아졌다.

"거 보십시오. 소 대인은 대인이라 불릴 자격이 충분히 있는 분이지 않습니까. 사실 말이 나왔으니 말이지만 상단에서 소 대인은 그야말로 신비인입니다. 인명부에는 떡 하니 적혀 있는데, 유령도 아니고 아무도 아는 사람이 없으니 말입니다. 심지어 소 대인이 무슨 이유로 상단주님의 이름 바로 아래를 차지하고 있는 건지 그것조차도 아는 사람이 없었습니다. 저도 또한 오늘 소 대인께서 가져오신 이 서류들을 보기 전까진 짐작조차 하지 못하고 있었으니까요. 그러니 괴상한 소문만 무성할 밖에요."

"괴상한 소문이요?"

"소 대인이 사실은 상단주님의 숨겨진 아들일지도 모른다느니, 현야라는 분이 사실은 상단의 실제 주인이라느니…… 뭐, 그런 소문들 말입니다."

"아……!"

천풍은 그제야 아까 오덕양이 왜 자신을 동물원 원숭이 보듯 했던 것인지 알 것 같았다.

어쨌든 결론은 났다. 그는 대인이라 불릴 만한 자격이 있는 사람이었고, 오덕양이 주겠다는 돈도 받을 자격이 있는 사람이었다.

세상에 돈 싫다 하는 사람이 어디 있으랴. 천풍도 그저 세상 사람 중 하나였다.

"그럼 주시겠다던 금 백이십 냥, 제가 가져가도 아무런 문제가 없다는 거로군요?"

"물론입니다! 이미 말씀드렸다시피 그걸로 부족하다면……."

"아니에요. 일단 그거면 됐습니다. 나중에 부족하다 싶으면 그때 다시 와도 되겠죠?"

"그야 이르다 뿐입니까. 돈이 필요하실 때면 언제든 찾아주십시오. 그럼 지금 바로 돈을 내어드릴까요? 직접 가져가시겠습니까? 사람을 붙여드리는 것이 안전하긴 할 텐데?"

"아니, 아닙니다. 그냥 제가 가져가겠습니다."

천풍이 손사래를 치자 오덕양이 인명부를 비단 천에 싸서 다시 금고로 가져갔다.

기다리고 있자니 떨그렁떨그렁 금속성이 들렸다. 이윽고, 금고를 닫고 다섯 개의 자물쇠를 모두 채운 오덕양이 상당히 크고 묵직해 보이는 주머니 하나를 천풍의 앞에 내밀었다.

"금 백이십 냥입니다. 확인해 보십시오."

주머니를 열었다. 그러자 어둠이 깔린 새벽 산야에 동이 터오듯, 눈부시도록 환한 황금빛이 방 안 가득 퍼지며 천풍의 시야를 메웠다.

진짜 황금이다. 황금이란 것을 처음 보는 천풍이다. 지금까지 황금이란 것에 대해 전혀 관심이 없었는데도, 눈앞이 황금빛으로 물들자 왠지 가슴이 설레고 두근거린다. 지금의 이 벅찬 느낌만 보자면 사람이 황금을 좋아하는 것은 황금에 매겨진 가치 때문이 아니라 본능 깊숙한 곳에 그저 황금 자체에 대한 애착 같은 것이 새겨져 있는 것이 아닌가 싶다.

황금을 보고서야 그제야 실감이 난다. 오덕양의 극진한 대접을 받고 이러저러한 설명들을 듣는 동안에도, 전혀 자신의 일 같지 않았다. 단지 남의 이야기를 듣는 듯한 기분이었는데, 이렇게 황금을 보고 나니 남의 일만 같던 것이 그제야 자신의 일로 느껴졌다.

부자가 된 것이다. 아니, 모르고 있었을 뿐 원래부터 부자였다.

금 백이십 냥, 은자로 이천사백 냥…… 그 큰돈을 푼돈으로 여길 만큼 소 대인은 부자였던 것이다.

천풍의 얼굴이 환해졌다. 이제 도장 일은 걱정하지 않아도 되었다.

부러진 현판? 대리석으로 멋들어지게 새로 해놓으면 된다.

대문? 호랑이와 사자 문양이 양각 된 강철 문으로 바꿔 달면 된다.

목검? 저 멀리 새외 남만에서 들여온다는 흑단목(黑檀木)이 최고라 했다. 흑단목 중에서도 검은색과 갈색이 줄무늬처럼 섞여 있는 것이 가장 비싸다고 했고, 한 자루에 무려 은자 여섯 냥을 호가해 명문 무가의 자제들이 아니면 꿈도 꾸지 못한다고도 했다.

'까짓 청무도장의 제자들에게 꿈 좀 꾸게 해주면 되지 뭐.'

금 백이십 냥으로 못할 게 뭐가 있으랴.

이미 천풍의 머릿속엔 달라진 청무도장이 완성되어 가고 있었다.

천풍이 금 백이십 냥의 거금을 챙겨 전장을 떠났다.

천풍이 떠난 직후,

"우태 있느냐?"

오덕양의 얼굴이 변했다. 조금 전 비굴하다 싶을 정도로 굽실대며 헤픈 웃음을 흘리던 그 모습이 아니었다. 전장을 책임지고 있는 책임자의 얼굴과 눈빛을 하고 있었다.

잠시 후 날카로운 눈매를 가진 건장한 사내 하나가 들어왔다.

"소 대인은 어찌되었느냐?"

"만일을 대비해 믿을 만한 아이들을 시켜 몰래 뒤를 따르도록 지시했습니다."

"어디까지나 만에 하나인 것이니 절대로 티를 내면 안 될 것이야. 혹여 그분의 돈을 노리고 불순한 마음을 먹는 자들이 있을지도 모르니 사전에 차단들 하고. 그리고…… 총단에도 사람을 보내야겠다. 보고를 올려야 하니까."

"예. 그렇게 처리를 하겠습니다."

우태가 문을 나갔다.

지금껏 엉덩이 한 번 붙이지 않았던 오덕양이 그제야 털푸덕 의자에 몸을 묻었다.

'상단의 지분 3할이라고?'

상단의 지분 3할이라는 건 염가상단이 망하기 전까진 이대로 쭉 부자로 떵떵거리며 살아갈 거라는 의미였다.

천풍의 어리둥절해하던 얼굴이 떠올랐다.

절대 가식이 아니다. 가식을 떨 이유도 없다. 정말 모르고 있었다. 그저 그렇게 어느 날 갑자기 행운이 찾아온 그런 얼굴이었다.

'망할!'

짜증이 확 치밀었다. 사람 좋아 보이는 인상과는 달리 그는 그리 마음씨 좋은 아저씨가 아니었다. 치열한 생존경쟁 끝에 일개 전장의 지점장 자리 하나 겨우 꿰찬, 고단한 삶에 지쳐버린 그런 아저씨일 뿐이다. 그 역시 사돈이 땅을 사면 배가 아프고, 남이 잘되는 꼴은 보기 싫었다.

힘들게 이 자리까지 왔다. 호랑이 같은 마누라, 늑대 같은 자식들 등살을 무던히도 견뎌냈고, 세상 사람들 다 그렇게 살아가고 있다 스스로를 위로해 왔다. 그것도 또한 사내대장부로서 가치 있는 삶이라 믿으며, 지친 몸과 마음을 다잡고 여기까지 달려왔다.

하지만, 천풍 같은 행운의 주인공들을 접하게 될 때면 기운이 빠져 버리는 건 어쩔 수 없다. 자신의 삶에 회의도 들고 신의 불공평함을 원망도 하게 된다.

"내가 어지간하면 말을 안 하지. 염가상단의 지분 3할이라는 게 어디 말이나 되는 일이냐고. 대체 그런 얼치기가 어떻게 그런 어마어마한 재산을 가지게 된 거야? 전생에 무슨 좋은 일을 많이 했기에? 대체 상단주님은 무슨 생각으로, 무슨 인연이 있어 그 많은 지분을 그런 얼치기 애송이한테 넘기신 거냐 말이야!"

버럭 울화를 토하던 오덕양이 잔뜩 의심어린 눈빛을 했다.

"설마…… 소문대로 상단주님의 숨겨진 아들이라도 되는 거 아냐?"

그것 말고는 아무리 생각해도 납득이 가지 않는다.

"그래. 분명해! 자기 핏줄이 아닌 다음에야 상단의 그 많은 지분을 넘겨줬을 리가 없잖아?"

만일 그런 거라면 그냥 그러려니 하고 넘어갈 일이 아니었다.

"소 대인을 후계로까지 생각하고 있다는 뜻인데?"

아무도 모르게 상단의 지분을 3할이나 넘겼을 정도라면 분명 다음의 후계를 고려한 것이라 해도 크게 틀리지 않을 것이다.

생각이 거기에 미치자 머리가 바쁘게 돌아갔다.

마음이 조급해졌다.

"우태 있느냐!"

우태를 불렀다.

"부르셨습니까?"

우태가 다시 집무실로 들어왔다.

"소 대인 말이다. 지금 어디에 기거하고 계시는지, 그분의 주변은 어떻게 되는지, 혼인은 하셨는지…… 그분의 신상에 대해서 자세히 좀 알아보거라."

"예? 소 대인은 인명부에 올라 있는 분이라 하지 않으셨습니까? 인명부에 올라 있는 분들의 신상을 사사로이 조사하는 건 상단의 계율로 금지된 것이 아닙니까?"

"내게 다 생각이 있으니 하라는 대로 해. 책임은 내가 질 테니까."

지금 오덕양의 얼굴은 천풍을 향해 헤픈 웃음을 흘리던 그 얼굴도 아니었고, 전장의 책임자로서 일을 처리하던 그 얼굴도 아니었다. 더없이 직장인다운 얼굴이었다. 직장인에게 있어 사회생활에서 가장 중요한 것이 뭐겠는가? 능력? 노력? 끈기? 패기? 물론 다 필요하다. 하지만 그 모든 것들을 다 갖추고 있어도 성공하지 못하는 사람이 부지기수다. 그 모든 것들을 다 갖추지 못해도 남들보다 높은 곳으로 올라가는 사람 또한 부지기수다.

성공하기 위해 가장 중요한 것은 뭐니 뭐니 해도 인맥이고 연줄이 아니겠는가?

염가상단의 후계자, 다음 세대의 주인…… 오덕양은 지금이야말로 성공의 기회라 생각했다. 이제야 그의 인생에서 제대로 된 줄을 만난 거라 그리 생각했다.

'그래. 기회는 왔고 지금부턴 내가 하기 나름이다. 소 대인의 마음에만 들 수 있다면 훗날 총단의 요직 한 자리쯤이야 꿰

차지 못할 것도 없지!'

물론 그는 완전히 헛다리를 짚고 있었다.

당연하게도 천풍은 염장의 숨겨진 아들도 아니고 염가상단의 후계는 더더구나 아니다.

만일 천풍이 정말 염장의 숨겨진 아들이었다면 천풍의 소식을 접한 부단주 조충이 그렇게 억울하지도 않았을 것이고, 염장에게 달려가 부질없는 원망을 늘어놓는 일도 없었을 것이다.

그렇게 부푼 기대와 밝은 내일의 꿈은 꿈이라고 하기에도 민망한 망상에 불과했지만, 오덕양은 지금 이 순간에도 혼자만의 망상에 젖어 어떻게 하면 소 대인의 마음에 들 수 있을지 그 생각에만 골몰하고 있었다.

* * *

'조충을 보면 염가상단의 역사가 보인다.'

얼핏 염가상단의 부단주 조충에 대한 존경의 말로 들리지만 사실은 그의 비대한 몸을 빗댄 놀림의 말이었다.

지난 10년 동안 염가상단이 기적에 가까울 만큼 비약적인 성장을 보인 것처럼, 조충의 몸도 지난 10년간 비약적으로 불었다. 선이 굵고 각진 얼굴은 기름기 좔좔 흐르는 둥글넓적한 얼굴이 되어 있었고, 턱은 아예 목살 속으로 파고들 지경이었다. 뱃살은 이미 쌍둥이 만삭보다 더하고, 축 처진 가슴은 남

정네의 것이라 할 수준을 넘어선 지 오래다.

근육질 몸에 당당한 체구를 자랑하던 그가 불과 10년 만에 돼지가 된 데에는 상단주 염장의 탓이 컸다. 원인은 술이었다.

조충은 술을 좋아했다. 아침엔 반주로 한 잔, 점심엔 입가심으로 한 잔, 저녁엔 친목 도모를 위해 또 한 잔…… 삼시 세끼 그렇게 마셔대도 워낙에 말술이라 잘 취하지도 않았다. 언제 한 번은 술내기 끝에 해가 질 때 시작해 해가 뜰 때까지 연거푸 무려 두 말 반을 해치우고는, 말짱하게 아침 반주마저 즐겼던 적도 있었다.

하지만, 좀처럼 잘 취하지 않는 반면에 한 번 취하면 온갖 추태를 다 보이는 것이 또한 조충이란 위인이었다. 노상방뇨에 고성방가는 기본, 아무데서나 옷을 훌러덩훌러덩 벗는가 하면, 사소한 시비 끝에 주먹다짐을 해대기 일쑤다. 심지어 부녀자 희롱으로 관아에 끌려간 적도 있었다.

한마디로 말해, 취하면 개가 되는 그런 인간인 것이다. 아니, 어쩌면 원래는 개인데 평소 때는 인간의 탈을 쓰고 있다가 술만 마시면 본래의 모습으로 돌아가는 것일지도 몰랐다.

문제는 좀처럼 취하지 않는 조충이 하필이면 상단이 발족하던 그날 만취했다는 것이다.

너무도 기쁘기 한량없는 그날, 술에 취하고 분위기에 취하고 흥에 취해 버린 조충은 그렇게 개가 되어 지금까지 해온 모든 추태들을 그 자리에서 쏟아부었다.

그 많은 사람들이 보는 앞에서 오줌을 갈기고 고래고래 고함을 치고, 실오라기 하나 남기지 않은 채로 옷을 훌러덩 벗어 던지고 그런 그를 제지하는 사람들과 주먹다짐을 하고…… 뭐니 뭐니 해도 이제 전설이 되어 버린 그날의 최고 백미는 열여섯 꽃다운 나이의 소녀를 덮쳐 버린 사건이었다. 더구나 그 소녀가 마을 현령의 여식이었음에야 더 말해 무엇하겠는가.

자칫했으면 상단의 발족식 날, 상단이 문을 닫는 초유의 사태가 벌어질 뻔했다.

그 일을 무마하기 위해 염장이 얼마나 진땀을 흘렸는지 모른다. 그 일로 얼마나 많은 돈이 들어갔는지도 모른다. 그런 와중에도 조충은 현령의 요구에 따라 열여섯 꽃다운 나이의 소녀에게 새장가까지 들어 희희낙락하고 있었으니, 염장으로서는 속이 뒤집히다 못해 속에서 천불이 날 지경이었다.

결국 조충과 담판을 지었다.

'다시는 술을 입에 대지 말아야 할 것이다. 만일 앞으로 단 한 모금이라도 술을 입에 댄다면, 천지신명께 맹세하건대 그 날로 너와 나의 인연은 끝이다!'

지은 죄가 워낙 큰데다 염장의 의지가 단호하기 그지없어서 명을 따르지 않을 도리가 없었다.

그리해 그날로 술을 끊었다. 대신 그 허전함을 고기로 달랬다.

참 신기한 체질인 것이 술을 그렇게 퍼마실 때는 근육질 몸

매가 유지가 되었는데, 고단백의 육질을 먹기 시작하자 오히려 근육들이 비계가 되어갔다.

하룻밤 자고 나면 체형이 변했고 하루가 다르게 살이 불었다.

그렇게 10년, 이제 비대해진 몸을 스스로 가누기도 힘들 지경이 되어 있었다.

그런 그가 뛰고 있었다.

쿵쾅쿵쾅!

마룻바닥이 금방이라도 무너져 내릴 듯이 위태롭기 그지없다.

새장가 든 지 8년 만에야 겨우 자신의 첫 핏줄을 보게 되던 날도 뛰지 않았던 그가, 집에 불이 난 위험천만한 순간에도 태연히 걸어 나왔던 그가 오늘은 무슨 다급한 일이 있는지 가쁜 숨을 몰아쉬며 꽁지에 불붙은 돼지처럼 거실을 가로지르고 있었다.

쿵쾅쿵쾅!

"형님! 큰일이 나버렸소! 큰일이 나버렸단 말이오!"

염장은 조충이 자신의 집무실 문을 벌컥 열어젖히며 헐레벌떡 뛰어 들어오자 눈살부터 찌푸렸다. 사실 그는 잠시 기분 좋게 오수(午睡)를 즐기던 중이었다. 좀처럼 낮잠을 자지 않는 그인데 오늘따라 유난히 졸음이 쏟아졌고 단잠에 취했다. 그러다 화들짝 놀라 깼다.

쿵쾅쿵쾅 땅이 울리고 굉음이 들리니 처음에는 지진이라도 난 줄 알았다. 잔뜩 놀라 있는데 난데없이 문까지 벌컥 열리자 심장이 덜컥 내려앉을 만큼 놀랐다.

곧 자신의 단잠을 방해하고 간을 오그라들게 만든 것이 조충임을 확인하자 순간 짜증이 확 치밀어 올랐다. 하지만 짜증은 잠시였다. 조충의 얼굴에 가득한 다급한 기색을 본 때문이다.

"이게 대체 무슨 일이냐?"

"무슨 일이나 마나, 큰일이 나버렸단 말이오! 큰일이!"

"그러니까 큰일이란 게 뭐냔 말이다."

"형님이 황산사에 넘겼다는 지분 말이오. 그 지분을 가진 자가 나타났다 이 말입니다!"

"뭐? 그게 정말이냐?"

"그럼 지금 내가 실없이 농담이나 하고 있는 걸로 보이요? 내가 뭐랬소? 지금이라도 늦지 않았으니 십만 냥을 주어서라도 다시 찾아와야 한다 하지 않았소! 자칫 딴마음을 품고 상단을 뒤흔들 흉심이라도 품는다면 그땐 상단의 근간이 위험해질 수도 있는데, 이제 대체 어쩔 거냔 말이오!"

조충이 답답한 마음을 가누지 못하고 버럭버럭 소리를 질러 댔다.

답답해하고 불안해하는 조충과는 달리 웬일인지 염장의 눈은 어떤 기대로 반짝였다.

"언제? 어디에? 지분을 가지고 나타난 자가 누구라더냐?"

"지금에 와서 그런 게 다 무슨 소용이란 말이오? 지분을 가지고 나타났다는 것 자체가 이미 지분의 가치를 알아 버렸다는 것인데! 십만 냥 아니라 백만 냥이라 한들 쉽게 내주려 하겠냔 말이오! 애당초 말이 안 되는 거래였소. 아무리 급해도 그렇지 어떻게 지분을 내놓을 생각을 한 거냔 말이야! 이 답답한 양반아!"

조충의 심정을 이해 못할 바는 아니다. 하지만 무례가 도를 넘어서 버린 것까지 용납해 줄 염장이 아니었다.

"이놈이 이거 미쳤나! 어따 대고 반말질이야! 애당초 그런 거래를 하게 된 게 다 누구 때문인데? 네놈이 옆에서 부추기지만 않았어도 내가 그렇게까지 주도권을 뺏기지도 않았을 테고, 그랬다면 지분까지 내놓는 일도 없었을 것 아냐! 내가 그때 지분이라도 내놓지 않았다면 지금의 염가상단이 있을 수 있겠느냔 말이다! 그리고 뭐? 상단의 근간이 위험해? 진정 상단의 근간이 위험했던 것은 발족식 날이 아니냐? 시작도 하기 전에 문을 닫을 뻔하게 해놓고 어디서 뻔뻔하게 상단을 걱정하는 척하는 게야! 내가 보기에 상단의 근간을 위험하게 만드는 것은 조충 바로 네놈이란 말이다!"

"거참, 이 양반 또 그 소리네. 한 번만 더 들으면 아주 백 번을 채우겠수다. 까놓고 말해서 내 말을 귀담아들은 것도 형님이고, 거래를 한 것도 형님 아니오? 왜 자꾸 날 걸고넘어진단 말이오? 사내대장부가 자신이 한 일에 책임을 져야 할 것인데 그렇게 발뺌이나 하고 남 탓이나 하는 건 너무 비겁한 처사 아니오?"

"비겁? 지금 비겁이라 했느냐?"

"말이 나왔으니 말이지만 발족식 날의 일만 해도 그렇소. 물론 내가 실수를 했고 그래서 상단이 조금 곤란에 처했던 것은 사실이나, 덕분에 이 아우가 어리고 예쁜 마누라한테 새장가까지 들었잖소? 축하까지는 바라지도 않지만 이 아우의 백년지대계를 위한 일이었다 생각하고 그냥 대범하게 넘어가주시면 안 되는 거요?"

"백년지대계 같은 소리 하고 있네. 색정에 눈멀어서 덜컹 사고나 친 주제에 뚫린 입이라고 잘도 지껄이는구나. 이놈아! 그 뒷감당을 누가 다 했는데!"

"아아, 됐수다 됐수. 까짓 다 내 잘못이고 내 책임이라 칩시다. 지금은 그런 사소한 시비나 가리고 있을 때가 아니니까. 이제 어떻게 할 건지나 말씀해 보시오. 이 사태를 어떻게 해결할 건지 한 번 들어나 봅시다."

실컷 열을 올려놓고는 저만 사내다운 양 말문을 돌려 버린다.

속이 부글부글 끓었다. 어떻게 된 인간이 갈수록 얼굴이 두꺼워지고 뻔뻔해지는 것 같다.

하지만 조충의 말대로 지금은 조충과 실랑이나 하고 있을 때가 아니었다.

"그러니까 어떻게 된 경위인지 자세히 말해 보라하잖느냐. 언제, 어디에 나타난 거라 하더냐? 지분을 가진 자가 현야 스님이 확실하다더냐?"

"소흥의 전장에 상단의 지분을 가지고 나타난 자는 그 늙은 중이 아니었다 했소."

"허면?"

"소천풍이란 사람이라 했소. 그 늙은 중의 제자인 것 같다 합디다."

순간, 염장의 눈빛이 강렬해졌다. 그것은 상황과는 어울리지 않는 반가움이었다. 기쁨이기도 하고 희열이기도 했다.

그 같은 염장의 눈빛에 조충이 의아히 물었다.

"혹시 지분을 다시 돌려받을 방법이라도 있는 거요?"

"네놈 말대로 이미 그 가치를 알아 버렸을 텐데 그걸 무슨 수로 다시 돌려받아!"

"그럼 왜 그런 눈을 하고 있는 거요? 사람은 애간장이 다 타 들어갈 지경인데, 뭐가 그리 좋아서 오매불망 그리던 정인이라도 다시 본 듯한 눈을 하고 있냐 이 말이오!"

"내가 언제 그런 눈을 했다고……."

"내가 형님이랑 질긴 인연 이어온 게 30년이요. 속일 걸 속여야지. 대체 지금 그 머릿속에 무슨 생각을 하고 있는 건지 이 아우한테 죄다 털어놔보시오. 내가 그래도 명색이 부단주인데 알아야 할 건 알아야 하지 않소?"

조충의 말대로였다. 미우나 고우나 해도 30년 질긴 인연이었고 또한 명색이 부단주였다. 상단에 관한 일이라면 당연히 그에게도 알 권리가 있었다.

염장이 잠시 생각을 정리한 다음 조충에게 물었다.

"우리 염가상단이 대륙에서 몇 번째냐?"

뜬금없는 질문에 어리둥절해 있던 조충이 뭘 그런 걸 그리 진지하게 묻냐는 태도로 대수롭지 않게 대답했다.

"그야 열두 번째쯤 되지 않겠소? 강남에서는 우리 위에 세 곳 정도가 있는 것 같고."

"허면 대륙 최고의 상단은 어디냐?"

"개봉(開封)의 천지상단(泉地商團), 북경(北京)의 신주상단(神州商團), 섬서(陝西)의 서안상단(西安商團)이 최고이긴 한데 딱히 하나를 꼽기에는 규모나 자금력 등 모든 면에서 우열을 가리기가 어렵죠."

"이유가 뭐지?"

"뭐가 말이오?"

"우리가 강남에서는 네 번째인데 왜 대륙 전체로는 열두 번째밖에 안 되느냔 말이다. 대륙 최대의 물류창고는 단연 강남인데, 왜 대륙 최대의 상단은 장강 이북에 밀집되어 있는지 그 이유를 묻고 있는 것이다."

"당연히 구대문파와 오대세가, 거기에 도문까지…… 무림의 힘 있는 문파가 죄다 장강 이북에 있으니 무림과 연을 맺고 그 힘을 등에 업은 때문이잖소? 세상을 지배하는 게 돈이라지만 돈으로도 어찌할 수 없는 게 실질적인 무력이고, 실질적인 무력 없이는 상단의 신용도 한낱 모래성과도 같은 것이니. 그래서 우리가 검문에 줄을 대려고 그렇게도 기를 썼던 것 아니오? 뒷배를 대던 넷째 공자가 그리 빨리 황천길을 가지만 않았어도 적어도 강남에서만큼은 최고가 될 수도 있었을 터인데……."

힘이 있는 곳에 돈이 몰리기 마련이고 돈이 있는 곳에 힘이 따르기 마련이다. 그런 만큼 상계와 무림은 떼려야 뗄 수 없는 공생의 길을 갈 수밖에 없다.

무림의 힘을 등에 업는다는 것은 작게는 녹림도로부터 스스로를 보호할 수 있다는 의미였고, 크게는 무엇보다 소중한 신용을 얻는다는 의미였다. 염가상단이 그 어느 상단보다 튼실한 자금력을 확보하고 있음에도, 강남의 네 번째 자리에 머물러 있어야 했던 것도 그 때문이다.

신생 상단이 비집고 들어가기에 무림의 문은 너무 좁았다. 특히나 강남 무림은 그 문이 더욱 좁았다.

강남 무림에서 진정으로 힘이라 할 수 있는 곳은 검문뿐이었다. 하지만 거기에는 이미 세 곳의 상단이 각기 자신들만의 영역을 틈새 없이 단단히 구축해 놓은 상태였다. 그리고 그 세 곳이 바로 현재 염가상단의 윗자리를 차지하고 있는 강남 상권의 주축들이다.

틈새 없는 틈을 비집고, 그 좁디좁은 문을 뚫고 들어가기 위해 얼마나 큰 희생을 치렀는지 모른다. 그렇게 상단의 사활을 걸다시피 한 끝에야 겨우 도달한 곳이 검문의 넷째 공자였다.

검문의 넷째 공자는 뛰어난 사람이었다. 현 검문주 패천일검 금천우의 뒤를 이어 검문의 주인 자리를 차지할 만한 충분한 그릇이었다. 무엇보다 그 재능이 탐이나 대호문이라는 문파의 기명제자를 반 강제로 강탈하다시피 해서 빼앗아오기까지 했을 만큼, 여덟 제자들 중 금천우가 가장 총애하는 제자라고 알려져 있었다.

염장은 상단의 미래를 그에게 걸어보기로 했다. 하지만 그가 미처 뭔가를 시도해 보기도 전에 넷째 공자가 돌연 죽어 버렸다.

정확한 사유는 알려지지 않았다. 다만, 치열한 후계 경쟁의 희생양이 된 것이라 어렴풋이 짐작만 할 뿐이었다.

어쨌든 그로 인해 현재 염가상단은 끈 떨어진 연 신세였다. 다시 한 번 도약할 수 있는 발판을 잃고 의기소침해 있는 상태였다.

염장이 말했다.

"그래. 염가상단이 보다 큰 걸음을 내딛기 위해서는 어떻게 해서든 무림에 줄을 대는 수밖에 없지."

"허나 길이 없지 않소? 우리가 들어갈 구멍이 바늘귀만큼도 안 되는데 무슨 수로 줄을 댄단 말이오? 그렇다고 허접한 곳과 손을 잡을 수도 없는 노릇이고. 그랬다가는 우리 상단의 이름마저도 도매급으로 넘어갈 테니."

"무림의 명망 높은 문파들이 우리와 손을 잡지 않겠다면 우리가 그런 문파를 만들어 버리면 되지 않겠느냐?"

"문파를 만든다니? 그건 또 무슨 말씀이시오?"

"말 그대로 무림에 새 문파를 세운다는 말이다. 새 문파를 세우는데 우리 상단이 지원을 한다면 그보다 확실한 투자가 또 어디 있겠느냐?"

"지금 그걸 농담이라고 하시는 거요?"

조충이 어이없다는 얼굴을 했다. 하지만 염장은 진지했다.

"농담이 아니다."

"그럼 그리 오래 살지도 않았는데 벌써 노망이라도 난 거요?"

"네놈 눈엔 내가 미친 걸로 보이냐?"

"미친 걸로는 안 보이지만 미친 소리로는 들리니 하는 말 아니요. 무림에 새 문파를 세우겠다는 걸 나더러 지금 진지하게 들으라는 것 자체가 무리 아니냔 말이오. 아니, 세상에 돈으로 안 되는 일이야 없으니 백 번 양보해서 새 문파를 세웠다고 칩시다. 그래 봐야 기껏 삼류 떨거지들이나 합류할 테고, 그럼 삼류 떨거지 문파밖에는 되지 않을 텐데, 그게 다 무슨 소용이랍니까? 그게 우리 상단에 무슨 도움이 된다고……."

"삼류 떨거지들도 아니고 삼류 떨거지 문파도 아니라면?"

"뭐요?"

조충의 어이없다는 얼굴이 이젠 아예 짜증으로 변했다.

염장의 이어진 말은 한 술 더 떴다.

"우리 염가상단이 단번에 상계의 중심으로 도약했던 것처럼 개파 선언을 하는 순간 단번에 무림의 신성으로 떠오를 수 있을 만큼 세상의 주목을 받을 수 있는 것이라면? 구대문파, 검문, 도문, 마황성…… 그들 무림사세에는 미치지 못할지라도 그들도 함부로 할 수 없을 만큼 독자적인 세력을 형성할 수 있는 것이라면 과연 어떻겠느냐? 그렇게만 된다면 우리 상단이 강남 아니라 대륙 최고가 되는 것도 꿈은 아니지 않겠느냐?"

"그러니까 그게 미친 소리라는 것 아니요! 지금이 난세도 아니고, 느닷없는 영웅 탄생이 가능한 시기도 아니고, 천지사방에 수천수만의 군소방파들이 즐비한데, 하루에만도 수십 군데의 문파가 새로 생겨나고 수백 군데의 문파가 문을 닫는 것이 현실인데, 무슨 재주로 단번에 무림의 신성으로 떠오를 수 있단 말이요? 더구나 무림사세도 함부로 할 수 없는 독자적인 세력이라니? 이 땅에 돈이란 돈은 모조리 긁어다 거기에 쏟아붓는다고 해도 그게 가능하리라 보시는 거요?"

"지금이라면 가능해! 지금이라면 딱 하나 그 말도 안 되는 일을 가능하게 만들 방법이 있다!"

염장이 단호히 외치며 조충의 앞으로 책 한 권을 내밀었다.

책 표지에 '천류검법(天流劍法)' 네 글자가 적혀 있었다. 그것도 말도 안 되게 악필로 적혀 있어 한참을 들여다봐서야 겨우 읽을 수 있었다.

조충이 이건 또 뭐냐며 물었다.

"이게 뭔데 그러시오?"

계속되는 황당한 발언들에 이젠 지쳐 버린 그런 얼굴이었다. 하지만 염장의 입에서 흘러나온 말은 그의 지친 얼굴을 놀람으로 물들게 만들었다.

"천하사절의 무공비급."

"뭐라구요?"

"천하사절의 무공비급이라 했다. 정확히는 천하사절 중 검절의 것이지."

"그 거짓말 진짜요?"

염장이 고개를 끄덕이자 조충이 새삼스러운 눈으로 책을 내려다보았다.

천하사절의 비급이라니? 지금 세상은 온통 천하사절의 비급 때문에 시끌시끌하다. 혹여 행운의 주인공이 자신은 아닐까 대륙 전역에 삼류 무공 서적이 품귀현상을 일으킬 만큼, 천하사절의 비급을 얻으려는 자들로 세상이 온통 혈안이 되어 있는데, 그런 귀한 물건을 염장이 어찌 가지고 있단 말인가?

조충이 급히 물었다.

"이걸 대체 언제 구한 거요?"

"1년쯤 되었을 게다."

"이런 귀한 물건을 구해 놓고 1년이나 내게 숨겨왔단 말이오?"

"확신이 없었으니까. 이걸 어떻게 써먹어야 할지도 정하지 못했었고."

"허면, 지금은 어떻게 써먹을지 정한 거요?"

"내가 이걸 어디서 구했는지 아느냐?"

"어디서 구했소?"

"안휘에 있는 우리 상단의 서점. 우연히 발견한 게 아니다. 상단의 서점 일흔두 곳을 샅샅이 다 뒤진 끝에야 겨우 찾은 것이다."

"이것이 우리 서점에 있다는 것은 어찌 아시고?"

"지금까지 나타난 천하사절의 무공비급 여덟 권, 아니, 얼마 전 하나가 더 나타났으니 아홉 권이지. 그 모두가 우리 서점에서 흘러나온 것이었으니까. 안타깝게도 내가 그 사실을 알고 찾았을 때는 이미 한 발 늦어 달랑 이것 한 권 말고는 남은 게 없었지만."

"허면 원래는 다 우리 물건이었단 말씀이오?"

"굳이 따진다면 정확히는 황산사의 물건이었던 거지. 무슨 말인지 알겠느냐? 지금 세상에 떠도는 천하사절의 무공비급이 모두 황산사에서 나온 거라는 말이다. 내가 그 사실을 알게 된 건 네 번째 비급이 나타났을 때고. 어쨌든 당금의 무림에서 최고의 화제는 단연 천하사절이다. 사람들의 관심만큼은 무림사세가 따르지 못할 만큼 무림을 들끓게 하고 있지. 나는!"

염장의 눈빛이 그 어느 때보다도 강렬해졌다.

이쯤 되고 보니 더는 허투루 들을 수가 없었다. 순식간에 들어차 버린 긴장감에 조충이 숨을 꿀꺽 삼키며 귀를 기울였다.

염장의 입이 힘 있게 열렸다.

"나는 천하사절의 비급을 얻은 자들과 그들의 추종자들을 한울타리 속에 담아볼 작정이다!"

"……!"

분명 심상치 않은 발언이 있을 거라고 마음의 준비를 했는데도 염장의 선언은 충격적이었다.

천하사절의 비급을 얻은 자들과 그들의 추종자들을 한울타리에 담는다. 염장이 말했던 새 문파를 세우겠다는 것이 그 뜻이었다. 만일 그렇게만 된다면 염장의 말대로 단번에 무림의 신성으로 떠오를 수 있다. 또한 무림사세조차 함부로 못하는 독자적인 세력을 형성할 수 있다. 천하사절과 그 추종세력을 등에 업을 수만 있다면, 염가상단을 대륙 최고로 만드는 것도 가능할지 모른다. 어쩌면 잠깐의 불꽃일지도 모르지만 당금 무림에서 천하사절이란 이름은 분명 그 정도의 파급효과가 있었다. 그러나,

"어디 그게 가능이나 하겠수?"

문제는 그들을 한울타리에 담을 그릇이 없다는 것이다.

"듣기로는 벌써부터 지들끼리 서로가 정통이네 뭐네 하면서

으르렁거린다던데, 그런 자들을 어떻게 한울타리에 담는단 말씀이오? 그들 모두를 군말 없이 따르게 할 만한 구심점이 있지 않고서는 절대로 불가능한 일 아니겠소?"

"구심점이야 있어! 내가 말했잖느냐. 지금이면 가능하다고. 지금이라면 딱 하나 그 말도 안 되는 일을 가능하게 만들 방법이 있다고."

"그게 누군데요?"

"천하사절 중 검절 천하제일검수!"

조충의 눈이 휘둥그레 떠졌다.

"설마 검절을 찾았단 말이오?"

"적어도 그 전인쯤 되는 녀석은 찾았지."

"전인이면 전인이지 전인쯤 되는 건 또 뭐요?"

"내가 아는 거라고는 지금까지 나타난 아홉 명보다도 먼저 천하사절의 무공을 익히고 있었다는 것과, 천하사절에 대한 단서를 가지고 있는 유일한 존재라는 것뿐이다. 하지만 그거면 돼. 그것만 잘만 포장하면 전인이든 전인쯤 되는 녀석이든 구심점 역할 정도는 충분히 할 수 있을 테니까."

"그 전인인지 전인쯤 되는 녀석인지 아무튼 그자가 대체 누구요?"

"이놈아! 머리 좀 써! 이 정도 말해 줬으면 딱하면 딱, 척하면 척이지 그걸 일일이 설명해 줘야 되냐?"

염장의 핀잔에 조충이 짜증을 냈다.

"아 거참, 그냥 속 시원히 말해 주면 될 것이지 꼭 이런 순간에도 내 머리를 걸고 넘어져야겠소?"

"너 같은 걸 의동생으로 두고 있는 내가 한심해서 그런다. 한심해서!"

"아 글쎄, 그게 대체 누군지 그거나 속 시원히 말해 보시오. 내 머리 나쁜 건 형님이 강조하지 않아도 잘 알고 있으니까."

"천하사절의 비급이 황산사에서 모두 나온 것이라면 가장 먼저 의심해 봐야 할 사람이 누구겠느냐? 당시에 황산사에서 기거하고 있던 사람 말고 달리 누가 있겠느냔 말이다."

"허면 그 늙은 중이었단 말씀이오?"

"아니. 현야 스님은 무공을 익힌 분이 아니었다. 적어도 내 눈에는 분명 그렇게 보였다."

"그럼 형님은 천하사절과 관계된 자가 그 늙은 중의 제자라 생각하시는 거요?"

"그래. 상단의 지분을 가지고 나타났다는 그자, 소천풍이라는 그 아이, 그 아이밖에 없다!"

"확실한 거요? 지금까지의 얘기로는 어디까지나 짐작일 뿐이잖소? 확인된 것도 없고……."

"내가 설마 짐작만으로 이같이 큰일을 계획했겠느냐? 10년 전 그날 황산사에서, 그 증거를 내 두 눈으로 분명히 봤다!"

10년 전 천풍의 검무를 보았던 그날, 검무에 그치지 않고 이어서 펼쳐지던 삼류검법들, 삼류검법임에도 이상하게 눈을 뗄 수 없었던 그 움직임들…… 잔뜩 높아진 기대감이 무색하게 고작 검풍만을 보게 되어서 실망감을 안고 돌아섰지만, 그렇게 돌아선 후에도 좀처럼 머릿속에서 지워지지 않았다. 지워지기는커녕 그날 보았던 삼류검법은 그의 머릿속에 10년이 지나도록 어느 것 하나 퇴색하지 않고 고스란히 남아 있었다.

그러다 천하사절에 대해 듣게 되었다. 천하사절의 비급도 얻었다.

그리고 그 안에 있는 것이 10년 전 그날 천풍이 펼쳤던 삼류검법들 중 하나와 완전히 똑같다는 것도 알았다. 그때 알았다. 10년 전 만났던 그 아이가 천하사절에 대한 유일한 단서이며 천하사절과 가장 가까운 곳에 있는 존재라는 것을.

천하사절의 이름 아래 새로운 문파를 만들겠다는 계획이 세워진 것도 그때였다.

천풍은 그의 계획에서 절대로 빠져서는 안 되는 존재였다. 황산사를 떠난 그들을 백방으로 수소문한 것도, 그리해 그들의 새로운 보금자리가 현천사라는 것을 알아내고 몸소 천목산을 올랐던 것도 모두 그 때문이었다. 하지만 그가 친히 현천사를 찾았을 때는 이미 현야도, 천풍도 어딘가로 종적을 감춘 후였다. 그렇게 큰 실망만을 안고 현천사를 내려온 것이 한 달 전 일이었다.

지금은 때가 아닌가 보다 했다. 천하사절이라는 이름의 불꽃이, 그 바람이 언제까지 이어질지 알 수 없는 상황이기에 어쩌면 그의 원대한 계획은 그저 한낱 꿈으로 그치게 될지도 모른다고 생각했다.

그렇게 체념하고 있었다. 조충이 천풍의 소식을 가져오기 전까진 그랬다.

"무슨 말인지 알겠느냐? 그 아이가 우리가 세울 새로운 문파의 주인이 될 거라는 말이다. 무림의 판도를 바꿔놓을 만한 강력한 세력이 그 아이를 중심으로 새롭게 형성될 거라는 말이다! 그것은 또한 온전히 우리 염가상단의 힘이 될 것이고!"

말을 하는 염장도 뜨거워졌고 말을 듣는 조충도 뜨거워졌다.

"그러니 그 아이가 가진 상단의 지분은 아까운 것이 아니다. 그런 것에 연연해할 때도 아니다. 오히려 그 지분이 우리 염가상단과 그 아이의 끈을 더욱 단단히 해줄 테니 또한 그로써 충분한 가치가 있는 것이지. 나는! 나는 우리 염가상단의 미래와, 너와 내가 상단을 발족하며 꾸었던 그 꿈 전부를 그 아이에게 맡겨볼 작정이다!"

대륙 최고의 상단을 만들겠다던 그 꿈, 세상의 돈이란 돈을 모조리 그러모으겠다던, 농담 같기만 했던 그 꿈이 단지 꿈이 아닐지도 모른다.

가슴이 뛰었다. 염장의 한마디 한마디가 조충의 가슴을 뛰게 했다.

"장기의 말이 모두 다 갖춰졌는데 미적거릴 이유가 없지. 당장 상단회의를 소집해!"

"예! 부단주 조충, 단주님의 명을 받자옵니다!"

지금 이 순간 조충은 더 이상 시건방진 의동생이 아니었다.

지난 30년 염장을 믿고 따라온 단 하나의 지기이자, 가장 충직한 수하로 돌아가 있었다.

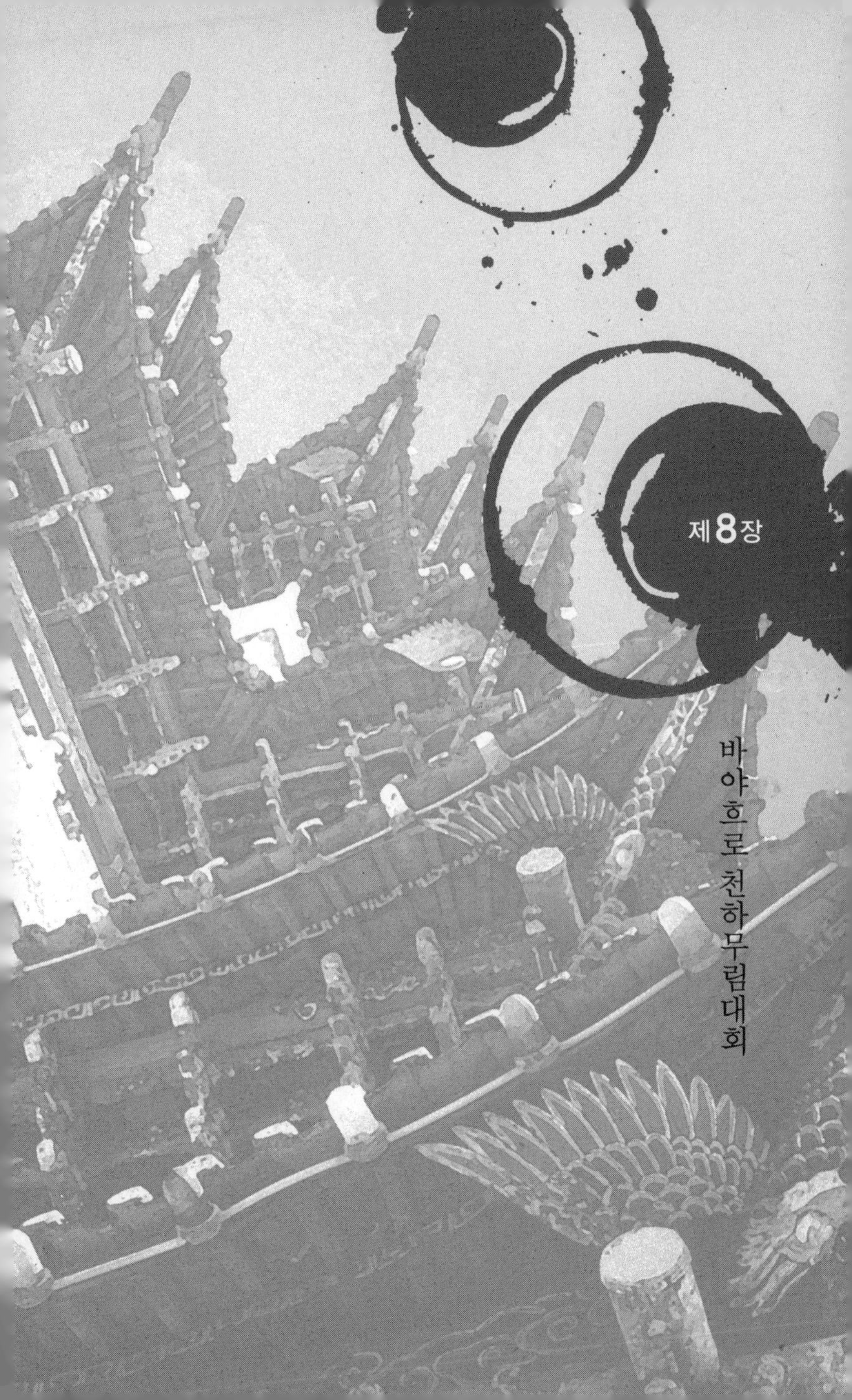

# 제 8 장

## 바야흐로 천하무림대회

# 천극의 서

염가상단이 천풍을 장기의 말로 두고 한바탕 놀이판을 준비하며 급박하게 움직이던 그때, 천풍은 여전히 청무도장에서 바쁜 나날을 보내고 있었다.

그사이 청무도장은 몰라보게 달라져 있었다.

부서진 대문은 한쪽에는 호랑이가, 다른 한쪽에는 사자의 문양이 새겨진 육중한 강철대문으로 바뀌었고, 새로 단 현판은 대리석 바탕에, 그 속에 새겨진 글씨는 용비봉무의 황금빛 화려한 필체를 자랑했다. 외형만 보자면 이건 일개 도장이 아니라 마치 명문 무가를 연상시킬 정도였다.

하지만 무엇보다 청무도장의 큰 변화는 늘어난 제자들이었다.

진사우를 합쳐 고작 여섯이었던 제자가 지금은 무려 마흔 명이 넘었다.

검전도장과의 도장결에서 이겼다는 소문이 큰 영향을 미치기도 했지만, 그 못지않게 어린 제자들을 유혹하는 게 있었다.

'청무도장에 가면 흑단목으로 만든 목검을 가질 수 있다.'

검을 배우는 자들에게 있어 좋은 검만큼 매력적인 것도 없다. 너무 비싸서 일반 서민들은 감히 한 번 만져보는 것조차 어렵다는 흑단목 재질의 목검을 수련검으로 사용하게 한다 하는데, 그 유혹을 어떻게 뿌리칠 수 있겠는가.

심지어 흑단목으로 된 목검을 만져보기 위해 다니던 도장을 배신하면서까지 청무도장으로 옮겨오는 아이들도 있었다.

천진난만한 상아는 갑작스러운 변화에 놀라하면서도, 이게 다 지난날 그녀가 현천사에서 드린 불공 덕분일 거라며 마냥 신나했다.

그러나 천풍은 제자가 늘고 도장이 커가는 것을 마냥 즐거워할 수만은 없었다.

제자가 없을 때는 지루하다 싶을 정도로 할 일이 없었는데 도장의 규모가 하루가 다르게 커지자 아침 일찍부터 밤늦게까지, 눈코 뜰 새 없이 바빠졌다. 이건 아예 일에 치여 죽겠다 싶을 정도였다.

자정이 다 되어가는 시각, 천풍은 지금도 모든 제자들이 떠난 텅 빈 도장의 뒷정리에 여념이 없었다. 오늘 하루 제자들의 땀으로 얼룩진 바닥을 닦고 아무렇게나 널려진 기물들을 정리하고, 혹시나 누가 가져가지나 않았을까 목검의 수량을 파악하고…….

여름은 여름인가 보다. 밤공기가 후덥지근했다. 조금만 움직여도 이마에 땀이 송골송골 맺혔다.

진사우가 도장으로 들어온 것은 그렇게 하루의 마무리를 하고 있을 때였다.

"대장간 일이 많았나 봐?"

"예. 좀……."

도장의 정리가 거의 끝나가고 있었기에 진사우의 늦은 방문이 그리 반갑지는 않았다. 물론 다른 제자들과는 달리 검을 수련하고 나면 뒷정리는 깔끔히 하고 가는 아이였지만, 문단속을 위해서라도 진사우가 수련을 마칠 때까진 기다려야 했다.

한데, 다른 때 같으면 바로 검술 수련을 시작했을 녀석이 웬일로 목검 대신 천풍의 옆에서 걸레를 잡는다. 그러고는 도장의 뒷정리를 돕는다.

"아니, 이러지 않아도 되는데……."

천풍이 사양을 했지만 진사우는 묵묵히 걸레질만 할 뿐이었다.

"쩝."

괜스레 멋쩍어진 천풍이 입맛을 다시고는 그 역시 하던 일에 집중했다.

그렇게 하루의 뒷정리가 끝이 났다. 뒷정리가 끝났는데도 진사우는 여전히 목검을 들어 검을 수련하지도, 그렇다고 도장을 떠나지도 않고 있었다.

눈치가 이상해서 물었다.

"혹시 나한테 뭐 할 말이라도 있어?"

그러고 보면 검전도장과의 일이 있은 후부터 진사우의 태도가 이상했었다. 이유 없이 그를 가만히 보고 있기도 했고, 그런가 하면 애써 천풍의 시선을 피하기도 했었다.

천풍의 질문에 진사우가 움찔한 기색을 보였다.

"할 말 있으면 해. 들어주는 거야 어렵지 않으니까."

천풍이 그리 재촉하자 잠시 더 머뭇거리던 진사우가 힘들게 입을 뗐다.

"형은…… 여기 계속 있을 거 아니죠?"

조금은 갑작스럽게 느껴지는 질문이었다.

천풍이 잠시 대답을 못하고 있자 진사우가 다시 물었다.

"언젠가는 여길 떠나실 거죠?"

"그야…… 그렇지. 스승님을 찾으러 나온 길에 사정상 잠시 몸을 의탁하고 있는 것뿐이니까."

"그럼 언제 가시는데요?"

"글쎄…… 아마도 조만간이 되지 않을까 싶은데……."

그렇잖아도 생각은 하고 있던 참이었다.

뜻하지 않게 큰돈이 생긴 덕분에 청무도장도 이제 완전히 안정을 찾았고, 여기서 마냥 현야가 오기만을 기다릴 수도 없다. 두 달을 넘게 머물렀으니 이젠 정말 떠날 때가 되었다. 현천사로 다시 돌아가든, 아니면 이왕 나온 걸음인데 조금 더 세상 구경을 하든 임설아가 돌아오는 대로 그만 작별을 고할 생각이었다.

"그럼 다시 송양 같은 놈이 나타나서 도장을 위협하면 그땐 어떻게 하죠?"

진사우가 따지듯 물어왔다.

사실 그 질문은 천풍이 들어야 할 것이 아니었다. 도장을 이만큼이나 살려놓은 것만으로도 할 도리는 다한 거였다. 그 후의 일까지 걱정해야 할 의무도 없고 책임도 없었다.

하지만 듣고 보니 마음이 쓰였다. 진사우의 말대로 송양 같은 놈이 다시 나타나지 말라는 법도 없다. 훗날 그보다 더 악질적인 인간이 청무도장을 노릴 수도 있었다.

"그래서? 네가 하고 싶은 말이 뭐지?"

가지 말라고 붙들려는 것으로는 보이지 않았다. 붙든다고 될 일도 아니었다. 진사우의 태도로 보아 이런 말을 하는 데에는 달리 원하는 것이 있는 걸로 보였다. 요 며칠 이상했던 눈치도 바로 그 때문인 듯했다.

진사우가 천풍의 눈을 노려보다시피 하며 마주했다. 그렇게 꺼낸 말은 조금 의외의 것이었다.

"이곳을 떠나시기 전에, 저한테 십방청무검법을 가르쳐 주시면 안 돼요?"

천풍이 어리둥절해서 물었다.

"십방청무검법을 가르쳐 달라니? 십방청무검법이야 나보다 네가 더 잘하지 않느냐?"

"제가 배운 걸로는 도장을 지킬 수가 없잖아요."

"그게…… 무슨 말이냐?"

"형이 알고 있는 십방청무검법이랑 제가 배운 십방청무검법이랑은 다른 거잖아요. 아니에요?"

진사우가 한층 더 강렬해진 눈빛을 천풍에게 던져왔다.

생각해 보니 지난 번 상무 등과의 싸움을 진사우가 보았었다. 그날 천풍이 펼쳐보였던 십방청무검법이 자신이 배운 십방청무검법과 다르다는 걸 알아본 모양이다. 하긴 수년을 하루도 빼놓지 않고 배운 검법인데, 미세한 차이인들 알아차리지 못했을 리 없다.

"제가 배운 걸로는 도장을 지키지 못하지만 형이 알고 있는 걸로는 도장을 지킬 수 있잖아요. 그러니 저한테 가르쳐 주세요."

천풍이 난색을 표했다.

"관주님이 허락하지 않을 거다. 내가 아는 십방청무검법은 어쨌거나 정통은 아니니까. 어쩌면 십방청무검법이라고 할 수도 없는 것일지도 모르지. 그런 것을 관주님이 허락할 리가 없지 않느냐?"

"관주님 몰래 배울게요. 관주님께 안 들키도록 조심할게요.

그러니까 가르쳐 주세요."

진사우의 반응은 의외였다.

천성이 우직하고 자존심이 강한 아이였다. 목적을 위해 편법을 쓰겠다고 할 성격도 아니었고, 이렇듯 어린아이처럼 떼를 쓰는 것도 진사우와는 어울리지 않았다.

"너를 거두어준 청무도장에 은혜를 갚겠다는 마음도 알겠고 도장을 지키겠다는 의지가 굳건함도 알겠다만, 다시 말하지만 내가 아는 십방청무검법은 정통이 아니다. 오히려 삿된 것이라 해도 틀리지 않을지도 모른다. 그것을 관주님 몰래 익힌다는 건 어쩌면 그로써 청무도장에 대한 배신일 수도 있다. 과연 그렇게까지 하면서 배울 만한 가치가 있을까?"

"힘이 없어서 아무것도 못하고 지켜만 봐야 하는 것보다는 나아요!"

진사우의 눈이 발갛게 달아오르는 듯싶더니 이내 물기를 머금는다.

"다시는……."

그리고 씹어뱉듯, 아니 씹어 삼키듯 말을 이었다.

"다시는 어리다는 핑계로 숨어 있지 않을 거예요! 다시는 무서워서 엎드리고만 있지 않을 거예요! 그렇게 한심한 짓은 두 번 다시는 하지 않을 거예요! 이제부턴 제가 지킬 거예요! 돌아가신 관주님께 그렇게 맹세했어요! 그러니까 저는 강해져야 돼요! 그러니까 배울 만한 가치가 있어요! 그러니까! 그러니까 가르쳐 주세요!"

지난날에 대한 자책과 앞으로의 각오…… 진사우의 물기 머금은 눈빛은 아예 불꽃이라도 뿜어낼 듯이 강렬했다.

그 같은 각오를 마주하고 보니 도저히 거절할 수가 없다. 그 심정이 너무 절절해서 도저히 외면할 수가 없다.

어린 날에 받은 상처, 스스로의 무기력함만을 곱씹으며 흘려야 했을 피눈물이 그대로 천풍의 가슴에 전해져왔다. 더구나 이대로 떠나자니 청무도장이 걱정되는 것도 사실이었다. 진사우의 말대로 그가 떠나고 나서 다른 나쁜 마음을 가진 자가 나타나 다시 도장을 괴롭히지 말라는 법도 없지 않은가.

얼마나 도움이 될지는 모르지만 만일을 대비해서 진사우에게 검술 한 자락 가르쳐 놓는 것도 나쁘진 않을 것 같았다. 그리하면 떠날 때 걸음이 조금은 가벼울 것도 같았다.

'하긴, 급한 것도 없는데 잠시 더 머무른다고 문제 될 거야 없겠지.'

하지만 그리 길지는 않을 것이다. 이미 본래의 십방청무검법을 익히고 있는 만큼, 거기서 조금 변화를 주는 것 정도야 크게 어렵지 않을 테니까 말이다.

한 달? 아니, 두 달…… 천풍은 그거면 충분하리라 생각했다.

'그래. 딱 두 달만 더 머물렀다 떠나기로 하지 뭐.'

그러나,

"그래서 혼자만 강해지겠다고? 혼자만 영웅이 되어보겠다고? 웃기고 자빠졌네. 사형, 설마 저 녀석한테만 검법을 가르쳐 주시려는 건 아니죠? 당연히 저도 껴주시는 거죠?"

갑작스레 도장의 문이 열리고 도장 안으로 들어선 것은 상무였다. 왼쪽 팔에 부목을 대고 온몸에 붕대를 감은 모습으로 천풍과 진사우를 향해 비릿한 미소를 지어 보인다.

"그럴 리야 없겠지만 만일 저 녀석만 편애하시는 거라면, 저 가만 안 있을 거예요. 관주님이 돌아오시면 이 불공평한 처사를 바로 일러바쳐 버릴 거예요. 저 한다면 하는 성격인 거, 잘 알고 계시죠?"

상무다운 협박이다. 또한 충분히 그러고도 남을 녀석이다.

'쩝…… 두 달로는 안 되겠군.'

달리 방법이 없다. 계획을 수정하는 수밖에.

그날부터 밤늦은 시각, 아무도 없는 도장에선 천풍과 두 아이들의 비밀 수업이 은밀히 행해지기 시작했다.

그리고 긴 여정을 마치고 임설아가 청무도장으로 돌아왔다.

*　*　*

"이게 대체……?"

임설아가 놀란 입을 다물지 못했다.

처음엔 도장을 잘못 찾았나 했다.

청무도장의 대문이 이렇게도 으리으리했었나? 청무도장의

현판이 저리도 멋졌었던가? 아니, 다른 건 그렇다 치고 도장 안에서 전해져 오는 이 뜨거운 열기는 대체 뭐란 말인가?

도장 안으로 한 걸음 들어섰다. 아니나 다를까, 그 넓은 도장 안이 청무도장의 도복을 입은 사람들로 가득 차 있었다.

꿈에서나 그리던 광경이었다. 꿈에서조차 그저 꿈이겠거니 했던 그런 광경이었다.

"이게 대체……!"

설마 이것도 꿈인 것일까? 꿈이라 하기엔 너무 생생한데?

"언니!"

청무도장의 그 많은 제자들을 앞에 두고 검술을 지도하던 상아가, 그제야 임설아를 발견하고는 그녀에게 달려와 와락 품에 안긴다. 지금 임설아에겐 하나뿐인 동생과의 재회를 기뻐할 여유가 없었다. 상아를 떼어내며 급히 물었다.

"이게 어떻게 된 거야?"

"뭐가?"

"도장이 대체 어떻게 된 거냐고."

"아, 이거? 히히. 도장 무지 좋아졌지? 제자도 엄청 많이 늘고. 이게 다 내 덕분이라는 거 아냐."

"뭐?"

"내가 작년에 현천사에 가서 불공을 드렸던 거 기억나지? 히히. 그 효과가 이제 나오는 거란 말이지."

"그럼 이게 다 부처님의 은덕이라고?"

"부처님이 도운 게 아니면 갑자기 제자들이 이렇게 불어날 리가 없잖아? 게다가 검전도장도 망해 버렸고."

"검전도장이 망해? 어떻게?"

"언니가 가고 나서 며칠 있다가 송양 그 나쁜 놈이 우리 도장에 쳐들어 와서 막 행패를 부리고 그랬었는데, 그래서 상무 오빠가 많이 다치고 그랬었는데 그러고 나서 검전도장이 바로 망했어. 송양도 병신이 돼서 도망쳐 버렸고."

"……?"

이건 들으면 들을수록 미궁이다. 송양이 행패를 부렸다는 건 뭐고 검전도장이 망해 버렸다는 건 또 뭔가? 송양은 병신이 돼서 도망쳤다는 건 또 뭐란 말인가?

이렇게 앞뒤 없이 횡설수설할 만큼 말하는 데 서투른 아이가 아니다. 이렇게 횡설수설한다는 건 상아도 어떻게 된 영문인지 제대로 모르고 있다는 뜻이다.

잠시 복잡한 머릿속을 정리한 임설아가 다시 물었다.

"대문이랑 현판은 왜 바꾼 거야?"

"그때 송양이 막 행패 부리면서 대문이랑 현판이랑 다 망가져 버려서 천풍 아저씨가 새로 다 맞춘 거야."

"그 사람이 무슨 돈이 있다고? 생활비 준 거로는 어림도 없었을 텐데? 설마 나한테 허락도 받지 않고 자기 멋대로 관비라도 융통해 쓴 거야?"

"아니. 제자들한테 관비 받은 건 내가 다 가지고 있는걸? 갑자기 공돈이 생긴 거라던데?"

"공돈? 공돈이 생겼던 어쨌든 그건 자기 돈인데 왜 도장 수리하는 데 그걸 써?"

"몰라. 그냥 사람들 데리고 와서 현판도 새로 달고 대문도 달고 그러던걸."

"그 사람 지금 어디 있는데?"

"아까까지는 내실에서 청소하고 있었는데……."

아직까지도 뭐가 뭔지 도통 어리둥절하기만 할 뿐이다. 정말이지 꿈이라도 꾸고 있는 것만 같았다.

임설아가 천풍이라도 만나볼 생각으로 내실로 걸음을 옮기는데, 뒤에서 상아의 나무라는 목소리가 들렸다.

"뭣들 해요! 관주님이 오셨는데 인사 안 해요?"

이윽고,

"제자들이 관주님을 뵙습니다!"

우렁찬 합성이 도장 안을 쩌렁쩌렁 울렸다.

임설아가 움찔 걸음을 멈추고 제자들을 보았다.

공손한 자세로 포권을 취하고 있는 낯선 얼굴들…… 가슴이 뭉클해 온다.

머리로는 아직 받아들이지 못했는데 청무도장이 변했다고 가슴이 먼저 말을 한다.

이해는 안 되는데 뜨거운 것이 올라와 가슴을 먹먹하게 하였다.

'정말 뭐가 어떻게 된 건지…….'

애써 어지러운 마음을 다잡고 멈췄던 걸음을 다시 옮겼다.

그렇게 내실로 도착하고 보니 거기에는 천풍 말고도 낯익은 얼굴 하나가 더 있었다.

'저 사람은…… 염가상단 전장의 점장이잖아?'

한참 도장이 어려웠을 때, 얼마간이라도 돈을 빌려볼 생각으로 전장을 찾아간 일이 있었다. 그때 만난 사람이었다.

'이름이 오덕양이라 했었지 아마?'

사람 좋은 얼굴에 친절한 웃음으로 그녀를 맞아주었었다. 또한 한결같이 사람 좋은 얼굴에 친절한 웃음으로 그녀의 간곡한 청을 거절하기도 했었다.

"여기는 자선사업을 하는 곳이 아닙니다. 돈을 빌리는 것도 돈을 갚을 능력이 있는 사람이 해야 하는 것이고요. 동냥이라도 얻을 생각이 아니라면 이만 댁으로 돌아가시지요. 정히 돈이 필요하시다면 도장이라도 담보로 잡으시던지요."

웃는 얼굴로 사근사근하게 돈 없는 설움을 알게 해주었고 그것이 그녀가 호위 일을 시작한 계기이기도 했다.

그다지 좋은 기억으로 남아 있지 않은 사람, 전장에서 돈이나 세고 있어야 할 사람이 왜 여기서 걸레질을 하고 있단 말인가?

"어? 관주님?"

천풍이 임설아를 보고는 반가운 얼굴로 그녀를 맞았다.

"다녀오셨습니까? 먼 길 수고 많으셨습니다."

임설아는 천풍의 인사를 받는 둥 마는 둥 하며 물었다.

"저분은 여기서 뭘 하고 계시는 거죠?"

"아, 저분요. 제가 괜찮다고 했는데도 굳이 돕겠다고 하셔서……."

"왜요? 저분이 왜 우리 도장 일을……?"

"그게 저도 잘 모르겠습니다. 며칠 전부터 계속 오셔서 저러고 계시긴 한데……."

천풍도 영문을 모르겠다는 표정이다.

결국 임설아가 직접 물어보기로 하고 오덕양에게 다가갔다.

임설아가 다가오자 이미 걸레질을 멈추고 그녀를 보고 있던 오덕양이 먼저 인사를 건네 왔다.

"임 관주님. 오랜만입니다."

지난 기억을 떠올리게 하는 사람 좋은 웃음이 오덕양의 입가에 걸렸다.

임설아의 얼굴에 의아함과 함께 한 줄기 불쾌감이 스쳐갔다.

"여기서 지금 뭐하시는 거죠?"

목소리도 차갑다.

"그냥 좀 도장 일을 돕고 있었습니다."

"당신이 왜요?"

임설아가 경계어린 눈을 날카롭게 빛내자 오덕양이 손을 잘래잘래 내저었다.

"나쁜 마음이 있어 그런 것은 아니니 괜한 오해는 마십시오. 저는 그저 염가상단의 한 사람으로서 상단의 귀하신 분을 위해 마땅한 도리를 다하고 있었던 것이니까."

"상단의 귀하신 분이라뇨?"

"그야 소 대인이지요."

"……?"

임설아가 잠시 말뜻을 이해 못해 멀뚱히 있자, 오덕양이 자신의 옷에 손을 쓱쓱 문지르고는 천풍에게 꾸벅 인사를 해보였다.

"그럼 소 대인, 달리 분부하실 일이 없으면 저는 전장에 마무리해야 할 일이 있어서 이만 가보겠습니다."

"아, 예. 뭐…… 그러세요."

"그럼, 임 관주님도 다시 뵙도록 하지요."

"……."

천풍에겐 허리가 접힐 듯이 인사한 것과는 달리 임설아에게는 고개만 살짝 숙여보이고는 도장을 나간다. 그런 오덕양을 멍하니 지켜만 보고 있던 임설아가, 오덕양이 완전히 시야에서 사라지자 그제야 천풍에게로 눈길을 던졌다.

"어떻게 된 거죠?"

"예?"

"소 대인…… 이셨던가요?"

"아, 그게…… 아까 그분이 저를 그렇게 부르고 있긴 합니다만……."

"염가상단의 귀하신 분이라구요?"

"아, 예. 뭐…… 어쩌다 보니 그렇게 되긴 했습니다만……."

"어쩌다 보니 그렇게 되었다구요? 제가 도장을 떠나 있는 동안 그사이 어마어마한 유산이라도 물려받았나 보죠?"

"일테면 그 비슷하다고 할 수 있긴 하지만, 유산은 아니고……."

임설아가 눈살을 찌푸렸다. 어영부영 대답은 하고 있는데 말하는 게 죄다 흐지부지 해서 오히려 더 답답했다. 이건 차라리 대답을 안 듣느니만 못했다.

여비가 부족하다며 청무도장에 잠시 몸을 의탁하고 싶다 한 것이 불과 석 달 전이다. 한데 난데없이 소 대인이라니? 염가상단의 귀하신 분이라니?

'유산은 아니지만 일테면 그 비슷하다고?'

그것은 갑작스레 변해 버린 청무도장의 모습만큼이나 그녀를 혼란스럽게 했다.

하긴, 어차피 잘 알지도 못하는 사람이다. 어느 날이든 떠나 버리면 그로써 끝날 인연이다. 천풍이 소 대인이든, 염가상단의 귀하신 분이든, 어마어마한 유산을 물려받았든 그게 자신과 무슨 상관이냐 싶었다.

살피는 눈으로 천풍을 지그시 바라보던 임설아가 자신과 상관있는 것만 다시 물었다.

"그럼 도장을 고치는 데 들어간 돈도 그 돈이겠군요. 일테면 유산과 비슷하다는?"

"예. 뭐, 그렇죠."

"얼마죠?"

"예?"

"공자님께서 도장을 위해 쓰신 돈이 얼마냐 묻는 거예요."

"그건 전혀 신경 쓰실 필요 없습니다. 어차피 생각지도 않게 생긴 공돈이었고, 저한테는 부담이 안 되는 선에서 조절해서 쓴 것이니……."

"생각지도 않게 생긴 공돈이라 해도 그건 공자님 돈이지 우리 도장의 돈은 아니죠. 공자님은 부담 안 되실지 모르지만 제 입장에선 부담이고 또한 염치없는 일이구요. 말씀해 보세요. 얼마죠?"

"대강 오백 냥 정도인 것 같긴 한데……."

오백 냥…… 처음엔 농담인 줄 알았다. 그러다 천풍의 농담이 섞이지 않은 진지한 눈을 보고는 어쩌면 사기꾼일지도 모른다고 심각하게 의심해 보기도 했다. 하지만 천풍으로부터 돈을 쓴 내역을 듣고 도장에서 오십 자루의 목검이 죄다 흑단목이라는 것을 확인하고는 농담을 하는 것도, 사기를 치는 것도 아니란 것을 알았다.

정말로 오백 냥이었다. 마흔 명이 넘는 제자들에게서 관비를 받아 그 돈을 한 푼도 쓰지 않고 꼬박꼬박 모은다 해도 무려 3년을 모아야 하는 거금이었다.

그런 거금이 부담이 안 되는 선에서 쓴 거라면 대체 '유산은 아니지만 일테면 비슷한 것' 은 어느 정도라는 말인가?

깔끔하게 돌려주고 시원하게 채무관계를 정리하고 싶었다. 그러나 현실이 이를 허락하지 않았다. 차마 언제까지 갚겠다는 말조차 꺼내지 못했다. 그걸 다 갚다가는 도장 기둥뿌리마저 뽑아야 할 판이다.

'그러게 왜 쓸데없이 그 비싼 목검을, 한두 자루도 아니고 오십 자루씩이나 사대냔 말이야! 돈이 많으면 그렇게 낭비를 해도 돼? 뭐든 분수에 맞게 해야지, 우리 도장이 구대문파야? 아니면 오대세가라도 돼?'

괜히 자존심이 상한 탓에 천풍만 원망하게 된다.

'소 대인? 염가상단의 귀하신 분? 그래서? 대체 정체가 뭐라는 거야?'

지금까지 그녀가 아는 천풍은 십방청무검법도 제대로 익히지 못하는 몸치에, 잘 곳이 없어 도장에 잠시 몸을 의탁해야 했던 가난한 여행객, 그래도 사람이 악하지는 않고 진솔한 면이 있어서 조금은 믿을 수 있는 그런 사람 정도였다.

한데, 이제는 아니었다. 잘 모르겠다. 정말로 갑자기 벼락부자가 된 건지 아니면 지금껏 가난뱅이인 척하며 자신을 놀린 건지, 그녀가 본 진솔함이 진짜인지 가식이었는지, 소천풍이란 사람이 과연 믿을 수 있는 사람이기나 한 건지…… 의심만 잔뜩 늘었다. 의심이 생기니 천풍을 향하는 눈도 곱지 않았다. 감시하는 눈이 되기도 했고 경계하는 눈이 되기도 했다.

하지만 의심과 경계로 천풍을 지켜본 결과는 보다 더 커져버린 의혹이었다.

오덕양은 그날 이후로도 하루도 빼먹지 않고 청무도장을 찾았고 천풍을 도왔다. 이상한 것은 오덕양의 천풍을 대하는 태도였다. 상단의 귀하신 분을 위한 마땅한 도리라고 하기에는 지나치게 극진했다. 이건 마치 상관에 대한 아부 아니, 주군에 대한 충성의 맹세처럼 느껴질 정도로 천풍을 받들고 있었다.

게다가 도장 안에서의 위치도 전과는 달랐다. 이제 천풍은 도장의 잡무나 보던 사람이 아니었다. 여전히 도장의 잡무를 보고 있는데도 천풍을 대하는 제자들의 태도는 관주인 그녀를 대할 때보다도 더 공경스러웠다. 수련 중에 도장에 한 번 모습이라도 드러낼라치면 모두가 동작을 멈추고 일제히 예를 취했다. 이건 아예 청무도장의 주인이 누구인지 그녀 스스로도 헷갈릴 지경이었다.

더욱 기가 막힐 노릇은 그러한 분위기를 주도하고 있는 것이 진사우와 상무라는 것이다. 상무야 그렇다고 쳐도 그녀에게조차 마음을 다 열지 않던 진사우가, 그녀뿐만 아니라 세상

모두로부터 마음을 닫은 듯했던 진사우가 천풍에게만은 어딘지 살갑고 어딘지 벽이 없어 보였다. 오히려 그들 사이에 그녀가 끼어들기라도 할라치면 뭔가 숨기는 것이 있기라도 한 것처럼 순식간에 어색한 공기가 들어차곤 했다.

그녀가 도장을 떠나 있은 것은 고작 한 달이다. 도장이 비로소 도장의 면모를 갖추게 된 것과는 별개로, 왠지 들러리가 되어 버린 듯한 지금의 변화가 그녀에겐 그다지 유쾌하지 못했다. 그래서 그 모든 일의 원흉인 천풍이 미웠다. 속 좁은 질투심일 수도 있고 괜한 배신감일 수도 있지만, 자꾸만 미운 마음이 드는 것은 어쩔 수 없었다.

강호의 바람을 타고 한 가지 소식이 청무도장에 전해진 것은 그 무렵이었다.

그것은 염가상단이 세간에 화제가 되고 있는 천하사절에 관련하여 흠모와 존경의 의미로 '천하무림대회'라는 이름하에 비무대회를 개최한다는 소식이었다.

여러 소문들이 나돌았다. 천하사절의 비급을 얻은 자들 아홉 명이 모두 참석 의사를 밝혔다는 소문도 있었고, 검문과 도문, 마황성, 그리고 구대문파까지, 무림사세 모두가 이번 무림대회에 비상한 관심을 보이고 있다고도 했다. 그로 인해 이번 무림대회의 규모는 과거 무림의 암흑기 이후 가장 큰 규모가 될 것이라는 말이 공공연히 나돌고 있었다.

무림사세에서 주체하는 것도 아니고, 일개 상단의 이름으로 개최되는 무림대회가 이만한 규모로 치러진다는 것은 사실 현실적으로 불가능한 일이었다. 불가능을 현실 가능케 한 것은 두 가지였다.

하나는 비무대회의 우승 상품으로 천하사절의 비급이 내걸렸다는 것이다.

언젠가 이청이 이런 말을 했었다.

좋은 가문에서 나지 못하고, 좋은 스승을 만나지 못하고, 좋은 재능을 가지지 못한 자들에게 '일류를 이길 수 있는 삼류'라는 것은 소림 장경각의 무공비급들보다 더 큰 매력이고 유혹일 수밖에 없는 거라고.

무림인 천 명 중 구백아흔아홉 명이 좋은 가문에서 나지 못하고, 좋은 스승을 만나지 못하고, 좋은 재능을 가지지 못한 자들이다. 그들에게 있어 장경각의 무공비급들보다도 더 큰 매력이고 유혹이라는 천하사절의 비급이 우승 상품으로 내걸렸으니, 무림이 떠들썩해지는 거야 당연한 일이었다.

그리고 또 하나 무림대회를 뜨겁게 달군 것은 천하사절 중 검절에 관한 소식이었다.

'이번 무림대회에서 검절이 그 신비를 벗을 것이다!'

검절이 무림대회에 온다.

어떤 사람들은 검절이 온다고도 했고 어떤 사람들은 검절의 진정한 전인이 올 것이라고도 했다. 어느 말이 맞는지, 누구의 입에서 시작되었는지, 심지어 진위조차 판가름할 수 없는 괴

소문이 강호의 바람을 타고 무림을 격동시키고 있었다.

바야흐로 전 무림의 관심이 추수절로 다가온 천하무림대회로 몰렸다.

그것은 청무도장이라고 예외가 아니었다.

*　　*　　*

"언니, 우리도 갈 거지?"

천하무림대회의 소문을 들은 상아가 쪼르르 달려와서는 초롱초롱 눈을 빛낸다.

임설아가 고개를 끄덕였다.

"이렇게 큰 무림대회는 70여 년 만에 처음이라던데 당연히 보러가야지. 견문을 넓힐 좋은 기회이기도 하고. 네가 사우와 함께 도장을 대표해서 다녀와. 그렇잖아도 이청 할아버지한테 너희 둘을 부탁해 둘 생각이었어. 워낙에 무림에 관심이 많으신 분이라 이번 무림대회에도 분명 구경 가실 테니까."

"우리 둘이서만? 언니는?"

"소주까지 가서 무림대회를 구경하고 오려면 적어도 보름 일정은 잡아야 되는데, 도장을 보름이나 비워둘 수는 없잖아."

그녀도 사실 가고 싶은 마음이 굴뚝이었다. 수없이 많은 무림인들이 몰려드는 대장관을 그녀라고 어찌 놓치고 싶겠는가.

하지만 전처럼 제자가 없는 것도 아니고, 그녀가 돌아왔을 때보다 다시 열두 명이 더 늘어 이제 오십 명이 넘는데, 그들을 두고 도장을 보름이나 비울 수는 없는 일이었다.

"언니, 그러지 말고 그냥 같이 가자. 어차피 무림대회 동안은 도장엔 아무도 안 올 거야. 제자들 얘기 들어보니까 다들 무림대회에 구경 갈 생각에 정신이 없던걸 뭐. 그리고 지금 이 시점에서 언니가 도장을 위하는 길은 무림대회에 참석해서 우리 청무도장의 십방청무검법이 얼마나 뛰어난 검법인지를 세상에 알리는 거 아냐? 우승이라도 해봐. 천하사절의 비급도 비급이지만 그것만으로도 제자들이 두 배는 더 늘어날걸?"

상아의 순진한 말에 임설아가 피식 실소를 흘렸다.

상아야 십방청무검법이 세상에서 가장 뛰어난 검법이라 생각하고 있지만, 세상을 겪어본 그녀는 십방청무검법이 세상에서 얼마나 하찮게 취급되는지 알고 있었다. 청무도장 같은 도장이 얼마나 우습게 여겨지는지도 알고 있었다.

그들은 무림인이 아니었다. 적어도 칼 한 자루에 기대어 강호를 질타하는 무림인들의 눈에는 그녀도, 그녀의 도장도 '일반인' 그 이상도 그 이하도 아니었다. 그리고 이번 무림대회는 바로 칼 한 자루에 기대어 강호를 질타하는 무림인들이 그 주인공이었다.

무림사세까지 관심을 보이는 어마어마하게 큰 규모의 무림대회에 청무도장이 참석한다? 그야말로 웃음거리밖에는 되지 않는다.

청무도장의 역할은 그저 무림인들을 빛내줄 구경꾼이면 족한 거였다. 무림인들의 무공에 환호하고 그들의 대결에 가슴 졸이며 승자에게는 축하의 박수를 보낸다. 그리고 패자에게는 격려의 박수를 보내는 것. 그런 작은 역할이 청무도장의 몫이었다. 그것은 비단 청무도장만이 아니라 '일반인' 들은 모두가 그랬다.

문득 천풍에게 생각이 미쳤다.

'그 사람도 무림대회에 갈까?'

지난번 아홉 번째 천하사절의 비급이 나온 날, 상아와 함께 그도 그 자리에 있었다고 했다. 그건 곧 천하사절에 대한 관심을 그 역시도 가지고 있다는 뜻이다.

'하긴, 염가상단의 귀하신 소 대인이신데 염가상단에서 개최하는 무림대회를 놓칠 리가 없겠지.'

생각을 하고 보니 잠시 잊고 있던 천풍에 대한 미운 감정이 되살아난다.

'흥! 그래 봐야 구경꾼 신세인 건 마찬가지지 뭐.'

제아무리 염가상단의 귀하신 소 대인이라 해도, 돈이 아무리 많다고 해도 그곳에선 아무런 소용이 없다. 무림대회라는 곳은 무림에서의 실력과 명성만이 그 사람의 위치가 되고, 그 사람의 자리가 되는 곳이니까.

그러나 그녀의 예측은 보기 좋게 빗나가 버렸다. 그녀가 그것을 깨달은 것은 무더위의 기세가 한풀 꺾여든 어느 늦은 여름날의 오후였다.

천하무림대회를 정확히 한 달 앞둔 그날, 화려하게 꾸며진 사두마차가 청무도장의 앞에 멈추어 섰다. 그리고 화려하게 꾸며진 마차만큼이나 화려한 옷차림의 중년 사내가 마차에서 내려 청무도장의 문을 두드렸다.

"염가상단에서 온 염장이라 합니다. 소천풍 대협 계십니까?"

# 제9장

## 염가상단에서 온 초대장

# 천극의 서

'염가상단의 단주라고?'

임설아는 멀찍한 거리에서 천풍의 처소를 보고 있었다.

처소 앞에 놓인 고급스러운 신발의 주인. 그녀라고 어찌 그 이름을 들어보지 않았겠는가.

여러 이름들이 있었다.

책을 팔아 돈을 벌었다 해서 책장수라 비하하는 사람도 있었고, 대륙 전역에 있는 서점의 절반 이상이 그의 것이라 해서 서점왕이라고도 부른다. 서점을 기반으로 했지만 불과 10년 만에 장강의 선박 사업부터 전장, 건설 쪽까지 알짜배기 사업을 장악하며 단숨에 강남 오대상단에 이름을 올렸을 만큼 상계에서는 입지전적인 인물로 널리 알려져 있었다.

그런 사람이 누추하기 이를 데 없는 청무도장에 친히 방문했다. 그것도 천풍을 만나러.

'대체 정체가 뭐야?'

새삼 천풍의 정체에 의구심이 들었다.

염가상단의 귀하신 분이라고 했을 때만 해도 그저 어쩌다 돈 좀 생긴 벼락부자라고만 생각했다. 오덕양이 허구한 날 드나들며 아부를 떨어댈 때도, 그냥 돈이 사람의 위치를 만든 것뿐이라 그리 생각했다. 한데, 정말로 염가상단의 귀하신 분이 친히 천풍을 만나러 온 것을 보고 나니 단순히 돈 때문이라고만 생각할 수는 없었다. 만일 돈 때문이라고 하더라도 염가상단의 단주가 직접 찾아올 정도라면 그녀가 상상했던 정도의 것을 훨씬 넘어선 수준일 것이다.

무엇보다 그녀의 머릿속을 어지럽히는 것은 염장이 천풍을 찾아오며 붙인 호칭이었다.

'소천풍 대협 계십니까?'

분명 '대협'이라 했다. 상대를 높이기 위한 호칭은 많다. 대인, 대공, 대야…… 그 호칭들은 높임을 받을 수 있는 사람이라면 누구에게 붙여놓아도 어색하지 않다. 하지만 '대협'은 다르다. '대협'이란 호칭에 어울리는 부류는 무림인 단 하나뿐이다. 더구나 진정으로 합당한 지위를 가지고 있거나 협명이 높지 않으면 부르는 사람도 꺼려하고, 듣는 사람도 거북해

하는 것이 바로 '대협' 이라는 두 글자다.

한데, 염가상단의 단주라는 사람이 무림인도 아닌 천풍에게 대협이라 했다.

단순한 실언일 뿐일까? 아니면 십방청무검법도 제대로 익히지 못해 구박만 당하던 천풍이 염장의 눈에는 그만한 자격을 가진 무림인으로 보이기라도 한다는 것일까?

궁금했다. 천풍이란 사람도, 천풍의 방에서 이루어지고 있는 두 사람의 대화도.

마음 같아서는 가까이 가서 귀라도 대어보고 싶었지만 이성이 그런 그녀를 말렸다.

그렇게 임설아가 호기심과 의문으로 애간장만 태우고 있을 때, 천풍의 방에서는 반가운 해후가 이루어지고 있었다.

"저를 알아보시겠습니까?"

염장이 친근한 얼굴로 물었다.

"예."

천풍도 반가운 얼굴로 대답했다.

"10년이 넘은 듯하군요. 저야 주름이 조금 더 늘고 흰 머리가 조금 더 생긴 것 말고는 그리 달라진 것은 없을 듯한데, 대협은 정말 많이 변했군요. 아니, 많이 자랐다고 해야 할까요? 매우 건장한 청년이 되셔서 몰라볼 뻔했습니다."

"대협이라니요…… 전처럼 말씀 편하게 하십시오. 듣고 있기가 조금 민망합니다."

"허허, 전에는 제가 그랬나요? 하긴, 그때는 대협께서 연치가 어리셨으니…… 허나 그때와는 달리 이미 장성하셨으니 어찌 함부로 말씀을 낮추겠습니까?"

"그래도 대협이라니…… 제가 듣고 있기가……."

"뭐, 어떻습니까? 어차피 훗날 천하를 떨어 울릴 대영웅이 되실 분인데, 천하가 다 대협을 대협이라 할 것인데 미리미리 익숙해지는 것도 좋지 않겠습니까?"

"예? 대영웅이요? 제가요?"

천풍이 어리둥절해하자 염장이 기분 좋게 웃었다.

"하하하. 제가 사람 관상을 좀 볼 줄 알아서 말입니다. 제가 딱 보니 대협의 얼굴에서 대영웅의 기상이 느껴지지 뭡니까."

염장이 웃음 중에도 진심을 담아 얘기했지만 천풍은 그저 민망하고 낯간지러울 뿐이었다.

그런 천풍의 모습을 보며 염장이 다시 기분 좋게 웃었다.

"하하. 정히 불편하시다면 제 생각만 고집할 수는 없는 것이니 대협이라는 호칭은 조금 미뤄두기로 할까요?"

"예. 저야 무림인도 아닌데 대협이라는 말씀은 너무 가당치가 않습니다."

"무림인도 아니다라…… 그럼 공자, 어떤 사람이 무림인입니까?"

"예?"

생뚱맞은 질문에 천풍은 의아히 반문했다.

염장의 질문이 이어졌다.

"한 달음에 십 장을 뛰어넘고 한 주먹에 바위를 쪼개는 강호의 기인들부터 구대문파, 도문, 검문, 마황성의 무림사세들, 그리고 오대세가까지…… 흔히 그런 사람들을 무림인이라 하지요. 허면, 어디에도 소속되어 있지 않은 삼류무사는 무림인이라 할 수 없을까요?"

"단주님의 말씀은 무림과 관계를 맺고 살아가는 자라면 누구나 무림인이다, 그 말씀이신가요?"

"아니요. 무림과 관계를 맺고 살아가는 자들이 다 무림인이면 저 또한 무림인이라 해야겠지요. 장사를 하자면 무림과 깊은 관계를 맺어야 하는 것은 불요불가결한 일이니까요. 하지만 저를 무림인이라 부르는 사람은 아무도 없지요."

"허면 단주님이 생각하시는 무림인은 어떤 사람입니까?"

무림이란 것은 나라와는 달라서 땅으로 경계를 지은 것이 아니다. 이름은 있지만 보이지 않고, 뜻은 있지만 실체는 없는 그런 곳이었다. 그 속에서 살아가는 무림인 역시도 구분하기가 모호하기는 마찬가지였다.

무림은 뭐고 무림인은 또 뭘까? 생뚱맞긴 했지만 평소에도 궁금해하던 것이어서 자연스레 염장의 이야기에 빠져들었다.

천풍의 물음에 염장이 간단히 답했다.

"그냥 그렇게 불리는 사람. 스스로의 의지나 생각과는 상관없이 사람들로부터 그냥 그렇게 불리는 사람이 무림인이 아니겠습니까?"

무림인이라 불리니까 무림인이다. 허탈하다 싶을 만큼 단순한 대답이지만 곱씹어보니 그것이 또한 진실이기도 했다.

"그러니 공자께선 이미 무림인이십니다. 제가 그렇게 불러드릴 테니까요."

천풍이 고개를 갸웃거렸다.

"왜 저를 굳이 무림인이라 부르시려는 겁니까?"

"하하하. 말했지 않습니까? 공자의 관상에서 대영웅의 기상을 느꼈다고. 지금과 같은 태평성대에 전장에서 대영웅이 나올 리는 없으니 공자가 이름을 날릴 곳은 무림이 아니겠습니까?"

웃음 중에 진심을 담은 것은 아까와 같았다. 아까는 그저 민망하고 낯간지러워서 흘려 넘겼지만, 지금은 그 말이며 눈빛이 어딘지 의미심장하게 들려서 의아스럽기도 하고 불편하기도 했다.

살짝 공기가 어색해지려 하자 염장이 은근슬쩍 말문을 돌렸다.

"그래. 현야 스님은 무고하십니까?"

"그게 저도 잘 모르겠습니다. 얼마 전부터 소식이 없으셔서, 아마도 세상 유람을 하고 계신 듯한데……."

"현야 스님은 예나 지금이나 변함이 없으신 모양입니다. 그

때도 어디 얽매임 없이 워낙에 자유로운 분이셨지요."

그러니 황산사의 책들을 팔아치울 생각도 한 것이고 덕분에 지금의 염장이 있는 것이기도 했다.

이런저런 얘기들이 오갔다. 살아온 얘기들이며 세상 돌아가는 얘기들, 어쨌거나 잊고 있던 과거의 옛 얼굴과 이렇게 마주하고 있다는 것만으로도 즐거운 것은 천풍이나 염장이나 매한가지였다.

그렇게 훈훈한 분위기 속에서 이런저런 얘기들이 오가던 중 천풍이 물었다.

"한데, 제가 여기 있다는 건 어찌 아셨습니까?"

천풍의 질문에 염장이 아차차 했다.

"이런! 내 정신 좀 보게. 공자와 이렇게 담소를 나누는 것이 너무 즐거워 정작 전해야 할 것은 전하지도 않고 있었습니다 그려."

그러더니 품에서 어떤 물건 하나를 꺼내어 천풍에게 내밀었다.

그것은 비단 천에 곱게 싸여 있었다.

"이게 무엇입니까?"

천풍이 의아히 물었다.

"혹시 이번에 개최되는 천하무림대회에 대해 들으셨습니까?"

"예. 대강은……."

"참석하실 생각이셨습니까?"

"그래 볼까 하던 참이긴 한데……."

"그럼 잘되었군요. 이것은 이번 무림대회의 초대장입니다."

천풍이 이해가 안 된다는 듯 물었다.

"무림대회에 가려면 초대장이 있어야 하는 것입니까?"

"아닙니다. 누구라도 오실 수 있습니다. 다만 이 초대장은 제가 특별히 모시고자 하는 분들께만 따로 드리는 것입니다."

"특별히 모신다니…… 저를 말입니까? 왜요?"

"공자님과의 인연이 제겐 그만큼 중하다는 것 말고 달리 이유가 뭐가 있겠습니까?"

역시 이해가 안 된다. 옛 인연이 반갑기는 하지만 10년 전 며칠 잠깐 만났던 것이 고작이었다. 사람들과의 만남이 드물었던 천풍에게야 고작 그 며칠의 인연도 특별한 감정으로 다가온다지만, 수많은 사람들과 관계를 맺으며 살아가고 있을 염장이 고작 그 며칠의 인연에 이토록 깊은 마음을 준다는 게 조금 이상했다.

애당초 그를 보러 친히 여기까지 달려왔다는 것 자체도 말이 안 되는 일이었다. 아무리 세상일에 무지한 천풍이래도 큰 상단의 주인 자리가 그리 한가한 자리가 아니라는 것쯤은 알고 있었다. 정말 그를 중히 여긴다고 해도, 그래서 무림대회에 특별히 모시겠다고 해도 초대장이야 사람을 시켜 전해 줘도 되는 거였다.

'이것도 내가 가진 지분 때문인 건가?'

오덕양의 과도한 친절이 그랬듯이 염장의 지나친 배려도 그 때문은 아닐까?

그것 말고는 아무리 생각해도 마땅한 이유가 없다.

염장의 지나친 배려는 거기서 끝이 아니었다.

"그리고 이거……."

염장이 또 뭔가를 천풍의 앞으로 내밀었다.

지난날 금천우에게서 받은 옥패와 모양은 비슷했지만 옥패가 아니라 금패였다. 그리고 금패의 한쪽 면에는 염(閻)이라는 글이, 다른 한쪽 면에는 눈이 어지러울 만큼 복잡하고 괴상한 문양이 새겨져 있었다.

"이건……?"

"지난번 상단의 지분을 보이고 돈을 찾아가셨다는 소식을 들었습니다. 이래저래 확인절차도 거쳐야 했을 테니 모르긴 몰라도 꽤나 번거로웠을 겁니다. 앞으로 돈이 필요하시게 되면, 저희 상단의 전장에 가셔서 이 패만 보이시면 얼마가 되었든 귀찮은 절차 없이 바로 돈을 찾으실 수가 있습니다."

"얼마가 되었든요?"

"예. 만 냥이든, 십만 냥이든. 비단 전장뿐만이 아닙니다. 저희 상단의 깃발이 걸려 있는 곳이면 어디든 공자께 모든 편의가 제공될 것입니다. 그 패를 보이는 것은 곧 그들에게 바로 저를 대하는 것과 같이하라는 뜻이니까요."

만 냥이든 십만 냥이든 이라니? 상단의 주인을 대하는 것과 같이하라는 뜻이라니?

이건 배려 수준이 아니었다. 또한 지분 때문도 아니었다. 자신이 가지고 있는 지분이 아무리 높은 가치가 있다 해도 상단의 주인과 비견될 수는 없는 거였다.

무림대회의 초대장이야 정확히 그 의미를 잘 몰라서 그러려니 하고 넘어갔지만, 이건 피부로 느껴질 만큼 워낙에 실질적인 것이라 그냥 그러려니 하고 넘기기에는 너무 부담스러웠다.

그래서 정중히 사양을 했다.

"아무래도 제게는 분에 넘치는 물건인 듯싶습니다."

"제 성의라 생각하시고 사양치 마십시오."

"단주님의 성의야 감사하지만 그래도 제가 받을 만한 물건은 아닌 것을요."

"제가 상단의 책임자로 있는 사람입니다. 자격 없는 사람에게 함부로 상단의 물건을 내돌릴 만큼 헤프지도, 어리석지도 않습니다. 이 패는 분명 공자께서 받을 만한 자격이 있는 물건이기에 드리는 것입니다."

염장은 완고했다. 몇 차례 더 사양을 했지만 끝내 뜻을 굽히지 않았다. 할 수 없이 금패를 받아 챙기며 천풍이 푸념하듯 말했다.

"제게 이렇게까지 해주시는 이유를 정말 모르겠습니다."

천풍의 푸념에 염장이 사심 없는 미소를 입가에 걸었다.

“사람이 마음을 다하는 데 이유 같은 것이 뭐가 필요하겠습니까? 제 마음은 아까 말씀드린 그대로입니다. 공자님과의 인연이 제겐 그만큼 중하다는 거지요. 제가 바라는 것은 모쪼록 이 좋은 인연이 오래도록 계속되었으면 하는 것뿐입니다. 그러니 괜한 부담 가지실 것 없습니다.”

염장은 부담 가지지 말라 한다.

한데, 사심 없는 미소가 왠지 무섭다 느껴지는 것은 왜일까?

“그럼 무림대회 날 다시 뵙도록 하겠습니다.”

염장이 그 말을 남기고 청무도장을 떠났다.

먼지바람을 일으키며 달려나간 마차가 시야에서 완전히 사라질 때까지 우두커니 바라만 보고 있던 천풍은, 염장이 주고 간 금패를 만지작거렸다.

막상 염장이 떠나고 나니 께름칙한 마음이 더했다. 부담도 더 커졌다.

‘억지로라도 돌려줄 걸 그랬나?’

왠지 손안의 금패가 족쇄같이 느껴졌다.

마치 덫에라도 빠진 것처럼 기분이 영 개운치 못했다.

하지만 달리 생각해 보면 덫이라고 하기에는 이건 미끼가 너무 컸다. 그야말로 토끼 한 마리 잡자고 산에 불을 지르는 것과 같았다. 스스로의 가치를 아무리 높게 매겨 봐도 소천풍이란 인간이 금패만큼의 가치가 있다고는 도저히 생각할 수 없었다. 그의 두 발에 족쇄를 채우기 위해 염장이 이렇게까지 해야 할 이유도 당연히 없었다.

어쩌면 정말로 순수한 성의일지도 모른다. 마음을 다하는데 이유가 뭐가 필요하냐 했던 염장의 말처럼 그에게 아낌없이 주는 것도 그냥 그렇게 마음을 다하는 것일 수도 있다.

오히려 순수한 성의를 왜곡해서 생각하고 의심하고 있는 지금 자신이 편협한 것일지도 몰랐다.

천풍은 의심하는 마음을 버리기로 했다. 상대가 성의를 다한다면 의심이 아니라, 먼저 고마운 마음이어야 하는 게 마땅한 도리라 생각했다.

금패를 품속에 잘 갈무리한 후 다시 자신의 방으로 돌아왔다. 한데, 그의 방문 앞에서 임설아가 기다리고 있었다.

사실 요즘 들어 임설아를 대하는 것이 부쩍 서먹해졌다. 그를 대하는 임설아의 태도가 요즘 들어 부쩍 까탈스러워지고 유난히 가시가 서 있었기 때문이다.

"염가상단의 귀하신 분인 줄은 알았지만 염가상단의 단주가 친히 찾아올 만큼, 그렇게 대단한 분이실 줄은 미처 몰랐군요."

가시 박힌 말투로 비꼬듯 던져왔다. 역시 그 눈에는 의심이 잔뜩 있었다.

그나마 이젠 적응이 좀 됐다. 아니, 단련이 되었다는 표현이 맞았다. 처음에는 불편하기도 하고 괜히 위축도 되고 했지만, 지금은 아무 때나 짖어대는 동네 강아지를 보듯 무덤덤했다. 물론 느낌상으로는 짖어대는 강아지보다 발톱 세운 고양이 쪽에 더 가깝지만 말이다.

"그냥 과거에 약간 알던 분일 뿐입니다."

"과거에 약간 알던 사이일 뿐인데 염가상단의 단주가 친히 이곳까지 공자님을 찾아왔다구요? 과거에 약간 알던 사이와 그저 담소나 나누기 위해? 염가상단의 단주 자리가 그리도 한가한 자리인가요?"

"물론, 단지 담소나 나누자고 오신 건 아니었습니다."

"그럼 염가상단의 단주가 공자께 무슨 용무가 있어 이곳까지 행차하신 거죠?"

비꼬는 말투도, 그 속의 가시도 결국 그것이 궁금했던 것뿐이다. 첫 만남 때 사람을 면전에다 두고 변태성욕자 취급하던 솔직함은 다 어디로 갔나 싶기도 하고, 사람을 면전에 두고 변태성욕자 취급하던 것보다는 이렇듯 새침을 떠는 게 오히려 낫다 싶기도 했다.

사실 천풍은 임설아가 왜 갑자기 자신을 싫어하게 되었는지 전혀 알지 못했다. 그가 도장을 위해 쓴 은자 오백 냥이 그녀의 자존심을 상하게 했다는 것도, 누가 주인이고 누가 객인지 헷갈릴 만큼 주객이 전도되어 버린 도장의 인심이 질투를 넘어 배신감마저 느끼게 했다는 것도, 무엇보다 그럼에도 도무지 천풍이라는 사내의 정체가 가늠이 안 된다는 것이 그녀를 더욱 불쾌하게 하고 있다는 것도.

만일 송양을 쫓아내고 검전도장의 문을 닫게 만든 것이 천풍이라는 것을 알았다면 어쩌면 태도가 지금과는 달라졌을지도 모른다. 하지만 상아가 그랬던 것처럼 풍문으로 들려온 도장결의 소문을 그녀 역시 그저 우스갯소리로 흘려 넘겨 버렸다. 덕분에 천풍은 청무도장의 은인은 고사하고 남의 도장에서 주제넘게 돈지랄을 하고, 거기다 주인 행세까지 하는 개념 없는 졸부로 전락해 있었다.

그러나 그녀의 물음에 천풍이 별거 아니라는 태도로 염장에게서 받은 무림대회의 초대장을 그녀에게 내미는 순간, 비단천을 풀어 그 안에 있는 것이 금색 종이인 것을 확인하는 순간, 그녀는 천풍이 단지 개념 없는 졸부만은 아니라는 것을 인정하지 않을 수 없었다.

금첩(金牒), 그리고 그 안에 적힌 상좌(上座)라는 두 글자.

알고 있다. 한 번도 본 적은 없지만 들어는 보았다.

무림대회에서 초대장을 받는 사람은 크게 세 부류로 나뉜다.

일문의 수장, 그에 버금가는 명성을 지닌 자, 그리고 참석함으로써 무림대회를 빛낼 수 있는 자.

하지만 그들 모두에게 금첩이 가는 것은 아니었다.

현 무림에서 가장 영향력이 큰 자, 그리해 무림대회의 공증인이 되어줄 수 있는 자, 만약에 있을 분란을, 그것이 어떤 분란이라도 능히 중재가 가능한 자. 그것이 금첩을 받는 자의 조건이었다. 다시 말해 금첩에 적힌 상좌란 무림대회의 상석을 뜻하는 것이었다.

무림대회의 규모에 따라 조금씩 달라지긴 하지만, 이번 무림대회를 기준으로 보면 현 무림에 그 모든 조건을 갖춘 자는 무림사세의 수장들뿐이다. 거기서 조금 더 쳐준다고 해도 기껏해야 오대세가의 주인들 정도다.

한데, 무림사세의 수장도 아니고 오대세가의 주인도 아닌 청무도장의 일개 식객이 금첩을 받았다. 이건 '상단의 엄청 귀하신 분' 정도로 설명될 수 있는 문제가 아니었다.

금첩을 받은 자가 무림인도 아니고 이름 없는 도장의 일개 식객이란 것이 알려진다면, 그것이 설혹 '상단의 엄청 귀하신 분'이라 해도 무림대회의 격이 급격히 떨어지는 것은 물론이거니와, 금첩을 받은 다른 인사들의 자존심마저 상하게 할 수 있는 일이었다.

그녀가 아는 것을 염가상단의 단주가 모를 리 없다.

'그럼 염가상단의 단주는 이 사람이 무림사세의 수장들과 어깨를 견룰 만한 사람이라고 생각한다는 거야 뭐야?'

염장이 천풍에게 했던 '대협'이란 호칭이 새삼 다르게 느껴졌다.

'대협' 이란 호칭을 들을 만한 자격이 있기에 그리 부른 것이다.

금첩을 받을 만한 자격이 있기에 금첩을 주고 간 것이다.

'왜? 어째서?'

십방청무검법도 제대로 익히지 못했던 한심하기 짝이 없는 이 남자가 대체 어째서 그럴 만한 자격이 있단 말인가?

지금 임설아의 머릿속은 그야말로 혼란이었다. 그런 와중에도 하나 확실한 것은, 천풍이란 이 정체모를 사내가 적어도 이번 무림대회에서만큼은 '일반인' 은 아닐 거라는 것이다.

도저히 믿기지 않는 일이지만, 천풍은 무림인들을 빛내주기 위해 그저 환호하고 박수나 치는 구경꾼으로서가 아니라 당당히 주역으로서 이번 무림대회에 부름을 받은 것이다.

'그러니까…… 대체 왜냐고?'

*　　*　　*

"만나보셨소?"

염장이 상단에 도착하기가 무섭게 조충이 물었다.

염장이 고개를 끄덕였다,

조충이 나직하게 목소리를 깔며 다시 물었다.

"금첩은?"

"건네주고 왔다."

염장의 대답에 조충이 움찔하는 기색을 보였다.

"허면 정말 천하사절의 전인이 맞는 거요?"

염장이 몸소 천풍을 만나고 온 것은 두 가지 이유에서였다.

하나는 미리 얼굴을 익혀두는 것이 큰 그림을 그리는 데 보다 효과적이라 판단했기 때문이고, 또 하나는 돌다리도 두들겨 본다는 취지에서 천풍이 과연 천하사절과 관계된 자가 맞는지 직접 눈으로 확인해 보기 위함이었다.

만일 그의 기억이 틀린 거라면, 그래서 천풍이 천하사절과 관계된 자가 아니라면 금첩은 지금 그의 품에 고스란히 남아 있었을 것이다. 만일 그랬다면 이번 무림대회는 그저 상단의 이름을 무림에 알린 것으로 만족하고 큰 꿈을 미련 없이 접었을 것이다.

"정말 그자가 익힌 게 천하사절의 검법이더이까?"

조충의 이어진 질문에 염장이 고개를 저었다.

"보지 않았다."

"보지 않았다니요? 보지도 않았는데 금첩을 건넸단 말씀이오?"

"손이 딱딱하더군. 지금껏 검을 놓지 않은 손이었다. 몸도, 호흡도, 걸음새도 분명 무인의 것이었어. 한데……."

"……?"

"한데, 눈빛이 그대로였어."

"눈빛이 그대로였다니요?"

조충이 의아히 물었다.

"무공의 경지가 높아질수록 가장 먼저 눈빛부터 달라진다는 것쯤은 나도 아는데, 눈빛이 그대로라는 건 10년 동안 아무런 성장이 없었다는 뜻 아니요?"

10년 동안 아무런 성장이 없었다면 천하사절의 전인이라는 것도 한 번 더 의심해 봐야 할 일이다.

"그런데도 금첩을 주고 왔단 말이오?"

조충의 의심은 당연했다. 하지만 염장의 생각은 달랐다.

"네 말대로 무공의 경지가 높아질수록 그 징후가 가장 먼저 나타나는 게 눈빛이지. 형체 없는 깨달음은 물론이거니와 실제적인 내공의 증진에서도 눈빛은 변하기 마련이야. 한데 그 아이의 눈빛은 신기하게도 그대로였단 말이지. 그건 성장이 있고 없고의 문제가 아냐. 애초에 아예 말이 안 되는 거니까."

"왜 말이 안 된단 말씀이오?"

"형체 없는 깨달음이야 차지하고라도, 지난 10년간 실질적인 내공의 증진이 조금도 없었다는 게 그럼 말이 된다고 보냐? 검을 익히는 자가 심법은 고사하고라도 과연 운기토납법 하나 배우지 않았을까? 아니, 운기토납법 하나 배우지 않았다고 해도 그래. 어떤 무공이든…… 그것이 검이든 창이든 도든, 설혹 하오문의 삼류 무공이라 할지라도 호흡이 바탕이 되는 건 기본이야. 호흡이 바탕이 된다는 건 자연스레 축기가 이루어진다는 것이고. 비록 운기행공이나 토납법에 비할 바는 아니겠지만 그것이 10년이라면, 지난 10년간 그 아이의 단전에 축기가 이루어졌다면 절대로 그때와 같은 눈일 수가 없다는 말이야."

"그래서 눈빛이 그대로인 이유가 대체 뭐라는 거요?"

조충이 답답하다는 듯 물었다.

염장이 조금 더 목소리를 깔며 사뭇 의미심장하게 말했다.

"둘 중 하나겠지. 단전이 파괴되어 축기가 되지 않는 불구의 몸이거나, 아니면……."

"아니면?"

"너무 뛰어나서 오히려 평범해진다는 반박귀진의 경지이거나."

순간, 조충이 벼락이라도 맞은 것 마냥 파르르 떨었다. 그 순간 그의 눈에 담긴 것은 잡티 하나 섞이지 않은, 오로지 불신뿐이었다.

반박귀진이라니? 반박귀진이라면 오기조원, 삼화취정을 넘어 반로환동(返老還童)의 바로 전 단계다.

현 무림에서 과연 그 같은 경지에 오른 사람이 있기나 할까?

20여 년 전 은거에 들었다는 도문의 전대 문주 도제 백무강(白武鱇)이 반로환동을 앞두고 있다는 소문을 듣긴 했지만, 그조차도 확인된 바 전혀 없는 뜬소문에 지나지 않았다. 한데,

이제 기껏 약관의 새파란 애송이를 보고 와서는 느닷없이 반박귀진이라는데 그 말이 온전히 들릴 리가 없었다.

조충이 터무니없다는 표정으로 물었다.

"형님. 지금 제정신으로 하는 말씀이시오? 아무리 천하사절의 전인이라 해도 그렇지, 설마 반박귀진일 리야 없지 않소?"

천하사절의 전인 아니라 천하사절 본인이라고 해도 선뜻 믿을 수가 없는 일이었다.

하지만, 염장은 단호했다.

"적어도 내 눈엔 단전이 파괴된 불구의 몸으로는 전혀 보이지 않았다."

염장은 이미 확신이라도 하고 있는 듯했다.

염장은 한때 촉망받던 무림인이었다. 명문 무가의 장손으로 태어나 종남파에서 무공을 배우기도 했던 염장을 상대로, 그 흔한 육합권 한 번 배워본 적이 없는 조충으로서는 달리 반박할 말을 찾을 수가 없었다. 그럼에도 조충의 눈에 가득한 불신은 좀처럼 수그러들지 않았다.

"나는 도저히 믿을 수가 없소. 만일 형님 말이 사실이라면 그 아이의 실력이 무림사세의 수장들에 버금간다는 것인데 아니, 어쩌면 그 이상이라는 것인데 그걸 지금 나더러 믿으라는 게 무리 아니요?"

"믿기 싫으면 믿지 마. 솔직히 이렇게 말하고 있는 나부터도 내가 지금 과연 제정신이긴 한 건지 의심스러울 지경이니까. 하지만 내 상식에선 그렇게밖에는 설명이 안 되는 걸 어쩌겠어?"

어차피 말로써 조충을 설득시킬 수 있는 문제가 아니었다. 여기서 옳다 그르다 왈가왈부하는 것도 무의미한 일이었다.

"그건 그렇고……."

염장이 말문을 돌렸다.

"무림사세로 보낸 금첩은 어떻게 되었지?"

"참석은 하겠다 약조를 했지만 그래도 그들 문파의 수장들이 직접 오지야 않겠죠. 제아무리 세상을 떠들썩하게 하고 있는 천하사절이라 한들, 그들의 자존심에야 그래 봐야 삼류일 테니."

"그렇겠지. 허나, 준비에는 한 치의 소홀함도 없어야 해. 만일 내 판단이 틀리지 않은 거라면…… 어쩌면 우리가 계획했던 것보다 더 큰 그림을 그려야 할 지도 모르니까. 아니, 이젠 더 큰 그림이 아니면 안 돼. 그 아이에게 내 신패까지 주고 와 버렸거든."

염장이 계면쩍게 웃었다.

그것은 원래 계획에는 없던 일이었다. 반박귀진일지도 모른다는 생각이 머리를 스친 순간, 즉흥적으로 저질러 버린 일이었다.

조충이 어이없음을 넘어 '이 양반 이거 미친 거 아냐?' 라는 눈을 했다.

"미친 거 아니니까 그런 눈으로 볼 것 없다. 보다 큰 그림을 그리기 위해서 먼저 천하사절과 우리 염가상단을 잇는 끈부터 튼튼히 하는 건 지극히 당연한 일이니까. 큰 고기를 잡는 데 좋은 미끼를 쓰는 걸 아까워해서야 좋은 낚시꾼이라 할 수 없잖느냐? 물론 조금 앞질러가 버린 경향이 없잖아 있긴 하지만……."

조금이 아니었다. 많이 앞질러가 버렸다. 아직 제대로 확인도 안 된 일에 기둥뿌리마저 뽑아다 바쳤다는 것은, 그 물에 큰 고기가 사는지 안 사는지 확인도 안 해보고 덜컥 좋은 미끼부터 쓴 것이나 마찬가지였다. 그건 결코 좋은 낚시꾼이 할 짓이 아니었다.

그러나 조충은 더 이상 따지지 않았다.

뭐가 어찌되었든 그가 아는 염장은, 염장이란 장사꾼은 절대로 손해나는 장사는 하지 않으니까. 지금 그가 할 일은 의심이 아니라 염장의 머릿속에 있는 그림이 어떻게 변해 가더라도, 모든 변수에 신속히 대처할 수 있도록 천하무림대회를 철저히 준비하는 것뿐이다.

# 제 10 장

## 천풍은 그래도 잔다

# 천극의 서

추수절을 보름 앞둔 날이었다. 세상이 온통 들떠 있었다. 한 해의 농사를 끝내고 그동안 피와 땀으로 일군 곡식들을 거둘 때가 되었으니 대륙 전역이 기대로 충만해 있는 거야 당연한 일이었지만, 올해는 다른 해보다 유난히 더 흥분되고 유난히 더 기대에 차 있었다.

추수절에 맞추어 시작되는 천하무림대회 때문이다. 어디서나 천하무림대회에 관한 얘기뿐이었다.

무림사세에서 누가 오느냐에서부터 이야기로만 전해 듣던 천하사절의 비급을 얻은 아홉 명의 행운아들에 대한 기대감, 그리고 천하사절인지 천하사절의 전인인지에 대한 호기심까지…… 하지만 그 무엇보다 화제의 중심이 되어 있는 것은 비무대회의 우승자가 과연 누가 되느냐 하는 거였다.

어차피 비무대회의 성격상 나이 지긋한 무림의 고인들이 참석할 리는 없고, 결국 무림사세와 오대세가 후기지수들이 벌일 경연의 장이 될 것이 뻔한 만큼, 과연 무림에 어떤 새로운 용이 탄생할 것인지에 귀추가 주목되었다. 거기에 더해 천하사절의 비급을 얻은 아홉 명이 비무대회에 참가한다면, 과연 그 승부는 또 어떻게 될 것인가도 상당한 관심거리임에 분명했다.

그렇게 뜨거워진 열기를 반영하듯 천하무림대회가 치러지는 소주(蘇州)로 사람들의 발길이 마치 피난 행렬처럼 꼬리에 꼬리를 물고 길게 이어졌다. 모든 객잔은 항시 만원이었고 관도는 모래먼지들이 가라앉을 겨를조차 없을 만큼 마차들이 내달렸다.

그 같은 열기 속에서 청무도장도 출발을 준비하고 있었다.

"왜 이렇게 늦어?"

상아가 뿌루퉁하게 입술을 내밀었다.

이미 모든 준비를 마치고 아침나절부터 기다리고 있는데, 예정된 시간에서 한 시진이 넘어가도록 대여한 마차가 도착하지 않고 있었다.

"무림대회로 온 세상이 다 시끌벅적이니 그쪽도 일손이 바뻐겠지."

"그래도 그렇지. 다른 때보다 돈을 두 배나 받아먹었으면 시간 정도는 지켜줘야 하잖아. 언니, 이참에 우리도 그냥 마차 한 대 장만할까? 도장도 잘되고 있고, 이제 그 정도 능력은 되잖아?"

"그동안 도장을 지키느라 빚을 진 게 얼만데 그래? 지금은 그 빚 다 갚기에도 벅차. 더구나 앞으로 또 어떤 일이 벌어질지도 모르는 일이고. 도장이 잘되고 있다고는 하지만 그렇게 돈을 뿌려댈 처지는 아니라는 말이야. 누구처럼 돈이 넘쳐나서 주체 못할 지경이라면 또 모를까."

임설아가 은근슬쩍 천풍에게 눈치를 줬다. 임설아의 눈길에 천풍이 억지 미소를 매달고는 쩝 입맛을 다셨다.

그렇잖아도 그녀가 마차를 대여하려는 것을 알고는 대뜸 자신이 사주겠다고 나섰다가, 그럴 돈 있으면 불쌍한 사람들이나 도우라는 둥, 그렇게 돈 지랄을 하고 싶으면 그냥 비단옷에 칠채보검이나 사서 제 몸에나 처바르라는 둥 된통 혼이 난 후였다.

그나저나 천풍의 얼굴색이 유난히 좋지 못했다. 그도 그럴 것이 요 며칠 도통 잠을 못 잤다.

지금 그의 옆에서 한껏 들뜬 얼굴인 상무와 한껏 비장한 표정을 한 진사우 때문이었다.

천하무림대회에 참석하기 위한 출발 일정이 잡히고부터였

다. 제자들을 대표해서 진사우가 뽑히고 거기에 상무가 끈덕지게 들러붙어 한 자리를 차지하게 된 후, 그 둘은 지나치게 의욕에 불타서는 매일 밤마다, 그리고 매일 새벽까지 천풍을 붙들고 놓아주질 않았다.

특히나 상무의 열의가 대단했다. 십방청무검법에 대한 이해도 그렇고, 무공에 대한 재능도 그렇고 분명 진사우보다는 떨어지는 면이 있었다.

그래서 항시 진사우보다 배움의 속도가 늦었다. 하지만 그 부족한 부분을 악착같이 달라붙어 다음 날 밤까지는 어떻게든 진사우와 속도를 맞췄다.

진도가 벌어지는가 싶으면 어느새 원점이 되어 있고, 또 벌어지는가 하면 다시 원점이 되기를 수차례. 어느 날부터인가는 상무를 그다지 의식 안 하던 진사우마저도 열을 올리기 시작했다.

덕분에 천풍만 죽을 지경이었다. 가뜩이나 도장의 일이 많아져서 눈코 뜰 새 없이 바쁜 중에, 두 아이들의 등살에 잠까지 제대로 자질 못하니 이건 고문도 그런 고문이 없었다.

거의 보름 내도록 그랬으니 지금 그의 상태가 오죽하겠는가.

눈은 퀭했고 입술은 트고 갈라져 껍질이 일어났다. 눈꺼풀은 천근만근이다.

지금 바라는 거라고는 어서 마차가 와서 잠시라도 눈을 좀 붙이는 것뿐이었다.

다행히 거기서 더 늦지는 않았다. 잠시 더 기다리자 장식 하나 꾸며져 있지 않은 소박한 외양의 마차가 청무도장 앞에 멈춰 섰다.

"이거, 늦어서 죄송합니다. 워낙에 길이 붐비다 보니 오는 길에 사고가 좀 있어서……."

마차를 끌고 온 마부가 마부석에서 내리며 꾸벅 사과부터 했다.

30대 중반? 마부라고 하기에는 상당히 젊어 보였는데 인상이 참 좋았다. 인상으로만 보면 오덕양에 결코 뒤지지 않을 것 같았다.

"그럼들 타시지요. 늦은 만큼 최대한 속도를 내어보겠습니다."

그동안 뿌루퉁해 있던 상아도 사람 좋아 보이는 얼굴에 친절한 미소까지 걸리자, 차마 화를 낼 수 없겠는지 '칫' 새침하게 입방귀를 한 번 뀌고는 군말 없이 마차에 올랐다.

상아가 마차에 오르자 진사우와 상무가 그 뒤를 따랐다. 그 다음은 천풍과 임설아 순이었다. 원래 같이 가기로 했던 이청은 대장간에 갑자기 일이 밀리는 바람에 오지 못했다.

아쉬운 듯 나중에 꼭 합류하겠다고는 했지만, 진사우의 말을 들어보니 쉽게 몸을 빼긴 힘들 것 같았다. 결국 보름이나 도장을 비워둘 수 없다며 같이 가기를 거절했던 임설아가 이

청을 대신해 일행을 이끌기로 한 것인데, 사실 그 이유가 아니었어도 염장이 다녀간 그날 이미 그녀의 마음은 바뀌어 있었다.

천풍에 대한 온갖 의문들과 의심들을 그대로 남겨둔 채 도저히 홀로 남아 있을 수가 없었던 것이다.

어쨌거나 그리해 세 아이와 두 남녀가 모두 마차에 오르고, 인상 좋은 마부의 힘찬 채찍질과 함께 마차가 출발했다.

천풍은 밀려드는 졸음을 이기지 못했다.

지난 보름간의 피로가 한꺼번에 밀려드는지 마차에 오르자마자 세상모른 채 곯아떨어졌고, 마차가 흔들릴 때마다 닭 모가지가 되어서는 맞은편의 임설아에게 꾸벅꾸벅 인사를 해댔다.

그런 천풍을 보는 임설아는 더욱 혼란스럽기만 했다.

저 모습 어디에 금첩의 주인 자격이 있다는 건지 도무지 모르겠다.

지금 저 모습 그대로 시장바닥에 옮겨다가 동냥바가지 하나만 놓아주면 영락없는 노숙자가 아닌가 말이다.

임설아의 그런 마음을 아는지 모르는지 이젠 입을 헤 벌리고는 침까지 뚝뚝 흘려댄다.

사람 속도 모르고 참 달게도 잔다. 그 모습이 얄밉기도 하고 추하기도 해서 결국 눈을 돌렸다.

그나저나 상무와 상아는 언제 저리도 친해진 것일까? 마차에 오르고부터 착 달라붙어서는 쉼 없이 이야기꽃을 피운다.

검전도장의 송양이 청무도장에 쳐들어왔고, 상무가 상아를 지켜줬다는 얘기는 대강 들었다. 아마도 그때문인 것 같은데, 생각해 보면 그것도 이상했다.

송양이 왜 갑자기 청무도장에 쳐들어와서 행패를 부렸을까? 과거 도장결 이후 청무도장엔 눈길 한 번 주지 않던 그가 왜 갑자기 흥분해서 그런 패악질을 해댄 것일까?

그리고 송양을 반병신으로 만들어 소흥에서 내쫓고 검전도장의 문을 닫게 했다는 사람은 또 누굴까?

'검전도장이 청무도장과의 도장결에서 패해 문을 닫았다.'

라는 소문…… 처음 그 소문을 들었을 때는 청무도장에 마땅히 그럴 만한 사람이 없다고 생각했기에 무시해 버렸지만, 다시 생각해 보면 딱 한 명 그럴 만한 사람이 있었다.

임설아의 눈이 다시 천풍을 향했다.

그녀의 눈에는 여전히 십방청무검법도 제대로 익히지 못하는 한심한 사내였지만, 만약에 소문이 사실이라면 그 주인공은 바로 지금 눈앞의, 닭 모가지가 되어 침을 질질 흘리며 자고 있는 이 사내밖에 없다.

뭐니 뭐니 해도 금첩의 주인공이 아닌가 말이다.

'그래. 이 사람이 오고부터였어.'

그 후로 변했다.

상무를 비롯해 다섯 명의 제자가 갑자기 생겼고, 검전도장과의 해묵은 은원도 정리가 되었다. 제자도 더 늘었고 이젠 따로 호위 일을 할 필요가 없을 만큼 도장의 살림도 좋아졌다.

그 모든 것이 천풍이 오고부터 불과 몇 달 사이에 이루어진 일이었다.

단지 우연일 뿐일까?

임설아가 그러한 생각들에 잠겨 있을 때였다.

"언니, 이거 이상해."

상아가 불쑥 임설아의 상념 속으로 끼어들었다.

임설아가 정리되지 않는 생각들을 잠시 뒤로 미뤄두고 상아를 보았다.

"뭐가?"

"밖에 봐봐. 우리 왜 산길로 가고 있는 거야?"

상아가 창밖을 가리켰다.

상아의 말대로였다. 창문 밖으로 스쳐 지나는 풍경은 관도의 도시 풍경이 아니라 나무며 풀로 뒤덮인 산속이다. 그러고 보니 마차의 덜컹거림도 아까보다 훨씬 더 심해져 있었다. 저 멀리서는 산새의 울음소리도 들렸다.

처음 든 생각은 '혹시 지름길로 가는 건가?' 였다.

하지만 소흥에서 항주를 거쳐 강소성의 소주까지 이어지는 관도는 따로 지름길이 필요가 없을 만큼 거의 직선로였다. 굳이 험한 산길을 택할 이유가 없었다.

아무래도 이상해서 마부를 부르려는데 때마침 마차가 멈춰 섰다.

그리고 잠시 후, 마차의 문이 열리고 마부가 나타났다.

"자자, 목적지에 도착했으니까 이만들 내리십시오."

"목적지에 도착했다구요?"

천리마를 타고 달려도 하루에 다 가지 못할 거린데 청무도장에서 출발한 지 얼마나 되었다고 벌써 도착했다니?

임설아가 어리둥절해하자 마부가 히죽 웃어 보였다.

순간, 임설아는 뭔가가 잘못되었음을 직감했다.

지금 보이고 있는 마부의 웃음은 아까 청무도장 앞에서 보았던 그 친절했던 웃음과는 판이하게 달랐다. 인상부터가 달라져 있었다.

표독스럽고 사악한, 그러면서도 탐욕스러운…….

아니나 다를까,

"이것들이 빨리 안 내리고 뭐해!"

조금 전까지의 상냥함이 거짓말이었다는 듯 눈빛은 거칠고 말투는 사납다.

그때였다.

부스럭.

사방에서 부스럭거리는 소리가 들리는가 싶더니, 이내 험상궂은 얼굴의 사내들이 숲속에서 하나둘 모습을 드러내며 마차를 에워싼다.

"흐흐흐. 역시 요즘은 산적질도 머리를 써야 돼. 하루 종일 기다리기만 해서는 먹고살 수 있는 시대가 아니라는 거지. 거봐, 이 얼마나 편하고 좋으냔 말이다."

"이르다 뿐입니까. 머리가 나쁘면 손발이 고생한다는 말이 괜한 말이 아니라니까요."

"그건 그렇고, 이번에 장길이가 제대로 된 물건을 건져왔군. 저년 저거 완전 진품인데? 돈 몇 푼에 팔아 버리기엔 너무 아깝겠는걸?"

"낄낄낄. 그럼 두목님이 먼저 재미 좀 보시면 되지 않습니까?"

"물건에 흠을 내면 값이 떨어지잖아."

"까짓 값이야 좀 떨어지면 어떻습니까? 명색이 사내대장부가 쪼잔하게 돈 몇 푼 아까워서 마음에 드는 계집도 못 품는데서야 어디 말이 되겠습니까?"

"그런가? 하긴, 모름지기 사내대장부라면 계집을 품을 땐 품을 줄도 알아야 하는 거지. 흐흐흐흐."

"암요. 암요. 그렇고 말구요."

지네들끼리 주거니 받거니 하며 마음대로 찧고 까불어댄다.

천하무림대회로 가기로 하고 마차에 올랐는데 갑작스레 도적떼라니?

이 황당한 상황에 임설아가 어찌할 바를 모르고 있자, 장길이라 불린 마부가 다시 마차 안을 향해 사납게 외쳤다.

"이것들이 아직도 정신 못 차리고 있네. 이 정도 되었는데도 아직 사태파악이 안 돼? 우리 녹림의 형제들이 성질이 느긋하질 못해서 말보다 주먹이 먼저고, 주먹보다 칼이 먼저란 것을 꼭 행동으로 보여줘야 말을 들어 처먹겠어? 머리가 나쁘면 눈치라도 있어야지, 꼭 피를 봐야 정신을 차리겠냐고! 이것들아! 어서 내렷!"

이미 사태야 파악했다. 다만 이 사태를 어떻게 대처해야 할지 결정을 못한 것뿐이다.

보통의 도적이 아니다. 눈빛에서 뿜어나는 살기도 그렇고 은연중에 느껴지는 피 냄새도 그렇다. 이들은 산전수전 다 겪은 전문 산적단이다.

처음이 아니었다. 호위 일을 하며 더러 만난 적이 있었다. 직접 칼을 맞대어 보기도 했었다.

하나라면 물론 자신 있다. 하지만 얼핏 보이는 숫자만 해도 스무 명이 넘었다. 그녀 혼자서는 절대로 무리다. 더구나 그녀에겐 보호해야 할 아이들까지 있다.

워낙에 흉흉한 분위기라 당찬 상아도 잔뜩 겁에 질린 눈을 하고 있었고, 그런 상아를 보호하듯 막아서고 있는 진사우와 상무도 딱딱하게 긴장된 기색이 역력했다.

임설아는 혹시나 하는 기대로 천풍을 보았다. 어이없게도 이 지경이 되었는데도 아직 세상모르고 자고 있었다.

금첩을 받을 만한 고수라면 이 같은 소란 중에 저처럼 태평스레 자고 있을 리가 없다. 주위를 에워싸고 있는 살기에 저토록 무감각할 리도 없다.

그래. 금첩이고 뭐고 간에 애당초 저 정도밖에 안 되는 위인이었던 거다.

기대를 버렸다. 어차피 지금껏 누군가에 기대서 살아오지 않았다. 지난 3년 동안 도장을 지켜왔듯 아이들을 지키는 것 또한 전적으로 자신의 몫이다.

임설아는 냉정히 상황을 판단했다. 돈 몇 푼 준다고 그것으로 만족할 만한 작자들이 아니다.

그렇다고 무턱대고 오기로 싸운다고 될 일도 아니다. 그녀 혼자라면 죽기를 각오하고 싸워보겠지만, 그녀가 책임지고 있는 어린 목숨이 셋이나 있다.

단번에 판세를 바꿔야 했다. 단번에 판세를 바꿀 만한 패를 쥐어야 했다. 그러기 위해서는 방법은 하나뿐이다.

그녀를 향해 음흉한 눈을 뒤룩뒤룩 굴리고 있는, 얼굴 자체로 '나 산도적입네.' 하고 있는 도적패들의 두목을 제압하는 것이다.

그것 말고는 달리 방법이 없다. 다른 방법을 더 생각해 볼 여유도 없다.

속전속결이다. 많은 쪽수를 믿고 상대가 여자라는 것에 방심하고 있는 지금이 유일한 기회였다.

생각은 찰나에 이루어졌고 결정은 그보다 더 빨랐다.

만일의 사태를 대비해 진검을 가져오길 천만다행이라 생각하며 검을 쥐었다.

그리고 눈으로 산적 두목까지의 최단거리 동선을 그린 후 곧장 마차에서 뛰어내렸다.

탁탁탁!

세 번의 도약이었다. 세 번의 도약에 산적 두목이 검의 사정거리 안에 들어왔다.

"죽엇!"

산적 두목의 목을 향해 가차 없이 검을 찔러 넣었다.

죽일 생각이 아니었다. 어디까지나 상대를 인질로 잡기 위한 위협이었고 허초였다. 그래서 그 일검에 충분한 여지를 남겨두고 있었다.

하지만 그것이 얼마나 큰 오산이었는지는 그 순간 산적의 표정을 보고 알았다.

지척에까지 검이 찔러 들어오고 있는데도 겁을 먹지도, 심지어 당황한 기색조차도 없었다.

오히려 이미 그녀의 공격을 짐작이라도 했다는 듯이 눈은 차분했고, 입가에는 가소롭다는 듯 비릿한 미소까지 머금고 있었다.

뭔가 잘못되었다.

불길함이 엄습했다.

하지만 이미 멈추기에는 늦었다.

임설아는 본능적으로 남겨둔 여지를 없앴다. 그리고 인질로 잡겠다는 계획을 접고 검에 필살의 의지를 담았다.

"하앗!"

정말 죽일 기세로 검에 있는 힘을 다 실었다.

한데, 저 크고 둔해 보이는 몸 어디에 그런 날렵함이 숨어 있었던 것일까?

그녀의 검이 일격필살의 기세로 산적 두목의 목 줄기를 꿰뚫으려는 순간, 돌연 산적 두목이 눈앞에서 사라졌다.

"꼭 이런다니까. 꼭 만만한게 나라니까. 어떻게 생각하는 게 하나같이 다 똑같은지……."

"……!"

목소리는 그녀의 등 뒤에서 들렸다. 그것도 목덜미에 입김이 닿을 정도로 가까이에서.

생각하고 자시고 할 것도 없이 다급히 몸을 틀어 검을 날렸다.

까앙!

"크윽!"

검을 타고 밀려드는 강력한 힘에 거의 구르다시피 하며 밀려났다.

검을 쥔 손아귀가 찢어지는 것만 같았다. 만일 그 힘에 한 푼만 더 보태어졌더라면, 어쩌면 내상을 입고 피라도 토했을지도 몰랐다.

"이왕 이렇게 된 거 운명을 순순히 받아들이라고. 예뻐서

참긴 참는데, 계집이 칼 들고 설치는 꼴은 영 취미가 아니라서 말이야."

커다란 대감도를 어깨에 턱 걸치고는 거만한 말투로 그렇게 말하는 산적 두목이다.

임설아는 눈앞이 깜깜해지는 것을 느꼈다.

잘못 판단했다. 이 눈앞의 산적 두목은 그녀가 지금껏 겪었던 산적들과는 질적으로 다른 부류였다.

알량한 힘만 믿고 어설프게 칼을 배운 자가 아니었다. 제대로 무공을 배운, 제대로 된 무림인이었다. 적어도 그녀의 눈에는 그렇게 보였다.

그녀를 더욱 암담하게 하는 것은 산적 두목이 내뱉은 다음 말이었다.

"뭣들 해? 일 안 할 거야? 구경만 하고 있지 말고 어서 저 어린 연놈들부터 잡아다 묶어야 할 거 아냐!"

산적 두목의 명에 주위의 산적들이 성큼 마차로 다가간다.

다급해진 임설아가 급히 달려가려 했지만 이내 산적 두목에게 발목이 잡혀 버렸다.

"그냥 얌전히 있는 게 좋아. 여기서 더 설치면 네년의 것이든 저 꼬맹이들의 것이든 정말 피를 보게 될 테니까."

살기를 가득 머금은 목소리였다.

위협으로 하는 말이 아니었다. 여기서 더 저항한다면 정말 아이들이 위험해질지도 몰랐다.

절망적이었다. 더는 방법이 없었다. 산적 두목 하나 상대 못하는 실력으로, 이 많은 산적 떼 속에서 아이들을 구해 탈출하기란 현실적으로 불가능했다.

힘이 없는 것이 지금처럼 원망스러웠던 적이 없었다. 힘이 없어 부친의 복수조차 못한 채 그저 숨죽이고 있어야 했던 3년 전 그날조차도, 지금처럼 스스로가 한심하지는 않았었다. 앞으로 벌어질 일에 대한 두려움보다 이 무기력함이, 스스로에 대한 자괴감이 그녀를 더욱 절망스럽게 했다.

그사이 산적 떼들은 이미 아이들의 지척에까지 이르렀다.

살기등등한 눈빛, 거친 숨소리, 귀를 긁어대는 경망스러운 웃음들…….

지금 아이들의 상황은 그야말로 바람 앞의 촛불처럼 위태롭기 이를 데 없었다.

한데, 아무것도 못한 채 그저 안타까이 바라만 보고 있던 그녀의 시야에 그런 위급함들과는 상관없이 봄 햇살처럼 나른하고, 가을바람처럼 여유로운 장면 하나가 유난히 도드라져서 들어왔다.

"하아암……."

천풍이었다. 여태껏 세상모르고 자고 있던 천풍이 그제야 주위의 소란을 느꼈는지 한껏 기지개를 켜며 하품을 한다. 그것으로도 부족했는지 연신 졸린 눈을 끔뻑이더니, 잠시의 겨를을 두고 다시 길게 하품을 했다.

그러고는 반쯤 감긴 꺼벙한 눈으로 주위를 두리번두리번 거리며 어눌하게 묻는다.

"하아아아암…… 여기가 어디지? 벌써 소주에 도착한 거야?"

『천극의 서』 3권에서 계속